Droemer Knaur®

Susanne Seitz

WELFENBRAND

Die Geschichte einer Besessenheit
in dreizehn Kapiteln

Roman

Droemer Knaur

Dieses Buch wurde auf chlor- und säurefreiem Papier gedruckt.
Die Folie des Schutzumschlages sowie die Einschweißfolie
sind PE-Folien und biologisch abbaubar.

Die Deutsche Bibliothek – CIP-Einheitsaufnahme

Seitz, Susanne:
Welfenbrand : die Geschichte einer Besessenheit in dreizehn Kapiteln ;
Roman / Susanne Seitz. – München : Droemer Knaur, 1996
ISBN 3-426-19389-2

Umschlaggestaltung: Agentur ZERO, München
Umschlagfoto: Artothek, Peißenberg
Satz: Ventura Publisher im Verlag
Druck: Clausen und Bosse, Leck
Printed in Germany
ISBN 3-426-19389-2

2 4 5 3 1

Der Wille, das zu sein, was man ist,
ist das Gegenteil von Verzweiflung.

Kierkegaard

ERSTES KAPITEL
IM JAHRE DES HERRN

1146

Oben im Turm schrie die, welche die Füchsin genannt wurde. Unten im Hof blickte ihres Eheherrn erstgeborener Sohn zum Himmel empor. Zwischen aufgerissenen Winterwolken blendete grelles Blau. Im Sonnenlicht glitzerte der Schnee wie mit Goldstaub bestreut.

Welf von Richen schien unentschlossen. Die Armbrust samt Köcher geschultert, streifte er sich einen ledernen Handschuh über die Linke, anschließend fuhr er sich mit der Rechten unter der Nase vorbei.

Baldur, sein blutjunger Knappe, wartete bei den Ställen. Auf einen Wink hin würde er die Pferde zur Jagd rüsten, doch der Wink kam nicht.

Im Turm, in der Frauenkammer, krümmte sich das junge Weib im Gebärstuhl, und in der Ferne, zwischen Wald und Wall, galoppierte ein Reiter heran.

Stiller als sonst war's im Burghof. Eine feiste Magd scharte Hühner um sich, indem sie merkwürdig verhalten gurgelnde Lockrufe ausstieß und eine Handvoll Gerstenkörner verstreute. Einer der Zwingerhunde kläffte: eher gelangweilt als erregt. Das Geräusch sich spaltenden Holzes durchdrang mit Regelmäßigkeit die Mittagsruhe: Einer der Knechte, ein Knabe noch, hieb wuchtige Blöcke in Scheite, hob sie nach jedem Schlag aus dem Schnee und warf sie in einen Korb, damit sie keine Feuchtigkeit zogen.

Die Kinder, die einander eben noch kreischend durch das Halbrund des Hofes gejagt hatten, lehnten jetzt lungernd, nachgerade geduckt, an einer Ecke des Viehstalls; zwei versteckten sich gar zwischen Bade- und Rauchhaus: kaum einer, der Welfs jäh aufschießenden Zorn nicht fürchtete.

Fast war es, als grunzten selbst die Schweine im Koben weniger behaglich als vorhin, ehe der junge Herr den Hof betreten hatte. Die dicke Magd, gefolgt von den Hühnern, eilte in die Küche; eine andere huschte mit Eimer und Pickel zur zugefrorenen Zisterne, um hastig Eisstücke herauszuhacken.

Welf weilte noch immer, einen Handschuh über den Fingern, den zweiten in der bloßen Hand, mitten im Hof und spähte nach dem Reiter. Ab und zu zerrte ein Windstoß an seinen schwarzen Locken. Sonst regte sich nichts an der hohen, im letzten Jahr von jünglingshafter Schmalheit zur männlichen Kraft gediehenen Gestalt. Oben keuchte das Weib.

Der holzmachende Halbwüchsige hielt inne, wischte sich mit dem schmutzigen Ärmel über die schweißfeuchte Stirn und wagte einen Blick hinauf zur oberen Turmkammer, deren einziges Fenster über der Pechnase jedoch nicht auf den Hof, sondern aufs freie Land hinauswies und jetzt, im Winter, ohnehin mit Brettern vernagelt war.

Welf tat, als gehe ihn die Gebärende ebensowenig an wie das Kind, das sich, seit der Morgen graute, dagegen wehrte, in die Welt gepreßt zu werden. Ein heftiger Luftzug wehte um Welfens in Tuchhosen und hochschäftigen Stiefeln steckende Beine und blies in die Falten seines knielangen Überwurfs,

der vom Hals bis zum Geschlecht geknöpft war, ein kostspieliger Überwurf im übrigen, mit Rauchwerk besetzt und mit Samt ausgeschlagen.
Der Reiter näherte sich dem hochgezogenen Fallgitter. Er wurde langsamer, denn der Wall hinauf zur Burg war steil.
Welf ging ihm entgegen. Jetzt sah er es genau: Es war ein Kurier. Ein Kurier des Herzogs. Er trug die Babenberger Farben. Endlich! frohlockte Welf. Endlich! Sein Herz hämmerte gegen sein Wams.
Der Bote ritt im Hof ein. Sein Pferd hatte Schaum vor dem Maul, die Nüstern dampften.
»Ihr seid der Edelfreie Welf von Richen, Vasall des Königs?« brach es, kaum war er abgesessen, aus dem Kurier. Für Höflichkeiten, für eine angemessene Begrüßung fehlte ihm unzweifelhaft die Zeit.
Die dreckverschmierten und in Hanfleinwand gepackten Kinder wagten sich ebenso wie der Knappe Schritt für Schritt zu dem herzoglichen Reiter vor. Nur der stur schuftende Knecht spaltete unverdrossen seine Holzblöcke weiter.
»Der bin ich«, entgegnete Welf mit einer Würde, die er sich abringen mußte, doch seine Ungeduld wurde deutlich, als er sogleich wissen wollte: »Was hast du zu bestellen?«
Der Bote, noch jung an Jahren, ein wettergegerbter Bursche mit pockennarbiger Haut, schnaufte schwer. Kaum zu Atem gekommen, verkündete er laut und getragenen Tons: »Heinrich, Herzog von Bayern, schickt überall im Lande Boten aus, um die dem Heerbann unterstellten Ritter aufzufordern, sich für den Kreuzzug ins Heilige Land bereitzuhalten!«
Das war alles. Der Kurier holte Luft.
Welf stieß einen Laut des Unmuts aus. Er hatte auf mehr ge-

hofft: auf einen Aufruf zur Sammlung, auf deutlichen Befehl. Für diese blasse Ankündigung, nicht mehr als ein vages Versprechen, gleich einen Boten des Herzogs? Welch ein Geschiß! Womit vergeudeten die Herren dort oben in Speyer ihre Zeit? Hatte Bernhard von Clairvaux sein charismatisches Feuer eingebüßt? Was für ein lächerlicher Reichstag, der sich zu nichts entschließen konnte!

Welf war verärgert.

Erst letzten Winter hatte er die Ritterweihe empfangen. Der König, seinen steten Zug durch das Reich unterbrechend, residierte im Dezember anno 1144 acht Tage im Kloster zu Heiligenthal. Da traf es sich gut, daß Welf in seinem einundzwanzigsten Jahr stand, für schwertfähig galt und mit einigen anderen jungen Männern, die Adelsgeschlechtern aus dem Umland entstammten, feierlich der Schwertleite zugeführt werden konnte. Nie würde er diesen Tag, nie diese inwendige Feuersbrunst vergessen. Nie war er stolzer gewesen, er selbst zu sein, nie gewisser, einem großen Ziel entgegenzuleben. Anschließend, beim Turnier, geführt mit stumpfen Waffen, hatte er alle Gegner, selbst die Geübtesten, übermütig und mit Bärenkräften in den Schnee gestoßen – und die verheißungsvolle Zusage erhalten, womöglich noch vor Mariä Lichtmeß, wahrscheinlicher erst vor Johanni dem Hof nachbefohlen zu werden. Mariä Lichtmeß, im Februar gefeiert, war vorübergegangen, Johanni im Juni ebenfalls. Man stand jetzt schon im ersten Monat des neuen Jahres, und Welf wartete noch immer.

Der Bote wollte wieder aufsitzen, aber Welf hielt ihn zurück. »Nicht so rasch!« sagte er. »Bleib auf einen Becher Wein und ein paar Bratenscheiben! Du bist willkommen.«

Der Kurier schüttelte den Kopf. »Ich muß noch hinüber zur Prettelsburg. Bei scharfem Ritt sollte das in einer halben Stunde zu schaffen sein.«
Verächtlich verzog Welf das Gesicht. Daß die Bewirtung drüben, bei den Markgrafen von Wolfing, eine reichlichere war als bei den Edelfreien auf der Richenburg, hatte sich herumgesprochen. Auch fanden sich bei den herzogtreuen, von Heinrich Jasomirgott für teures Geld erkauften Wolfingern immer wieder Spielleute und gelehrte Herren ein, die aufs vortrefflichste zu unterhalten wußten. Man tat gern groß drüben auf der Prettelsburg.
»Nun denn«, knurrte Welf.
Kaum hatte sich der Kurier wieder in den Sattel geschwungen, versetzte er dem verschwitzten Gaul einen allzu heftigen Schlag gegen die Kruppe. Doch das Tier war müde geritten: Statt durchzugehen, trabte es unbeeindruckt von dannen. Als Roß und Reiter Fallgitter und Mauerring passiert hatten und auf dem Wall waren, brummte Baldur: »Scharfer Ritter! Daß ich nicht lache! Kann froh sein, wenn er überhaupt anlangt! Verfressener Sack, verfressener!«
Welf schaute den Jungen, der kaum dem Stimmbruch entronnen war, scharf und maßregelnd an, sagte aber nichts. Während sich unauffällig die Kinder verzogen, erschien Anselm von Rehling, Welfs Vetter, der ihm gerade ein Jahr nachstand, im Hof. »Teufel!« rief er schon von weitem. »Soll's nun doch wahr werden? Können wir satteln?«
»Ja«, erwiderte Welf und preßte sich ein Grinsen ab, »aber nur zur Jagd. Sie sind noch nicht soweit, die Schwätzer, die es zu entscheiden haben.« Dann, zu Baldur: »Die Pferde! Spute dich!«

Auch Anselm trug seine Armbrust bei sich. Er war kleiner als Welf, massiger, fast gedrungen und seinem Ziehbruder treu ergeben; ein gewitzter Spießgeselle, im Rang mehr ein Junker denn ein Gefährte, tatsächlich ein Seiltänzer zwischen beidem, dabei von wachem Instinkt für das jeweils Verlangte. Früh verwaist, mit kaum mehr als dem Hemd auf dem Leibe auf Richen untergekommen, hatte er sich sogleich Welf angeschlossen. Es diente Anselm, Welf zu dienen: Also diente er ihm.

Der Knappe eilte sich, dem Befehl nachzukommen. Während er auch Anselms Braunen jagdfertig machte, erkundigte sich Welf betont gleichmütig bei seinem Vetter: »Wie steht es oben?«

Anselms Augen wurden wieselschmal. »Sie kriegt's nicht aus sich raus. Rein geht's ihr leichter.«

Beide lachten laut und roh, beinahe als wollten sie gehört werden. Kein Fremder hätte vermutet, daß sie vom Eheweib des Burgherrn sprachen, von Johanna, der zweiten Gemahlin Ludowigs von Richen, einer Frau von edler Geburt. Sie entstammte dem Nachbargeschlecht und war eine Tochter des alten Wolfingers von der Prettelsburg.

»Wollt' nur, es wird kein Sohn«, bemerkte Welf. Gleichzeitig hörte er hinter sich ein Geräusch. Während Anselm zu einer spöttischen Entgegnung ansetzte und ein neuer Schrei der Gebärenden in den Hof heruntergellte, fuhr Welf herum.

Was denn, was denn! Sah sich doch ein dünnbeiniger, spannenlanger Bauernlümmel ertappt. Hatte nach einer Henne gegrapscht und ihr mit einem Ruck die Gurgel umgedreht. Und jetzt, jetzt wollte er sich aus dem Staub machen, der Hurensohn, der vermaledeite!

Welf stürzte sich auf den wie erstarrt Verharrenden. Der Knappe, der drei Rösser aus dem Stall führte, wich zurück. Die Pferde schnaubten. Anselm verschränkte im Vorgefühl eines Schauspiels die Arme vor der Brust. Der Knecht hörte auf, Holz zu spalten.
Schon hatte Welf den Jungen am Genick. Der ließ sofort die tote Henne los. Welf schüttelte ihn wie einen Baum, der Äpfel ins Gras abwerfen soll, dann hieb er ihm die Faust zielsicher in den Magen. Der Junge fiel. Welf zerrte ihn empor, schüttelte ihn wütender noch als vorhin und schrie ihn an: »Dich will ich lehren, vor deinem Herrn ein Dieb zu sein! Das war der letzte Vogel, den du gepackt hast, Kerl, elendiger! Nicht anders als dem Federvieh soll's dir am eigenen Leib ergehen!«
»Nein! Bitte! Nicht!« kreischte da eine Mädchenstimme durch die klamme Luft. Ein strammgliedriges, schwarzmähniges Geschöpf warf sich zwischen Welf und das zitternde Bündel Mensch, das sich nicht zu wehren wagte. Welf wollte die Gestalt zur Seite drängen; die aber klammerte sich mutig an ihm fest und fauchte: »Haltet ein! Das ist mein Bruder! *Ich* hab's ihm angeschafft!«
Da entsann sich Welf – nicht ihres Namens, wohl aber ihrer Augen und des Wuchses. Eine der Hörigen war sie, eine aus den Hufen, nicht zur Burg gehörend, aber zum Landbesitz der Richener. Sie streifte oft am Fluß oder am Wald entlang. Reif war sie, überreif ... Doch dazu später dann. Zuerst der Bursche!
Welf schüttelte das Mädchen ab wie eine Feder, die ihn kitzelte, und prügelte erneut auf den vor Angst erstarrten Jungen ein, der unter solcher Wucht sogleich zusammenbrach. Mal um Mal zog ihn sein Peiniger zu sich empor, Mal um Mal

schlug er ihn nieder. Des Hühnerdiebes Lippen bluteten, die rechte Braue platzte, die Nase brach, am Ende fehlten ihm zwei Schneidezähne.

Erst als er reglos liegenblieb, kam Welf, im Zorn stets wie im Rausch, zu sich. Er richtete sich auf und atmete tief durch. Als er zurücktrat, stolperte er über seine Armbrust, die er im Eifer des Gefechts verloren hatte. Anselm gab ihm Halt und klopfte ihm, kaum stand er wieder sicher, auf die Schulter.

»Der räubert nichts mehr«, sagte er zufrieden.

Der Junge raffte all seine Kraft zusammen, um seiner Schwester zuzuwispern: »Lauf schon! Lauf weg!«

Welf drehte sich behende zu ihr um. Er hätte sie doch fast vergessen! Sie wich zurück, ließ ihn dabei nicht aus den Augen.

»Na, was ist?« bedrängte Anselm sie. »Warum läufst du nicht?«

Sie lief nicht, weil sie wußte, daß keine Flucht sie retten konnte.

»Vielleicht will sie noch etwas«, mutmaßte Anselm voll Belustigung und rückte ihr, gleich Welf, immer dichter auf den Pelz.

Der Junge lag im Schnee und keuchte. Er konnte sich nicht aufrappeln. Rinnsale seines Blutes färbten das Weiß um ihn her rot. Die Schwester, jung und fest, ganz Üppigkeit – und keineswegs dem Hungertode nah, wie Welf erheitert dachte –, ein dunkles Waldgeschöpf mit überraschend hellen Augen, würgte an einem Knoten in der Kehle. Hilfeflehend sah sie sich nach ihrem Bruder um, doch war von ihm kein Beistand zu erwarten. Dann, als Welf sich rasch bewegte, nur um sie zu erschrecken, gab sie Fersengeld. Sie flüchtete in einem weiten Bogen, entwischte durch das Falltor und hörte kaum noch das Gelächter, das hinter ihr erdröhnte.

»Mein Pferd!« verlangte Welf ganz ruhig von Baldur, und alles an ihm spannte sich zu hartkalter Entschlossenheit. Um seinen Mund lag schon das Kriegerlächeln, das seinen Sieg vorwegnahm. Während er aufsaß, sagte er zu Anselm und dem Knappen: »Ihr wartet hier auf mich! Erst gilt es, *dieses* Wild zu jagen.«

Und dann verfolgte er die Spur.

Die Flüchtende versuchte, schneller noch zu laufen, aber die Lappen, die ihre Füße vor der Kälte schützen sollten, lösten sich und waren ihr im Weg. Näher und näher donnerten die Hufe hinter ihr. Sie glaubte, sie spürte schon den Nüsterndampf des Gauls in ihrem Nacken. Wie ein Hase wich sie seitwärts aus. Haken um Haken schlagend, floh sie über Stock und Stein, floh über kahle Felder und Äcker, weiß von Schnee, floh keuchend, schwitzend, halb von Sinnen.

Welf, ein Luchs, der seine Beute sicher im Visier behält, doch mit ihr spielt, statt sie sofort zu reißen, gönnte ihr mehrfach Vorsprung. Er trieb sie auf den Wald zu und hetzte sie durch Baumstammreihen, deren Geäst sie blutig schlug, durch Haine voller dürrer Disteln, durch Dickicht und durch Zweiggestrüpp zu einer Lichtung, hell und moosbewachsen. Dort endete die Flucht. Die Eingeholte keuchte.

Welf stürzte sich vom Pferd auf sie herab und zwang sie auf den Rücken. Sie kämpfte lange und verzweifelt. Sie kratzte, und sie spuckte, und sie biß. Und Welf ergötzte sich an ihrem Sträuben; er lachte dazu mit entblößten Zähnen. Während er sie besiegte, während er ihr die Beine auseinanderriß, während er sie auf den hartgefrorenen Boden nagelte und ihrem

Schrei entnahm, daß er sie ihrer Jungfernschaft beraubte, vergaß er selbst den heißersehnten Kreuzzug und das Weib, das nun ein Kind gebar zur selben Stunde.
Er ließ das Mädchen geschändet und halbnackt in der Lichtung liegen und ritt danach zur Burg zurück. Dabei entsann er sich des einen mit Hoffnung, die neu aufschäumte, des anderen mit Ingrimm.

Das Kind, es war ein Sohn, gedieh gesund und prächtig am Busen seiner Amme. Kaum vier Wochen auf der Welt, wollte Ludowig es taufen lassen. Sankt Mathias schien ihm ein guter Tag dafür: »Matheis brichts Eis.« Vorher jedoch kam es zu einem Zwist zwischen dem greisen Kindsvater und seinem Weib, der Wöchnerin Johanna. Nicht etwa Namenswünsche, die voneinander abwichen, riefen die Unbill nun hervor – es war entschieden, daß der Knabe Ludowig heißen sollte wie sein Vater und dazu Kajetan –, sondern die Wahl des Paten, dessen erster des Kindes dritter Name werden sollte.
Ludowig war bereits den Prior des nahgelegenen, reformierten Klosters zu Heiligenthal um diese Ehre angegangen: und dieses mit Erfolg. Johanna aber, siebzehnjährig, Burgfrau auf Richen seit zwei Jahren, drängte in Achtung ihrer Sippe auf ihren Bruder Ruodlieb als Paten. Der war seit ihres Vaters Tod der Herr der Prettelsburg. Niemals vorher hatte Johanna ihrem Gatten, in dessen Munt sie stand, verpflichtet zu Gehorsam, die Stirn geboten. Ob ihrer Halsstarrigkeit recht überrascht, verschob nun Ludowig die Taufe auf den Josephstag, denn er wünschte, das Einvernehmen mit Johanna nicht zu trüben. Nicht herrisch streng, sondern mit guten Worten suchte er ihren Sinn zu wandeln. Johanna blieb indessen hart.

Ludowig mühte sich, mit seinem Weibe Einigung zu finden. Gesegneten Leibes würde sie gewiß bald *wieder* sein. Und wenn er auch im selben Atemzuge hochlobte ihres Bruders Ruodlieb mannigfache Tugenden über den grünen Klee, so drehte Johanna doch den Spieß rasch um und sprach sich für den Prior als Paten des nächsten Täuflings aus.

Ludowig aber, von Jahr zu Jahr mehr um sein Seelenheil besorgt und nicht mit Mitteln ausgestattet, sich mit reichen Spenden an die Mutter Kirche freizukaufen von der Höllenschuld, suchte im Prior des Heiligenthaler Klosters einen Fürsprecher vor Gott, dem Allmächtigen. Den Träger hoher Würden jetzt, da die Übereinkunft längst getroffen war, mit einer Absage beleidigen? Ganz übel wurde Ludowig, wenn er nur daran dachte.

Johanna ihrerseits suchte sich das Wohlwollen des Markgrafen von Wolfing, ihres erstgeborenen Bruders, zu erhalten. Sollte ihr Gemahl eines sicher nicht mehr fernen Tages das Zeitliche segnen, bedurfte sie eines Mannes Stütze, bedurfte sie eines machtvollen Willens, damit ihre Sache gut vertreten war.

Welf, wie sie die Lage einschätzte, würde ihr aus Habgier womöglich gar ihr Wittum verweigern, ihr somit den Eintritt in ein Kloster ebenso verwehren wie eine zweite Heirat und sie halten wie eine Dahergelaufene, die es zu nähren, nicht zu achten galt. Dann hatte sie allein ihre Brüder Ruodlieb und Dankward, die für sie streiten konnten.

So standen die Dinge acht Tage vor Josephi.

Die Nacht war schon hereingebrochen. Die Richener saßen allesamt im Palas – so genannt, obwohl die Halle eng war und der Tisch nur Plätze bot für zwölf – vor der gedeckten Tafel

und taten sich an Wildbret gütlich, dazu an drei gebratnen Hühnern, an Erbsen, Pferdebohnen, gekochten Rüben und an Wein, vermischt mit reichlich Wasser. Nur der Burgherr und sein Sohn tranken den Rebensaft, der im Südschwäbischen heranreifte und teuer war, ganz unverdünnt, jedoch versetzt mit süßenden Gewürzen, da er recht sauer war.
Johanna zog mit einem Messer das Kreuzzeichen über den Laib Brot, den sie darauf in Scheiben schnitt, um diese zu verteilen. In jenem Winter war Brot kostbar, so kostbar fast wie Salz. Im letzten Frühsommer hatten zahlreiche Gewitter Gottes Zorn in Form von Hagelsturm und Schwemmregen über das Land gebracht. Vom Winterkorn war ein großer Teil vernichtet worden. Vom Weizen und der Gerste, notwendig, um das Bier zu brauen, war weniger, als zur neuen Aussaat gebraucht wurde, gerettet worden. Üblich war das Eineinhalbfache und mehr, in guten Jahren gar das Doppelte. Also hatten die Richener nur zehn Scheffel Korn zum Müller karren lassen, denn Saatgut war in solcher Zeit nicht zu bezahlen und reichte sowieso nicht, auch wenn jedes dritte Feld brachlag, um sich zu erholen und erst im nächsten Sommer wieder Frucht zu tragen. Überdies stand dem Müller jeder vierundzwanzigste Brotlaib zu, für den er Korn gemahlen hatte. Mancherorts hatte man gerade für dreiundzwanzig Laibe Getreide mahlen lassen.
Während Johanna die Kostbarkeit verteilte, folgten ihr aller Augen – bis auf die Ludowigs, dem ein wilder Schmerz in einer Backe hämmerte.
Keiner wollte weniger als das ihm Zustehende empfangen, zumal sich die Reste des Wildschweins, vor drei Tagen geschossen, kärglich ausnahmen und Welf zwei der drei Hühner

für sich und Anselm beanspruchte: ein halbes für den Gefährten, das übrige für sich selbst.
Man saß im Umschlagtuch oder im Übermantel. An den steinernen Wänden steckten Pechfackeln, deren Flammen hin und her zuckten, da Zugluft durch die Mauerritzen blies. Zwischen dampfenden Schüsseln standen zwei kupferne Kerzenhalter mit jeweils fünf brennenden Talglichtern auf dem Tisch. Im Kamin glimmte ein Feuer, das es nicht vermochte, sich gegen die feuchte Kälte durchzusetzen. Niemand sprach. Anselm wartete auf ein Stichwort von Welf, der aber sagte nichts. Der Knappe hatte ohnehin zu schweigen, sofern er nicht zu reden aufgefordert war. An einem Tag wie diesem wäre er lieber mit dem Gesinde vor dem Küchenfeuer gesessen, um über die Zoten zu lachen, die vor allem die drei Wächter und der Torhüter zum besten gaben. Auf anderen Burgen saßen die Wachmannen, die nicht gerade Dienst taten, mit an der Tafel, aber auf Richen war so manches nicht wie anderswo. Der Schreiber, ein Benediktinermönch mit Tonsur, aber ohne Priesterweihe und meistens unbeschäftigt, jedoch unentbehrlich für den Notfall, außerdem fast im Range eines Ministerialen, da er der Verwaltung der Richen-Güter vorstand – der Burgherr konnte nicht schreiben und nicht lesen –, stopfte friedlich in sich hinein, was sich auf seinem hölzernen Teller häufte, und schien als einziger unberührt von der Spannung, die die Luft erfüllte.
Die Zofe der Burgfrau, Luitgard, blaß und mager, aß nicht mit den Händen wie jeder Mensch von Anstand, sondern mit den Fingerspitzen und dem Löffel und stieß sich – nicht zum erstenmal – an Welfs Unarten bei Tisch: Er pflegte die Hände am Wams abzuwischen, sich die Finger zu lecken und dann

die abgenagten Knochen einfach über die Schulter zu werfen. Manchmal traf er dabei den zerschlissenen Wandteppich, der eine Jagdszene darstellte, weshalb sich unter dem erlegten Hirschen ein stetig wachsender brauner Fleck ausbreitete. Ludowig, sein Herr und Vater, obschon in Johannas Gesellschaft mit besseren Manieren aufwartend, fand kein Wort des Tadels. Zu sehr plagte ihn der Backenzahn. Seines Erachtens hielt er seit seiner zweiten Heirat durchaus auf Reinlichkeit: Jeden Morgen wurde der Palas mit einem Reisigbesen ausgefegt. Man wechselte das Bettstroh alle halbe Jahre, die Laken und die Überzüge ebenso.

Welf aß rasch und gierig. Seine Kiefer mahlten mit Entschlossenheit. Den Wein spülte er hinunter, als hätte man ihm tagelang jeden Tropfen Flüssigkeit verweigert. Ab und zu schielte er hinüber zu Johanna. Herausfordernd erschien sie ihm. Wie üblich saß sie aufrecht, in beinah hoheitlicher Haltung. Gleich ihrer Zofe war sie sehr darauf bedacht, das Messer zierlich anzufassen, den Löffel nicht hoch aufzuladen und einzig mit den Fingerspitzen nach den kleingeschnittenen Fleischstücken zu greifen. Noch nie hatte Welf sie mit dem Messer im Munde gesehen. Um saubere Finger zu behalten, verschmähte sie sogar den Bratensaft. Das Beste, was es gibt, so dachte Welf, der feststellte, daß sie nicht einmal eintunkte. Sie hatte ihren Blick gesenkt. Andern in die Augen zu schauen vermied sie seit jeher.

Sie ist nicht scheu, so überlegte Welf, sie ist ganz einfach trotzig, und ich bin wohl der einzige, der's merkt. Soll sie noch so höfisch tun, mich täuscht sie nicht, ich habe sie erkannt!

Johanna wich seinen aufdringlichen Blicken aus. Sie hatte nicht die Absicht, sich mit ihrem Stiefsohn anzulegen. Sie hatte nur die eine Absicht: absichtslos zu scheinen. Insonderheit vor Welf. Nicht zum ersten Male spürte sie sein Mißtrauen, nicht zum ersten Male zuckte sie davor zurück. Lieber wär' es ihr gewesen, wenn er gesprochen hätte, einerlei was. Selbst seine derbsten Grobheiten, selbst die Flüche, die er so gern in seine Rede einflocht, waren ihr lieber als dies Brüten. Es war, als klage sie sein Schweigen an. Und alle waren Zeugen dieser Anklage. Alle erfuhren von der Mißstimmung zwischen ihr und Ludowig. Ludowig jedoch schritt nicht dagegen ein. Er schützte sein Weib nicht. Ihn marterte ein Zahn.

Als der Mundschenk nun herbeieilte, ein Küchenjunge eigentlich, er schlief nachts in der Herdasche, und einen neuen Krug mit Wasser und einen weiteren mit Wein brachte, schickte Ludowig ihn zu Welf hinüber. Der Schmerz verzerrte sein Gesicht. Mit einer Hand hielt er die kranke Backe. Sie war dick angeschwollen. Dahinter war ein Zahnstumpf im Begriff, großmächtig, mit Gewese, zu verfaulen. Je stärker sich die Backe blähte, desto schmächtiger schien der einst so mächtige Leib des Richeners zu werden; es war, als schrumpfe er in sich zusammen. Seit der wehe Zahn über Ludowig Herrschaft hatte, wurde der Burgherr alt. Der dichte, graumelierte Haarkranz lichtete sich und wurde weiß, tiefe Furchen gruben sich in die gesunde, jedoch bereits erschlaffte Wange, das Doppelkinn verkümmerte zu einem leeren Sack aus Haut.

»Nach dem Essen werde ich Euch einen Umschlag auflegen, mein Gemahl«, sagte Johanna mit einem sanften Lächeln, dem jedoch die Wärme fehlte.

Welf hob verächtlich einen Mundwinkel und kratzte sich die schwarzen Bartstoppeln, die kräftig sprossen, obwohl er sich des Morgens einer Rasur unterzogen hatte – einer nicht ganz

fachgerechten. Der Knappe Baldur, in dieser Kunst noch nicht geübt und erst seit sieben Wochen in Welfs Diensten, war mit dem Messer am Kinn abgeglitten. Jedermann vermochte diesen Schnitt zu sehen, der rot gerändert war. Und Baldur tat der Tritt, den er dafür erhalten, noch immer weh. Anselm wagte seinem Oheim vorzuschlagen: »Raus muß er, der Übeltäter«, womit er den Zahn meinte.
Sofort erbot Johanna sich: »Gleich morgen in der Früh lasse ich den Bader holen.«
Ludowig schüttelte sein Haupt voll Unwillen. Sein eigner Vater, ein wackerer Bärentöter, war einem Backenzahn, der eiterte, erlegen – *nach* der Extraktion. Um Wundbrand vorzubeugen, hatte man das blutend-wehe Loch mit einem heißen Eisen ausgebrannt, und dennoch hatte sich die schleichende Vergiftung des so robusten Leibs bemächtigt. Ludowig von Richen war keineswegs bereit, die Welt aus ebendiesem Grunde vorzeitig wie der erste Richener zu verlassen. »Vielleicht«, erwiderte er matt, hoffend, daß der Körper sich selber zu kurieren wisse, bangend, das Rasen in der Wange nicht mehr lange auszuhalten.
Obgleich Bratenduft vorüberzog an seiner Nase und er als großer Völler vor dem Herrn bekannt war, rührte er keinen Bissen an. Genossen hatte er die letzte Mahlzeit vor drei Wochen, vor fünf Tagen den letzten Löffel Hirsebrei. Jede Bewegung von Zunge oder Lippen verhundertfachte, was er litt. Manchmal trieb es ihm die Tränen in die Augen.
Nebenan, in der Küche, greinte jetzt das Kind.
Wie ein Zucken lief es durch Johanna. Immer wieder hatte sie der Amme aufgetragen, den Kleinen nicht den Küchendünsten und dem Gestank so vieler Körper auszusetzen.

Welf lauschte überrascht, so, als entsinne er sich einer Sache, die er vergessen hatte. Warum er diesen Balg zum Teufel wünschte, wußte er nicht genau zu sagen. Das Bündel Mensch, wimmernd und winzig, schränkte sein Erbrecht in keiner Weise ein, noch war es nicht mal aus den Windeln, noch stand nicht fest, daß es die Kindheit überlebte … Und dennoch, dennoch! Eine Stimme, die aus ihm selber kam, warnte ihn: vor dem Kind und mehr noch vor dem Weib, das es geboren hatte.
Wie züchtig sie schon wieder tat, Johanna, Füchsin, Luder! Wie heuchlerisch sie ihren Blick vor seinem niederschlug! Seit sie fünfzehnjährig auf die Richenburg gekommen war, las er ihr Gesicht. Er las die Züge, nicht die Miene. Ihre Miene wußte sie zu handhaben, die Züge aber waren ihr gegeben. In diesen Zügen tat sich eines kund: ein Wille, unbeugsam und ungebändigt.
Sie hatte einen kleinen, schmalen Mund, wie nachgemalt in den Konturen, ein Mund, der wunderbare Zähne hütete. Zähne, schöner und kräftiger als die Johannas, hatte Welf nie vorher bei einem Weib gesehen: nur bei sich selbst.
Wie er so war auch sie geboren am Dreizehnten des elften Mondes, während die Sonne das Zeichen Skorpion durchlief. Fünf Jahre trennten sie, doch hatten sie am selben Tag des Jahrs den ersten Schrei getan. Verwunderlich durchaus, daß festgehalten war, wann sie geboren wurde. Bei einem Mädchen nahm man's sonst nicht so genau. Ihr Vater mochte sich gar viel von ihr versprochen haben … Doch Segen seiner Asche!
Welf dachte jetzt vergnügt: Wie dem auch sei, sie hat wohl Zähne, stark, gerade, weiß wie ich und kam auch noch am

selben Tag des Jahrs zur Welt, dann ist's auch schon vorbei mit den Gemeinsamkeiten.

Ihre Nase war schmaler noch als seine – auch seine war nicht breit – und stand ihr scharf gebogen und überdies noch schräg inmitten des Gesichts; es war, als würde das Organ sich leicht zur Seite neigen, eines Gelehrten würdig, auf alle Fälle einem Mann geziemend. In ein so junges Mädchenantlitz wollte es nicht passen. Dazu das kleine, spitze Kinn, das keck nach vorn sich reckte. Schön war sie nicht, die seinem Vater seit zwei Jahren Anvermählte.

Auch ihre Haare, deren Ansatz viel zu tief, schimmerten braun, nicht blond. Womöglich zeigte sie sie deshalb nie. Verließ sie ihre Kemenate, trug sie aus feinstem Linnen eine Binde unterm Kinn, stets in derselben Farbe wie ihr Kleid, darüber eine Haube oder ein Schapel: das war, besetzt mit Edelsteinen, ein goldner Reif, wovon sie drei verschiedene besaß. Fiel ihre Wahl auf ein Schapel, ließ sie den Scheitel sehen, und dieser Scheitel war eindeutig von der Farbe einer Haselnuß. Da half auch kein Kamillenbad. Welf dachte: Eine alte Weisheit – je dunkler das Haar, desto dunkler auch die Seele.

Lustvoll biß er in ein Hühnerbein. Anschließend langte er mit Fingern, von denen der Saft triefte, nach seinem fettverschmierten Becher und hob ihn an die Lippen, fettglänzend und wollüstig. Noch immer hörte er nicht auf, Johanna frech zu mustern. Johanna blieb dabei vollkommen ungerührt.

Einmal nur hatte ihn ihr bernsteinfarbener Blick aus Augen, mandelförmig unter runden Brauen und verschlupften Lidern unmittelbar getroffen. Und dieser Blick war ihm ins Mark gedrungen. Da hatte er gewußt, welch eine Macht sie über seinen greisen Vater haben mußte. Man sagte ihrer Mutter nach, sie sei die Buhlin Luzifers gewesen, den sie in Vollmondnächten herbeibeschworen habe. Allerhand Künste seien eigen ihr gewesen, auch habe sie den bösen Blick gehabt – war es gleich gar ein Bernsteinblick gewesen? Welf konnte sich nicht mehr entsinnen. Er hatte sie ja kaum gekannt. Sie war schon lange tot. Doch sprach man noch von ihr … Würde ihre Tochter nach ihrem Tode gleichfalls Erinnerungen hinterlassen? Was würde man dann über sie zu sagen haben? Welf fand ihn merkwürdig, diesen Gedanken, und hörte, wie des Kindes Greinen lauter wurde.

Johanna stand jetzt auf. Nach Hofessitte sprach sie ihren Gatten an: »Ihr wollt mich wohl entschuldigen, mein Herr Gemahl? Ich kehre gleich zurück.« Gemessenen Schritts begab sie sich hinüber in die Küche. Aus den gemauerten und aus den offenen Feuerstellen, über denen schwere Kessel hingen, schlug ihr beißend heißer Rauch entgegen. Der Raum dampfte in einer Vielzahl von Gerüchen. Herauszuschnuppern waren Gesottenes und Schweiß von mehr als fünfzehn Leibern, die aneinanderklebten. Mitten in der Masse thronte Friederun, die Amme mit den sättigenden Brüsten. An deren einer hing das Kind, das Richenburg zum Schicksal werden sollte, an deren anderer sein Milchbruder, der Amme eigner Bankert.

Johanna, obgleich selbst mit reichlich Milch gesegnet, durfte nicht stillen auf Verlangen ihres Eheherrn. Jung und hoch sollten ihre Brüste bleiben, so mußte ihre Milch versiegen. In der ersten Woche hatte sie so manches Mal vor Schmerz geschrien, jetzt kam's ihr selber vor, als sei ihr Busen jungfräulich geblieben.

Das Gesinde hatte sich ihr zugewandt und war verstummt. Streng sprach Johanna zu der Nährmutter: »Ich sag' es dir nicht noch einmal: Du hast mit meinem Sohn am Busen die Herdstellen zu meiden! Mach, daß du in die Kammer kommst, und danke Gott, dem Herrn, daß dir dein Balg nicht längst entrissen wurde. Denk immer dran: Das kann dir blühn!«
Kaum hatte sie der Amme die letzten Worte hingeworfen, so drehte sich Johanna um und strebte in die Burghalle zurück, wo es viel kälter war. Klamm schlug es ihr entgegen, und fest zog sie das Umschlagtuch um ihre schmalen Schultern.
Scheinheilig und dazu aufgelegt, jetzt Unfrieden zu stiften, fragte Welf: »Wann wird denn nun getauft?«
Ludowig, dem die Schmerzen das Szepter aus der Hand zu nehmen drohten, raffte sich auf kundzutun: »An Josephi fraglos.«
Wieder hielt Johanna ihren Blick gesenkt. Es war, als suchte sie sich zu verbergen.

Tags darauf, es war Sonntag, kam ein geweihter Mönch vom Kloster Heiligenthal zur Richenburg geritten, um Johanna erst die Beichte abzunehmen und anschließend die Messe in der Burgkapelle abzuhalten. Da Johanna auf einen eigenen Beichtiger verzichtet hatte, stand sie im Ruf, nicht allzu fromm zu sein.
Ehe der Gottesmann seinen Weg zum Feldkirchlein der Heiligen Jungfrau fortsetzte, wo mittlerweile ein Haufen Bauernvolk herbeigeströmt sein würde, empfing er eine angemessene Speisung und auch zehn Ellen Leinen als Gabe an den Prior.

Ludowig hatte der Messe nicht beigewohnt. In einen hohen Kissenberg versunken, lag er zu Bett. Sein Weib band ihm Kompressen aus Kampfer und Kamillen um Wange und um Kinn.

»Dieser Zahn … Unter die Erde bringen will er mich!« röchelte Ludowig. Trotz der Klammheit in der Kammer perlte auf seiner Stirne Schweiß.

Johanna spendete ihm Trost, indem sie ihm versicherte, daß der Mönch versprochen habe, kräftigere Arznei aus dem Klosterkräutergarten heraufzuschicken. Ihr Handrücken glitt dabei sanft über ihres Eheherrn gesunde Schläfe. Da wagte Ludowig ein Lächeln und hielt die wunderbare Hand, die schön war, doch nicht zart, fast kräftig, aber vollkommen in ihrer Proportion, drei Herzschläge lang fest. Als ihm die Hand entzogen wurde, fuhr ihm der Schmerz gleich hundert Nadelstichen ins wunde Fleisch zurück.

Johanna hatte sich ihr Stickzeug mitgebracht. Sie setzte sich jetzt auf die Fensterbank und stopfte sich ein Federkissen in den Rücken, um Zugluft abzuhalten, bespannte daraufhin die Tamburine und begann ihr Werk.

Im Gegensatz zur Turmkammer, der Kemenate, war das Schlafgemach im Oberstock nicht zu beheizen. Es gab nicht einmal einen Rauchabzug. Zwei Fackeln, in der Mauer steckend, und fünf aus Talg gezogene Kerzen sorgten für Licht und eine Vorstellung von Wärme.

Ludowig sah hinüber zu Johanna. Er beschloß, ihr gleich zu sagen, sie solle in die Kemenate wechseln, um dort vor dem Kamin zu sticken. Abscheulich kalt war es in diesem Winter! Sein Weib war zart … Doch nur noch einen Augenblick! Es tat so gut zu wissen, daß Johanna hier war!

Als er sich zum zweitenmal vermählt hatte, war er nicht mehr jung gewesen, aber noch gut im Saft. Er hatte ihre Hand nicht aus politischen Erwägungen erbeten, o nein! Auf ihrer Schwester Fredegundes Hochzeitsfest war es geschehen. Dort hatte er Johanna zum erstenmal gesehn. Wohl war sie ihm bekannt gewesen, seit sie lebte, doch *erblickt*, verschlungen mit den Augen, hatte er sie erst auf diesem Fest. Hatte er sich an ein Kind erinnert, klein, farblos, unbedeutend, so schien ihm nun ein Engel, schön wie die Heerscharen des Himmels, zu begegnen. Was für ein Wuchs! Schlank war sie, biegsam wie eine junge Birke im Maienwind. Und ihre Finger: weiß und fehlerlos geformt. Dazu ein keuscher, ungeküßter Mund und ein verschämtes Lächeln wie aus Samt. Da hatte Ludowig verstanden, weshalb die Minnesänger Frauenerlesenheit zu preisen wußten. Lange hatte seine Lenden nichts mehr so in Brand gesetzt wie dieser Wunsch: des Kleinods habhaft werden. Und in der Tat: Als habe er in einem Jungbrunnen gebadet, war er mit dem Gefühl von jünglingshaftem Übermut erwacht aus seiner Tage Gleichmaß. Mehr noch: Ludowig von Richen, der Rabautz mit der Vorliebe für dralle Bademägde, hatte erstmals in seinem Leben nicht genommen und nicht unterjocht. Er hatte ritterlich geworben. Dabei war er zahm geworden. Niemals zuvor hatte die Berührung einer Hand, und sei es nur, indem sie seinen Arm umfing, den alten Richener umspült mit soviel Wonne. Ganz ohne eignes Zutun war die Zärtlichkeit zu Ludowig gekommen.
Freilich, sein Sohn hatte gespottet. Benahm sich so ein Mann, der auf die Sechzig zuschritt?
Es war ihm einerlei gewesen. Er hatte Welf nie recht gemocht, vielleicht weil Gleiches Gleiches übertrumpfen will. Sie waren

sich *sehr* gleich gewesen, der alte und der zukünftige Herr von Richen: beide der Tat verpflichtet, nicht den schürfenden Gedanken, des Lesens und des Schreibens unkundig, Freunde der Jagd, des Lanzenspiels, des Kampfs, des Kräftemessens, der Sprache nur von Gliedern und von Muskeln.

Wohl war Ludowig im Lauf der Jahre alt geworden und dadurch auch gerechter, aber einen anderen hatte einzig sein Weib aus ihm gemacht – Johanna, die sich von ihm und allem, was er kannte, so augenfällig unterschied. Das kostbarste von ihren Gütern, von ihr gehütet wie ein Heiligtum, denn im Werte Pferd und Rüstung eines Ritters und damit fünfzig Kühen oder fünfzehn Stuten ebenbürtig, waren fünf Bücher, geistlich-ernsten Inhalts, reich bebildert, Abschriften so bedeutungsvoller Werke wie die »Introductio in theologiam« von Petrus Abaelard, gefertigt in bekannt-berühmten Klöstern wie St. Gallen, Benediktbeuren oder Bamberg. Solch ein Besitz hätte manchem Fürsten gar die Brust vor Stolz geschwellt.

Des Lateinischen halbwegs mächtig, schon als Kind von ihrer weit ins Land hinein als vortrefflich gebildet anerkannten Mutter unterwiesen, konnte sie nicht nur lesen, sondern auch verstehen, was sie las. Die Feder führte sie mit Schwung, wenngleich nur in der Muttersprache, und nicht einmal der Schreiber rechnete im Kopf so rasch wie sie. Und nicht genug damit: Auch der Dichtkunst war sie zugetan. So manches Verslein, aufgeschnappt auf Prettelsburger Festen, vermochte sie auswendig herzusagen. Selbstredend führte sie die Spindel flink, und ihre Stickereien waren kleine Meisterwerke.

Mit Ausnahme der Spindel erhob all dies Johanna über ihres Gatten erstes Weib, die eine Ronspacherin gewesen, auch eine tadellose Hausfrau, doch ungelenk, mit wenig Liebreiz und allzu scharfer Stimme.

Durchaus, Ludowig hatte sie geachtet, Welfens Mutter, Machthild getauft, doch zu keiner Stunde hatte er sie je begehrt, von zärtlichen Gefühlen ganz zu schweigen. Sieben Kinder hatte er mit ihr gezeugt, wovon zwei in der Wiege und drei vor ihrem sechsten Jahr gestorben waren. Eine Tochter hatte das wilde Grimmen fortgerafft, da war kaum mannbar sie gewesen. Nur der Robusteste, der Stärkste von den sieben, Welf, der Viertgeborene, hatte überlebt.

Ein Weib nahm man sich nicht zur Liebe. Man nahm sich eins, das Fruchtbarkeit verhieß, mit reicher Mitgift ausgestattet war, dazu dem eignen Stand entsprach, ihn möglichst sogar übertraf.

Was nun die zweite Ehe Ludowigs von Richen anbelangte, so war der Fruchtbarkeitsbeweis glücklich erbracht. Doch mit der Mitgift war es nicht so gut bestellt: fünf Bücher und sechs Höfe, einen Tagesritt entfernt und gleich als Wittum ausgemacht, eine Truhe voll mit Kleidern und mit Wäsche, ein Kästchen für den Schmuck, darin jedoch nicht viel, und nach Verhandlungen, die zäh verlaufen waren, zweihundert Silbermark. Als jüngste von drei Schwestern schien Johanna dem Kloster mehr bestimmt zu sein als einem Mann. Allein, Ludowig war ihre Jugend Hab und Gut genug. Geschissen sei auf Land- und Münzbesitz!

Was nun den Stand anging, so konnte einzig es von Vorteil sein, im Sippenbund mit dem Geschlecht der Markgrafen zu leben, und Heirat, das war ein Vertrag, der Frieden garantierte. So war Johanna nichts als nur Gewinn gewesen …

Während Ludowig in seinem Bette solchen Gedanken nachhing, erreichten seiner Anvermählten Brüder, Ruodlieb und Dankward, seit dem Tode ihres Vaters die neuen Herren auf der Prettelsburg, zu Pferd die Burg von Richen.

Johanna hörte Hufschläge im Hof, drehte sich rasch zum Fenster um, das zugenagelt war, löste den Span, der einen Spalt freigab, um Aussicht zu gewähren, und rief dann aufgeregt: »Das ist mein Bruder Dankward! Dankward ist da! Und mit ihm Ruodlieb! Allmächtiger!«

Und nichts war vorbereitet …

Fragend, wohl auch bittend, sah Johanna nach ihrem Eheherrn. Der schien genauso überrascht wie sie, doch nickte er bald zustimmend. Und schon war sie zur Tür hinaus. Wieselflink und gar nicht hoheitsvoll wie sonst jagte sie durch den Wendelgang aus Stein.

Baldur hatte den Angekommenen bereits die Pferde abgenommen, der Schreiber sie gebeten, in den Palas einzutreten.

Als Johanna Ruodliebs Miene sah, die gänzlich unbewegt war, suchte sie schnell, die eigene Erregung abzudämpfen und so zu gehen, wie's einem Eheweib geziemte. Dann aber schaute sie in Dankwards Antlitz, das Grinsen eines Spitzbuben, und fiel ihm um den Hals.

Ein Jahr nach ihr geboren, stand er ihr näher als nur irgend jemand auf der Welt. Zusammen hatten sie den Ritt durchs Reich von König und von Königin gespielt, auch Papst und Kaiser, Ritter und sein Knappe, und Kriege um den Reichsapfel geführt.

Vom selben Pfaffen in derselben Kammer unterrichtet, hatten sie sich auf lateinisch verständigt, wenn Dritte ihre Reden nicht begreifen sollten. Aus Binsen hatten Schiffchen sie geflochten, um sie auf gleicher Höhe bei der Stillen Mahd im Flusse auszusetzen und am Saum der Zusam ihnen nachzulaufen, bis sie nicht mehr weiterkonnten, bis die Boote davongetragen wurden von der Strömung, weit weg, vielleicht zum Meer.

Pfeil und Bogen hatten sie geschnitzt, die Bogen dann bespannt mit Wirkware und, so gerüstet, Kämpfe ausgefochten gegen heimtückische Heiden, die sich im Wald versteckten, getarnt im Kleid von Bäumen. Auch hatten sie die alte Mutter Müllerin besucht und ihren Mären von Vergangenem und Kommendem gelauscht. Reiten hatten sie gelernt und ihr erstes Wild erlegt: gemeinsam, mit zwei Pfeilen, einem von ihm, einem von ihr. Sie hatten mit der Schlinge eine räuberische Füchsin eingefangen, sie begraben und in einem selbstgezimmerten Verschlag die Jungen dieser Füchsin aufgezogen. Als die kleinen Füchschen begonnen hatten, hinter Mäusen herzujagen, waren die Unzertrennlichen zu dem Entschluß gelangt, sie in die Freiheit zu entlassen.

Nach ihrer Mutter Tod hatte einer an der Schulter des anderen geweint. Johanna war nachts heimlich zu Dankward in sein Bett gekrochen, um ihn zu wärmen und zu halten, wie er sie hielt und wärmte. Sie hatten ... Gott im Himmel, was hatten sie denn nicht?

Als Dankward seine Schwester jetzt umarmte, traten ihr Freudentränen in die Augen. Nach Hause! hämmerte es wild in ihrem Herzen. Ich will nichts als nach Hause! Alles Unerlaubte, das sie in sich fühlte, das sich hinter einer Maske der Ergebenheit verbarg, wollte schluchzend sich befreien. Dann aber, als sie, Wange an Wange mit Dankward stehend, hinter ihm Ruodlieb erblickte, der sie betrachtete mit seiner kalten

Neugier, da zwang sie sich Beherrschung auf, da löste sie sich schnell von Dankwards Brust.
»Ruodlieb«, sagte sie gemessen. Ihr Nicken war wie hin zu einem Fremden.
Ruodlieb trat näher, griff nach ihren Schultern, küßte sie auf beide Wangen, lächelte einzig mit dem Mund und grüßte sie mit der gebotnen Höflichkeit: »Schwester! Genesen siehst du aus. Es freut mich, daß du dich so wohl befindest.«
Johanna blieb starr unter Ruodliebs Berührungen. Nichts hatte er ihr geben wollen, damals, nach ihres Vaters Tod. Versprochen war sie Ludowig schon lang. Am liebsten hätte Ruodlieb sie als Bettlerin nach Richen gehen lassen: mit nicht mehr als dem Kleide, das sie trug am Leib.
Dankward hatte gut für sie gesprochen, sogar Kunigunde, Ruodliebs Weib, war gegen ihren Gatten aufgestanden. So hatte man Johanna eilends eine Truhe mit Wäsche und Gewändern vollgestopft, dazu ein Schmuckkästchen gegeben mit zwei Ringen, drei Armreifen und drei Schapeln und ihr ein Wittum zugesagt, das bis zu seinem Tode im Gewahrsam Ludowigs verbleiben sollte, bestehend aus zweihundert Silbermark und einem Gut jenseits der Zusam, das sich in sechs Hufen teilte. Trotz Ruodliebs Versprechen hatte es um Gut und Geld noch einen langen Kampf gegeben.
Nein, Ruodlieb war ihr in keiner Weise teuer. Indessen, eine Ahnung, die sie mehr und mehr bedrängte, flüsterte ihr zu, daß sie seiner eines Tages sehr bedürfen werde. So schluckte sie denn ihren Groll hinunter und hüllte sich in leere Freundlichkeit.
»Kommt!« forderte sie ihre Brüder auf.
Wie waren sie verschieden! Ruodlieb groß, dunkel, voller

Kraft, mit harten Zügen und mit einer Hakennase, die schräg durch sein Gesicht schnitt, dazu ein Kinn- und auch ein Backenbart und eine Narbe unter seinem rechten Auge; daneben Dankward, schmaler, kleiner, heller, sehr blond, mit goldnem Flaum über dem schönen Mund und blaue Augen voller Schelmentum und Knabenweichheit um die Wangen.

»Kommt!« hatte ihrer beider Schwester schon gesagt und fügte nun hinzu: »Laßt euch von mir bewirten! Mein Herr Gemahl liegt krank zu Bett, Welf aber wird sich freuen, euch zu sehen.« Sofort lief eine Magd, um Welf zu suchen. Das Feuer in der Halle wurde angezündet, die Wandfackeln in Brand gesteckt. Peinlich durchaus, daß alle Wachskerzen verbraucht und nur noch Talglichter vorhanden waren.

Johanna ließ dafür die Tafel mit allem decken, was die Burg zu bieten hatte. Sogar ein Faß des guten Weins vom Rhein, nur hohen Feiertagen vorbehalten, wurde angezapft.

Welf war ganz wohlgemut. Er liebte es zu wetteifern mit Ruodlieb, der ihm nicht nachstand. Nein, im Gegenteil, er forderte wie Welf heraus. So fand er Welfs Gefallen und Welf seinen.

Daß Ruodlieb drei Jahre älter war, kam einem Ansporn gleich. Mochte Vetter Anselm Welf ein Gefährte sein und manchen Streich auch mit ihm teilen, so brachte er doch niemals das in Welf hervor, was stets in diesem flammte: die tolle Lust am Kräftemessen, am Wagnis und am Kampf, der nicht schon vor Beginn entschieden war. Zu siegen gegen einen schlechten Mann war weniger für Welf, als wacker auf dem Pferd zu bleiben gegen einen guten. Wenn Welf verlor, und das geschah nicht oft, so überwand er diese Schmach mit seiner Unbekümmertheit, indem er rief: »Revanche!«

Jetzt aber wallte Neid in ihm, kein böser, feindseliger Neid, denn einem wie dem Ruodlieb mißgönnte Welf nicht viel, ein Neid jedoch, der zischte: Das will ich auch!

Von der Beizjagd war die Rede. Sie versprach den größten Ruhm. Einen Falken hatte Ruodlieb erworben, einen Falken wünschte Welf sich, seit er vierzehn war. Jedoch, ein Falke war nicht zu bezahlen, nicht für die Richener, nicht gegen alle Bücher Johannas, die Welf sofort dafür geopfert hätte.

Ruodlieb, Welf ein Geistesbruder, bot ihm augenblicklich an, sich an dem Vogel zu erproben, sei er auf der Prettelsburg doch jederzeit willkommen.

Dem alten Wolfinger, in seinen letzten Jahren häufiger im Büßerhemde anzutreffen als im Sattel, wäre solches nicht entschlüpft. Lagen die Prettelsburger auch keineswegs in Fehde mit den Richenern, so waren doch die Edelfreien allzeit nur zweite Wahl gewesen für den Alten auf der Nachbarburg, wohl gut genug für seine letztgeborene Tochter, doch niemals gleich im Rang. Ruodlieb mochte ähnlich denken. Gleichwohl, das heiße Blut der Jugend in den Adern, genoß er mehr die Ebenbürtigkeit des Welf im Kampf, als sich des ärmern Anverwandten jetzt zu schämen. Nicht beim Turnier in Landshut, nicht auf Pappenheim war ihm ein solcher Gegner je begegnet.

Ruodlieb, Welf, Dankward, Anselm, dazu der Schreiber, der sich einen vollen Tisch niemals entgehen ließ, am untern Ende auch die Knappen, die ebenfalls versuchten, sich hervorzutun: Da fiel Johannas Wortkargheit nicht auf. Die Männer zechten, und einer hieb dem anderen ins Wort, sie lachten schallend auf, erzählten auch von fremder Leute Mißgeschick und Ruhm, lobpreisten laut den Krieg, der kommen mußte,

prahlten mit Heldentaten, die noch nicht begangen, und leerten Krug um Krug des guten Weins.
Johanna, an solche Art Gelage seit Kinderzeit gewöhnt, erhob sich hin und wieder, um ins Schlafgemach hinaufzusteigen und ihrem Eheherrn die Heilkompressen vorsichtig zu wechseln. Sie taten offensichtlich ihre Wirkung: Als sein Weib zum dritten Male nach ihm sah, war Ludowig von Richen eingeschlafen. Auf ihren Sohn, in der Amme Armen schlummernd, warf Johanna einzig einen kurzen Blick.
Noch auf der Wendeltreppe hinunter in die Halle trat Dankward ihr entgegen. »Schwesterchen!« In seinen Augen blitzte es vor Schalk, der ihm den Zauber gab. »Ist dir auch wohl? Läßt man's dir gut ergehen?«
Johanna fühlte, wie ihre Knie weich wurden. Wußte sie manches vor sich selber zu verbergen, so niemals vor dem Bruder. Ihre Stimme drohte zu versickern gleich einem Rinnsale im Staub, als sie erwiderte: »Sie halten mich viel besser, als ich fürchtete.«
»Welf – hab' ich recht?« beharrte Dankward.
Ein Zucken lief über Johannas Stirn, doch gab sie keine Antwort.
»Ich meine dies«, sprach Dankward aus, was ihm Besorgnis war: »Er läßt dich fühlen, du bist ihm im Weg.«
»Ich? Ihm im Weg?«
Sie wußte es nur allzugut. Nicht einmal Dankward wollte sie es eingestehen … ihm dreimal nicht!
»Komm mit mir in den Stall!« Er flüsterte aus Furcht, belauscht zu werden. »Ich habe dir was mitgebracht. Die andern brauchen's nicht zu sehen.«
Als wäre der Kindheit noch kein Ende, stahlen die zwei sich

durch die Hintertür davon. Im Hof lag knöcheltief der Schnee. Es schneite, und der Atem wurde weißer Dampf. Jetzt schnell …

Im Viehstall standen Pferde neben Ochsen und Ochsen neben Kühen. Es roch nach Stroh und Dung und Fell, es war viel wärmer als im Palas. Dankwards Roß hob schnaubend seinen Kopf. Zwischen seinen Hufen fand Johanna einen Käfig, von einem Tuch bedeckt, darunter gurrte es. Sie beugte sich rasch nieder und nahm das Linnen fort. Empor zu ihrem Bruder lächelnd, öffnete sie das Türchen, das aus Binsen war. Behutsam faßte sie nach einer weißen Taube – es waren ihrer drei – und holte sie heraus. Das kleine Herz des Tiers schlug angstvoll unter ihren Fingern.

Zärtlicher, als sie je zu ihrem Kind gesprochen hatte, raunte sie dem Täubchen zu: »Scht! Nicht fürchten, meine Kleine! Es soll dir nichts geschehen!«

»Sie sind gut abgerichtet«, bemerkte Dankward stolz. »Wenn du sie freiläßt, fliegen sie zur Prettelsburg zurück. Willst du mir eine Nachricht senden, so wirf eins dieser Täubchen in den Himmel. Gib alle drei am besten in den Schlag im Turm. An ihrem weißen Federkleide wirst du sie erkennen.«

Johannas Augen glänzten hochbeglückt. Die Taube weiterhin sanft in der Hand, richtete sie sich auf.

Plötzlich forschte Dankward: »Ist er *sehr* krank?« »Er«, stets »er«. Weder Johanna noch Dankward nannten ihn je mit Namen.

»Nur ein Backenzahn. Daran stirbt er nicht.«

Der Bruder sah die Schwester an, die Schwester ihren Bruder. Nicht lange, dann umfingen sie einander und standen reglos da. Das Täubchen zuckte heftig in Johannas Hand.

»Laß uns zurückkehren«, wisperte Johanna nah an Dankwards Ohr. »Sie werden uns vermissen.«
Sie fürchtete gar nicht, vermißt zu werden. Sie fürchtete, gleich ihren Bruder anzuflehen, sie mitzunehmen, mit nach Hause. Sie fürchtete, die Fassung gänzlich zu verlieren, sie fürchtete zu wimmern wie ein Kind.
Dankward, ausgestattet mit der Gabe, seiner Schwester Bedrängnis zu gewahren, als wär's die eigene, rückte allmählich von ihr ab. Er ging voraus. Während er in die Halle trat, fingerte er mit beiden Händen an seinem Hosenlatz. Er tat, als hätte er sich draußen nur erleichtert.
Johanna wartete im Stall. Die Taube kosend, deren Angst ihre Empfindung spiegelte, rang sie sich Haltung ab und Würde. Sie rang um das, was ihr das Rückgrat stärkte seit zwei Jahren, und schritt dann aufrecht, stolz, dem Ruf Tribut zollend, den sie genoß, zurück zum Palas.
Als Ruodlieb sie kommen sah, setzte er den Becher, aus dem er trinken wollte, so schwungvoll ab, daß der Wein im hohen Bogen über den Rand schwappte.
»Schwester!« rief er laut vernehmlich. »Willst du uns deinen Sohn noch länger vorenthalten? Ihn zu schauen sind wir hier. Denn immerhin: Er ist mein Patenkind.«
Es wurde still am Tisch. Aller Augen blickten auf Johanna. Welf grinste hinterlistig. Ihm war es einerlei, wer dieses Spiel gewann, doch war er neugierig, wie sich die Füchsin schlagen würde.
»So ist es, Ruodlieb«, entgegnete Johanna mit einem schmalen Lächeln. »Du sollst ihn sogleich sehen, den Knaben, der unter deinem Schutz und Trutze stehen wird von seiner Taufe an. Ich gehe ihn jetzt holen.«

ZWEITES KAPITEL
IM JAHRE DES HERRN

1146

Acht Tage war's vor Leonhardi, da schleppte sich die schwarze Trud in Eile in den Wald.

Gut waren sie zu ihr gewesen, die alte und die junge Müllerin, gut auch die Wochen in dem großen Müllerhaus, wo Trud die niedern Dienste für Obdach und zweimal zu essen jeden Tag verrichtet hatte. Die fremden Leute waren hilfgütig gewesen … Doch jetzt vermochte keiner mehr, ihr beizustehen, nur Gott allein noch.

Mit schweren Schritten ließ Trud Dorf und Mühle hinter sich. Das Dorf, Richburg genannt, war Richener Besitz, doch drängte es sich nicht, so wie die Hütten der Burghörigen, die um die Außenmauer klebten, dem Stammsitz zu. Dort, wo das Mühlrad klapperte, grenzte es an die Flußbiegung. Es wuchs und wuchs und hatte Seitengassen und machte Jahr um Jahr den Müller reicher.

In Richburg schaffte gar ein Schultheiß an: Der Burgherr, allmächtig geblieben, hatte ihn bestellt. Es gab auch eine Weberei und eine Schmiede, einen Gewandhändler und einen Oblater, einen Bader und ein Wirtshaus, das »Zum schwarzen Bären« hieß und Pilger ebenso beherbergte wie Händler, die von den Salzstraßen herüberkamen. Weiter unten an der Zusam hatte sich, verachtet wegen des Gestanks, der sein Handwerk begleitete, ein Gerber angesiedelt, dem jedes Jahr ein anderer Gehilfe am Milzbrand starb.

Das Bier braute in jedem Haus, das es sich leisten konnte, die Hausfrau selbst, die auch der Schlachtung vorstand, und wenn ein Händler eintraf, der lauthals seine Waren pries, lief, was da Beine hatte, zum Marktplatz hin, wo sich alles um den Brunnen scharte.

Eine Kirche mit zwei Türmen hätte Richburg um ein Haar bekommen, dann aber war des alten Richners erstes Weib, die fromme Machthild, viel zu früh gestorben. Sie war's gewesen, die den Kirchenbau vorangetrieben hatte. Ludowig selber fand: *Ein* Turm tat's auch. Gedrungen, wehrhaft, Trutzburg mehr als Gotteshaus, bar welscher Anklänge, die sich von Cluny aus überall verbreiteten und im Emporstrebenden, Himmelsstürmenden Gott zu preisen suchten, wurde die Kirche mehr und mehr zum Mittelpunkt des Dorfs, zog es vom Flusse weg hinüber in die Mahden und nahm der Mühle allmählich ihre Vorherrschaft.

Der Magd Trud hatte das Dörflein wunderbar gefallen. Sie selbst entstammte einem der zwölf Fronhöfe, die Richen eigen waren. Eine Stadt hatte sie ihr Lebtag nicht gesehen, sie vermochte sich auch keine vorzustellen, so daß sie sich nichts Überwältigenderes als Richburg denken konnte.

Weil sie entlaufen war, wofür ihr Herr berechtigt war, sie totzuschlagen, wenn es ihm beliebte, hatte sie sichern Unterschlupf gesucht und ihn gefunden in der Mühle. Die Müllerinnen waren gute Frauen, die alte wie die junge; auch mit dem Müller hatte es sich leben lassen. Ganze zweimal hatte sie die Peitsche schmecken müssen, und das, wie Trud vermeinte, durchaus zu Recht. Das erste Mal hatte sie einen Topf Holundermus gestohlen, ein andermal ein Kleid probiert, das der jungen Frau gehörte, heimlich, in deren Kammer, ein Kleid, wie sie es selber niemals haben würde, mit Kragenausschnitt und mit Taillengurt, mit Ärmelschleppen, die bis zu den Knien reichten, aus feinstem Tuch, kornblumenblau gefärbt.

Trud dachte an das Kleid und lächelte. Ihr Atem ging jetzt schwer. Die Dämmerung begann, sich in die Nacht zu senken, und nachts, das wußte Trud, suchten die Wölfe Beute, und auch Dämonen gingen um … Sie führten Luzifer verlorene Seelen zu.

Trud hatte Angst, doch gab es kein Zurück.

Sie würde Rache nehmen, schwor sie sich, und dieser Schwur gab ihr gleich neuen Mut. Er würde kommen, jener Tag …

Gedanken tanzten ineinander. War da nicht etwas, das sie hetzte? Mit Haß versuchte sie, sich gegen ihre Angst zu wappnen, doch fraß die Angst sich immer wieder durch den Haß.

Schmerzen durchliefen sie. Sie mußte innehalten. Dann trieb es sie erneut voran.

Sie kannte Schmerzen, seit sie um sich selber wußte. Vor Jahren hatte sie sich, im Geröllfeld Steine schlagend, ein Bein gequetscht. Zu liegen war ihr nur drei Tage lang vergönnt gewesen, am vierten hatte sie der Fronhofmeier zurück aufs Feld gejagt. Mit einem schweren Wasserkessel, den sie vom Feuer hob, allein jedoch nicht halten konnte, hatte sie sich daraufhin den Bauch verbrüht – und tags darauf schon Ähren schneiden müssen. Sie hatte selbst den Halsbrand überlebt mitsamt den Roten Flecken und auch die namenlose Qual der alten Mutter angesehn, die am Antoniusfeuer zugrund ge-

gangen war. Obwohl dem guten Weib die Arme am lebendigen Leib verfaulten, war das Leben in dem gepeinigten Kadaver erst erloschen, nachdem der rechte abgefallen und der Stumpf brandig geworden war.
So war das Leben. So und niemals anders.
Trud wiegte sich in einer heißen Welle. Stehenbleibend, preßte sie sich beide Hände an den Mund, um einen Aufschrei zu ersticken. Es konnte nicht mehr lange dauern ... Sie mußte sie erreichen, diese Hütte!
Flink wie ein Tier der Nacht schlängelte sie sich durch die Finsternis des Waldes. Da war die Lichtung! Büßen würde er dafür! Wenn nicht durch sie, so doch im ewiglichen Feuer! Nur rasch vorbei ...
Reisig knackte unter ihren nackten Füßen, nicht viel, die Frauen sammelten es Tag für Tag. Ein Käuzchen schrie. Gedehnt war dieser Laut und klagend.
Jetzt rannte Trud. Stachliges Unterholz und dichte Farngewächse, Gebüsch und Stauden wollten ihr den Weg versperren. Kein Schimmer Mondlicht durchdrang die Baumwipfel. Und kein Geräusch zu hören, nur das Reis, das unter ihren Füßen brach. Der eigene Herzschlag gab den Takt für ihre Beine. Da! Die gelbe Sichel zwischen hohen Kronen! Und auch die Köhlerhütte!
Laut raschelte es im Gezweig. Ein Tier? Ein Iltis oder eine Fähe? Ein Wolf würde doch heulen – oder nicht? Und wenn es nun ein Bär war?
Trud stürzte sich mit Wucht gegen die Katentür. Sie drückte sich dagegen, doch ging die Tür nicht auf. Offen sei sie, das hatte ihr die Müllerin versprochen. Hier wohnte keiner mehr. Der Köhler war längst tot.

Keuchend lehnte sich die schwarze Trud gegen die Bretterwand. Ihr Blick flog tastend durch die Nacht. Still war es um sie her. Erschöpft glitt sie zu Boden.
Sie dachte: Ein Gebet, Herr, gib mir ein Gebet! Es fiel ihr keines ein, nicht eine Zeile. In ihrem Kopf war es wie leergefegt. Und dann der Krampf in ihrem Bauch … Als fürchte sie, gehört zu werden, biß sie sich stöhnend in die eigene Faust. Sie wagte nicht zu schreien. Vielleicht war ihr der Sensenmann dicht auf den Fersen … Trud hielt sich an den eigenen Knien fest und stemmte ihren Hinterkopf gegen die Hüttentür, während sie hechelnd Atem durch die Nase stieß. Wie weh das tat! Es schien sie zu zerreißen. Die Furcht verdampfte unter solchem Schmerz wie feuchte Flecken unter einem heißen Eisen. Trud raffte ihren Rock und spähte zwischen ihre Schenkel, die von allein sich spreizten. Dort steckte ein Kopf fest; allein die Schädeldecke war zu sehen. Gott verdamm dich, Welf von Richen, dich und deine vermaledeite Brut!
Gegrüßet seist du Maria voll der Trostlosigkeit … Vater unser, der du bist im Himmel, verflucht werde dein Name, dein Reich versinke, dein Wille zerbreche …
Trud krümmte sich. Ihr war speiübel. Sie keuchte schwer. Der Leib befahl zu pressen, also preßte sie. Die Augen traten ihr schier aus den Höhlen, und Tränen liefen über ihre Wangen. Trud gebar mit einem stummen Schrei. Zwischen ihren Schenkeln glitt eine Tochter, schleim- und blutverschmiert, ins Waldlaub und rang mit leidverzerrtem Antlitz um eine Lebensäußerung. Indes, das Kind schrie nicht, wie auch die Mutter nicht geschrien hatte. Trud, schweißnaß am ganzen Körper, obwohl es eine kühle Nacht war, blickte auf jenen Wurm hinab, den sie geboren hatte, der rot und schlierig und

verschrumpelt aussah, und faßte nach dem Messer in ihrer Rocktasche. Mit sichrem Schnitt durchtrennte sie die Nabelschnur, während sie bei sich dachte: Ein Neugeborenes sieht ebenso gequält und alt aus wie ein Sterbender …
Das Kind verweigerte noch immer seinen ersten Schrei. Die Ärmchen wie ergeben ausgebreitet, mit geschlossenen Augen lag es im Laub, der Mond schien auf es nieder, direkt ihm ins Gesicht, als wolle er es gut beleuchten, und auch Gevatter Tod – Trud spürte es erschaudernd – war da, um es zu holen. Es atmete, es lebte, doch war es nicht geboren, um zu leben. Eine Gnade ist es, dachte Trud, die den kleinen Leib betrachtete, ohne eine Regung zu empfinden, eine Gnade, daß du nicht leben mußt …
Dann drückte sie mit beiden Händen zu. Sie erwürgte ihre Tochter, die sich dabei aufbäumte, kurz nur: zum ersten- und zum letztenmal.

Welf und Anselm waren zu einem Turnier nach Landsberg aufgebrochen, als Ludowig zur Kemenate hochstieg, wo Johanna mit ihrer Zofe saß und spann. Zwischen den beiden Frauen stand die Wiege, darin der Knabe schlief. Luitgards Fuß hob und senkte sacht den Holzrahmen.
Kaum war er eingetreten, herrschte Ludowig sein Weib an: »Ich sehe nichts von Euch, ich höre nichts von Euch, ich weiß nicht, was Ihr treibt! Warum verbergt Ihr Euch?«
Johanna wies Luitgard mit einer Geste an, sich zu entfernen. Allein mit ihrem Eheherrn, erwiderte sie gesenkten Hauptes: »Es war sehr viel zu tun. Gestern wachte ich an des Schreibers Seite über den Eingang des Ruperti-Zehnts. Vom Bliggerhofe drüben blieben sie ihn schuldig. Ich beschied daher, daß wir

auch Gänse nähmen, zwei an der Zahl, wenn sie die Sau nicht aufbrächten. Das dürfte doch in Eurem Sinne sein? – Der Flachs war schon geröstet und gebrochen, so haben wir ihn halt gehechelt. Das neue Linnen soll doch fertig werden bis zum Niklaustag! Im Backhaus war kein Durchzug, da mußte ich mich kümmern. Der Schinken will nicht räuchern wie im letzten Jahr, neue Kerzen waren fernerhin zu ziehen, und vergeßt die Nadelarbeit nicht! Sind die Weihnachtsgänse erst gerupft, heißt's neue Kissen anzufertigen …«

Ausflüchte! Ludowig vernahm mit Unruhe, daß er getäuscht wurde. Wenn Johanna einen solchen Redeschwall verschüttete, dann stimmte etwas nicht.

»Ihr seid's nicht, die den Schinken räuchern muß!« fuhr er sie an, erinnerte sich aber, sie erblickt zu haben, wie sie ins Rauchhaus ging, und schloß daher, sich mühevoll bezähmend: »Bis Weihnachten sind's noch sechs Wochen. Nichts hat Eile. Ihr geht mir aus dem Wege, und mich verlangt danach zu wissen, warum Ihr solches tut.« Seit ihm der Dorfbader den Backenzahn gezogen hatte, war der herrische Ton zu ihm zurückgekehrt und mit ihm auch der Leibeshunger nach Johanna, seinem Weib.

»Es ist ein milder Tag«, erwiderte Johanna. »Seid Ihr genauso milde.«

Draußen lächelte der Herbst, getaucht in goldne Schleier. Die Blätter hatten sich verfärbt, das Licht war weich geworden. Es roch nach Abschied und Verlöschen, nach Wehmut und Verblühen. Johanna genoß den Blick aus ihrem Kemenatenfenster: Dies hier war ihre Jahreszeit, ihr Inneres, ihr Fühlen. Zwei Tage nach Martini war sie geboren worden.

Da Ludowig nicht wußte, was ihr entgegensetzen, schob er

die Unterlippe vor. Johanna fing nun an, das Kind zu schaukeln, das in der Wiege lag, obwohl es friedlich schlummerte und dieses Trostes kaum bedurfte.
»Johanna.« Des alten Richners Stimme klang nach Abbitte.
»Ich bin nicht hier, um Euch zu tadeln.« Langsam, denn das Podagra plagte ihn in diesem Jahr schon vor dem ersten Schnee, ließ er sich neben seinem Weibe nieder auf der Fensterbank. »Habe ich Euch verärgert?« erkundigte er sich.
Johanna schüttelte den Kopf. Sie wollte ihm nicht in die Augen sehen. Um ihr Haar, das sie offen trug, wenn sie in ihrer Kemenate war, legte die Sonne einen Strahlenglanz. Ein Bildnis wie gemalt: Maria mit dem Kinde, um ihren Kopf ein Heiligenschein.
»Ich weiß, daß Ihr nicht oft etwas verlangt«, sprach Ludowig. »Ich bitt' Euch: Tut es jetzt! Begehrt Ihr, was ich geben kann, so sollt Ihr es bekommen.«
Johanna hob das Haupt und sagte leise: »Ich habe Angst um Euch, Gemahl.«
»Angst?« Ludowig meinte, sich verhört zu haben.
Längst hatte sie die Spindel fortgelegt und mit dem Fuß den Nocken aus dem Weg geschoben. Ludowig rückte näher zu ihr hin. Sie roch betörend süß, sie roch nach junger Haut und einem Tropfen Rosenöl.
Johanna wurde deutlicher: »Ich weiß, daß Ihr begonnen habt, Verfügungen zu treffen. Ihr seid wieder genesen, doch tragt Ihr Euch mit Überlegungen …« Hier brach sie ab.
Ludowig legte seine große, arthritisch-starre Hand auf ihre feste weiße. Nach einem Auflachen versicherte er ihr: »Mich fällt so leicht kein Zipperlein!«
»Aber wenn …«

»Dann ist es Gottes Wille.«
»Und Euer Zweitgeborener? Und ich?« Ihr bernsteinfarbner Blick traf seinen Seelengrund.
Ludowig verstand – nur allzu gut. Wer die Ehe einging mit einer aus dem Wolfinger-Geschlecht, konnte nicht glauben, keinerlei Verpflichtungen zu haben.
So zog er seine Hand ab von der ihren und entgegnete: »Wird mir der Lebensatem einst entflohen sein, werdet Ihr Euer Wittum zurückerhalten und dazu, wie ausgemacht, die drei Hofstätten von Apfeltrach. Ihr wißt, daß Euer Auskommen für alle Zeit gesichert ist.«
Johanna nickte. Kargheit war's, was Ludowig ihr in Aussicht stellte. »Für mich ist gut gesorgt«, gab sie ihm dennoch recht. »Aber für Wig?«
Beide schauten in das schlafweiche Gesicht des Kindes, dessen Haarflaum einst hell gewesen und dann nachgedunkelt war.
Schärfer als beabsichtigt kam es von Ludowig: »Hat Euer Sohn nicht einen Paten mit reicher Hausmacht und einer großen Zahl von Gütern in der Hinterhand? Ist es nicht so, daß ein Kind nach seines Vaters Tod in die Munt des Göden übergeht? Und ist es nicht auch ferner so, daß ein Weib seinen Gatten lieben, statt über sein Ableben spekulieren soll?«
Kühn hielt Johanna ihm entgegen: »Ist es nicht so, daß ein Gatte sein Weib ehren und für seines Weibes und seiner Nachkommen Schutz sorgen soll?«
Sie schmeichelte nicht länger. Sie bat nicht, sie erschlich sich nichts. Johanna forderte mit wolfingerischem Stolz. Eine Markgräfliche war sie, ganz Bluterbin ihrer Altvorderen.
Fremd war sie Ludowig in dieser Stunde. Und doch begriff er, was sich in ihr regte: Welf war der Dorn in ihrem Auge.

Ohne ihn wäre das Kind in der Wiege zum Stammhalter der Richener Besitzungen bestimmt. Gut genährt, mit runden Wangen und mit tiefen Grübchen in den kleinen Fäusten mochte ihm Kraft beigegeben sein und auch die Zähigkeit beider starker Linien, deren Frucht er war.
Und dennoch, ob er heranwuchs, konnte niemand sagen. Noch hatte er nicht einer Krankheit trotzen müssen. Und dann: Er war und blieb der Zweitgeborene.
»Welf haßt mich«, trieb Johanna ihre Sache flott voran. »Und außerdem: Sorgt er sich je um *Euer* Wohlergehen? Wenn er das Kreuz nimmt« – wollte heißen: wenn er wahrhaftig stattfand, der Ritt nach Jerusalem – »wird er sich bewähren und daraufhin vom König herrschaftliche Lehen empfangen. Als von Konrad ausgezeichneter Vasall bedarf er Richens nicht mehr.«
Wenn! Ludowig wiegte seinen Kopf. Lauter ungelegte Eier! »Bewährt sich Welf im Land der Heiden, wird ihm der König hier auf Richen zu seinem Recht verhelfen«, gab er zu bedenken.
»Nur wenn er's wagt, gegen den Herzog aufzustehen«, erwiderte Johanna. »Wahrscheinlich ist das nicht. Wahrscheinlich ist, daß sich die Wappen der Staufer und der Babenberger näherkommen im Lauf der Waffenbrüderschaft. Richen ist unbedeutend. Um Richen schlagen sich die hohen Herren nicht. Und nicht zuletzt, Konrad hat Lehen mit höheren Erträgen zu vergeben. Welf wird mit allem einverstanden sein, was ihm mehr Macht und Einkünfte verheißt. Bekommt er beides, wird er auf Richener Besitz kaum pochen.«
Scharf nahm Ludowig an seinem Weibe Maß. Potz Teufel! Die Füchsin wurde sie genannt. Das wußte er. Die Prettels-

burg mitsamt dem Titel der Markgrafen war ein Lehen Heinrichs, Herzog von Bayern, unter dem Namen Jasomirgott bekannt. Unter seinem Schutz und Trutz standen die Wolfinger. Mächtige Kräfte spielten Johanna in die Hände.
Ferner bot sie auf: »Ihr seid auf Eurem Grund und Boden Euer eigner Herr. Bedenkt, daß Konrad Euch das Recht, Burg und Güter zu vererben, zugesichert hat. So seid Ihr frei, Euren Nachfolger nach Gutdünken zu bestimmen.«
Ludowig staunte wie nie vorher in seinem Leben. Schlau war sie, seine zarte Engelin! Und obendrein rechtskundig!
»Der Älteste tritt in die Erbfolge«, beschied er barsch. »Das war von jeher so.«
Ruhig widersprach Johanna: »Von jeher war gar nichts. Immer gab es einen, der's verfügte.«
Heftig stieß Ludowig den Atem aus. Sein Unbehagen wuchs und wurde Groll. Der Groll jedoch verbrannte schnell zu Asche. Denn immerhin: Johanna war von edlem Blut, weit mehr als Welfens Mutter, und dieses Blut durchpulste auch den Knaben in der Wiege.
Die Sonne sank jetzt in den Wald. Um Johannas Haupt verglomm der fromme Kranz. Sie wandte sich an Ludowig und legte ihm die Hände auf die Schultern. »Bedenkt die Sache wohl«, sagte sie sanft. »Und wißt, daß ich als Euer Weib mich Eurem weisen Ratschluß fügsam beugen werde.«
So sprach Johanna, doch so war sie nicht. In dieser Stunde tat sie einen Schwur, dem sie ein Leben lang die Treue halten würde: sich nie zu beugen, was auch kommen sollte.

Ludowig saß in Richburg zu Gericht. Recht zu sprechen galt es zuerst in einem Fall von Diebstahl. Eine Herumtreiberin

hatte Brot aus einer Backstube, Rüben vom Allmendeacker und – das fiel am schwersten ins Gewicht – drei Schillinge aus dem Beutel des Gewandmachers gestohlen. Ferner waren der Vorwurf versuchter Grenzverschiebung zu verhandeln und eine Kindsmörderin zu überführen.
Ludowig von Richen, Herr über die niedere Gerichtsbarkeit, belegte die Herumtreiberin mit der Strafe, die ihr zukam: Abgehackt werden sollte ihr die rechte Hand.
Auf Grenzverschiebung stand gemeiniglich der Tod. Da jedoch ein Halbfreier schuldig geworden war, weil seine Scholle kaum den Zehnt aufbrachte, weil er geständig war und flehentlich um Gnade bettelte, sollte er nur gegeißelt werden, um anschließend drei Tage lang am Pranger auszuharren. Ob die ausgemergelte Kreatur die Widerhakenpeitsche überleben würde, war ungewiß.
Nur der Fall der Kindsmörderin beschäftigte Ludowig nachhaltig. Althergebrachtem Recht entsprechend, waren einzig zwei Strafen für das Verbrechen denkbar: Erhängen oder auch Ertränken. Drüben, im Gau der Burgberger, wurden Kindsmörderinnen sogar lebendigen Leibs gesiedet. Auf Richen war man gnädiger.
Die schwarze Trud war schnellstens überführt. Und so gestand sie alles. Nachdem sie im Wald geboren und das Mägdelein erwürgt und mit Laub bedeckt hatte, war sie auf den Hof, dem sie angehörte, zurückgekehrt. Ihre lange Abwesenheit allein machte sie jeder erdenklichen Schandtat verdächtig. Und dann das tote Kind. Nur Tage später nämlich hatte man Schweine in den Wald getrieben, damit sie dort Eicheln und Bucheckern fräßen. Die Schweine hatten den winzigen Leichnam aus dem Laub gegraben, ein Hirte hatte ihn gefun-

den. Und dazu das Gerücht, die schwarze Trud sei gesegneten Leibs gewesen.

Nun aber war Trud eine von Ludowigs illegitimen Töchtern. Monatelang hatte er ihrer Mutter beigelegen. Kaum von Trud entbunden, war sie einem Hörigen zum Weib gegeben worden; für den Burgherrn hatte sich die Sache so erledigt. Und jetzt dies: Trud beschuldigte Welf öffentlich der Vaterschaft an dem toten Mägdelein im Walde. Und ihre Verzweiflung ergoß sich wie ein kochendheißer Schwall über die gebannt lauschende Zuhörerschaft.

Trud gab an, ihre Schwangerschaft verheimlicht und sich zu diesem Behufe im Haus des Müllers verborgen zu haben, denn sie hatte mit einem freien Manne ein Eheversprechen getauscht, und dieser Mann war ein Bauer, der nicht mit seinem Vieh im gleichen Raume lebte, sondern einen Stall besaß. Des weiteren besaß er drei Kühe und zwei Ochsen, einen Esel und drei Muttersauen und einen Hahn mitsamt fünf Hennen. Sogar Bier ließ er brauen, und in seiner Bettstatt lagen Federkissen. Dieser Bauer nun, Seph mit Namen, wollte kein Weib, das in der Hoffnung war, und einen Bankert großziehen wollte er gleich zweimal nicht.

Trud sagte, sie habe ihn so verstanden, daß er sie nur nehme, wenn es ihr gelinge, sich des Kindes auf endgültige Weise zu entledigen. Und da sie selber eine Freie würde, wenn sie einen Freien heiratete, habe sie diesen einen Ausweg nur gesehen.

Man zerrte Seph dann vor den Richterstuhl. Und Seph bestätigte nicht nur, was Trud berichtet hatte, er prahlte auch rotzfrech: Er wolle eine Jungfrau haben, wie auch ein edler Herr darauf bestand, der erste und der einzige zu sein bei seinem

Weib. Was eines Edelen Begehr, das könne auch der Freie fordern.

So stand der Seph, die Mütze in der Hand, doch hocherhobenen Hauptes, vor Ludowig und bekräftigte sein Wort: Eine wie Trud, benutzt von einem anderen, und sei's der Sohn des Herrn gewesen, werde er nie und nimmer nehmen. Auch widersprach er Trud: Wäre das Balg schon tot zur Welt gekommen, so wolle er sie dennoch nicht mehr haben. Daher nein, mit dem Kindesmord habe er nichts, aber auch gar nichts zu schaffen.

Und Trud lag auf den Knien vor ihrem Richter, der ihr Vater war, und flehte um ihr Leben.

Ludowig war nicht wohl in seiner Haut. Ließ er nicht Strenge walten, mußte er um Zucht und Herrenfurcht auf seinen Höfen bangen. Ließ er das Mädchen an den Galgen knüpfen, so machte er sich schuldig vor Gott, dem Herrn.

Die Angst ums Seelenheil gewann den Kampf. Ludowig bestrafte Trud mit hartem Kerker für ein Vierteljahr. Da es in Richburg keinen Schuldturm gab – gleichwohl, er war im Bau –, schleppten die Männer Ludowigs die Trud hinauf zur Richenburg und warfen sie ins Turmverlies.

Johanna eilte aus der Backstube und schaute staunend zu.

So laut, daß die Pfahlhörigen jenseits der Mauer es auch noch hören mußten, schrie Ludowig den Namen seines Erstgeborenen. Rasend vor Zorn stampfte er durch Hof und Palas. Da auch auf wiederholtes Rufen keine Antwort kam, suchte er Welf in dessen Schlafgelaß, fand ihn dort nicht und brüllte, wieder in der Halle: »Man hole mir den Hund! Sofort und unverzüglich!«

Und alles schwärmte aus, Welf aufzustöbern. Man fand ihn dann im Viehstall, bei seinem Roß, das lahmte.
»Herr Welf! Habt Ihr's denn nicht vernommen? Herr Ludowig verlangt nach Euch!«
Natürlich war dem Jungen das Gebrüll des Alten ins Ohr gedrungen, doch zog er's vor, erst abzuwarten, bis der gröbste Sturm vorüber war.
Er trug dem Knappen auf, den rechten Hinterfuß des Gauls mit feuchten Lappen einzuschlagen, gab dann dem Pferde einen Streich aufs Hinterteil und ging anschließend ohne Hast hinüber in den Palas.
Dort lief der alte Richener wie ein gefangener Bär umher. Johanna saß am langen Tisch, der ungedeckt und schwach beleuchtet war, und harrte des Geschehens.
»Raus!« herrschte Ludowig nun das Gesinde an.
Allein mit Weib und Sohn, erhob er seine Stimme gegen Welf: »Du Hundsfott, du! Wo warst du diesen Morgen? Gericht zu sitzen galt's im Dorf. Und du? Hast du dich auf der Jagd vergnügt? Bist du bei einem Weib gelegen? Hast von Eroberungen du geträumt, von Schwert- und Lanzenkampf? Was weißt du davon, Recht zu sprechen? Kennst du das Recht? Was tust du eines Tages, wenn du den Richterstuhl besteigen mußt? Wozu verurteilst du den Grenzverschieber, den Dieb, den Brandstifter? Wie strafst du einen Meineid, wie einen Gotteslästerer? An meiner Seite sollst du am Gerichtstag sein! Wie oft hab' ich dir das befohlen? Wann warst du es zum letztenmal? Nichtswürdig bist du, durch und durch! Was soll aus Richen werden, wenn ich nicht mehr bin? Du weißt nicht, wie die Abgaben der Hufen sich verteilen. Du weißt ja nicht einmal, an welchem Tage welcher Zehnt erhoben wird.

Am Margaretentag trau' ich dir zu, den Gänsezehnt zu fordern – und an Mariä Himmelfahrt die Lämmer. Du nimmst fünf Pfennige ein und gibst fünf Silberstücke aus. Den edlen Ritter spielen, zu Turnieren reiten, dich kleiden wie ein Fürst, vom Kriege phantasieren, was andres hast du nicht im Sinn! Und Weiber schwängern, ja, das kannst du wohl!«

Ganz wie in alten Zeiten, dachte Welf, an dem abprallte, was er hörte. Die Hände hinterm Rücken, hielt er sich zwischen Wand und Tafel und mahlte mit den Zähnen. Sein scharlachroter Mantel aus Brokat, über der linken Schulter gerafft von einer Silberschnalle, betonte seinen hohen Wuchs: Welf war zwei Köpfe größer als sein Vater.

Während Johanna stumm danebensaß und Ludowig um Atem rang, sprach Welf: »Ich habe heute morgen den Fuchs erlegt, den großen, der Lämmer riß, auch Schafe und ein Fohlen.«

Ludowig winkte zornig ab. »Deine Vortrefflichkeit als Jäger hab' ich nie bestritten.« So rückte er den Sachverhalt gerade. »Doch deine Trefflichkeit als Burgherr wag' ich anzuzweifeln. Du kennst nur Waidwerk, Spiel und Freuden. Du liebst es, Zobel, Feh und Silberfuchs zu tragen. An deinen Fingern funkeln Edelsteine, an deinem Hut steckt eine Feder aus dem Orient. Das alles will bezahlt sein. Doch woher's kommt, das interessiert dich nicht!«

Sein Rat wird sein, ich solle mir ein Weib erwählen, das reif und umsichtig und mir an Jahren überlegen ist, befähigt, Gut und Geld zu hüten, nahm Welf gedanklich schon vorweg, was sicher kommen würde. Doch Ludowig versagte sich die alte Leier. Zu oft schon hatte er sie wiederholt. Ihm blieb zudem am Gaumen kleben, was längst verkommen war zu einer bloßen Wendung. Welf merkte es erstaunt, Johanna triumphierend.

»Eine Hufenmagd hast du geschwängert«, kam Ludowig indes zur Sache. »Die Dirne hat das Kind bereits geboren. Ein Mädchen war's, das sie erwürgte und verscharrte. Geradestehen mußte sie dafür, da ein Schweinehirt den halbverwesten Säuglingsleichnam bei der verlassenen Köhlerhütte fand. Was hast du dazu vorzubringen?«

Welf dachte nach. An sich kein Wort. Er lag bei dieser und bei jener, ohne jemals nachzufragen, ob's denn genehm. Ein Unrecht konnte er darin in keinem Fall erkennen.

»Nun?« drängte Ludowig, der es in seiner Jugend ebenso gehalten hatte wie sein Sohn.

Welf schwieg.

Da herrschte Ludowig ihn an: »Von mir aus wälze dich, mit wem es dir beliebt! Doch sorge für die Folgen! Kein Weib auf meinem Land, auch keine Hörige, soll so verkommen müssen!«

Welf hob erstaunt die Brauen. Was war denn mit dem Alten los? »Ihr wißt sehr gut, Herr Vater, daß die Hörigen mehr ledige als legitime Kinder zeugen. Wem keine Heirat zugestanden wird, der hurt. Mit wem auch immer. Seit alters. Ich habe das nicht eingeführt.«

Ludowig schrie: »Sie *mußte* huren, gegen ihren Willen, du Kieselkopf! Gut, ja, auch das mag's geben. Heraufbringen hättest du sie aber müssen. Ob im Backhaus, ob am Waschtrog, meinetwegen in der Küche: Es hätte sich ein Dienst für sie gefunden. So hält man das, wenn man geschwängert hat, du Narr!«

»Die schwarze Trud als meine Friedelin?« Welf war aufs äußerste belustigt. Es zuckte wiederholt um seinen Mund.
Ludowigs Körper spannte sich. Der Hundsfott wagte, ihm zu spotten? Der Alte stürzte sich auf Welf, um ihn mit einer Wucht, die keiner mehr in ihm vermutet hätte, gegen den Teppich an der Wand zu schleudern.
»Nicht als Friedelin, Hornochse, du!« polterte er. »Als deine Metze, deine Bettmagd! Und wärst du ihrer satt gewesen, hättest du sie vermählt. Nur eine Muttersau – und bis ins Prettelsburger Gau hinein hätten die Freien sich um sie gerissen! Und so? Der, der sie wollte, will sie nun nicht mehr. ›Kindsmörderin‹ wird sie geheißen sein ihr Lebtag lang. Sie ist vor aller Augen durch die Tat entehrt, liegt im Verlies auf nackter Erde und ist beinah von Sinnen.«
Welfs Brauen zogen sich zusammen. Worum ging es hier überhaupt? Welch ein Geschrei um eine Unfreie!
Johanna hielt sich mäuschenstill. Sie mischte sich nicht ein. In ihrem Innern aber stoben Funken. Ganz einerlei, weshalb sich Ludowig so sehr erregte, Hauptsache, er erregte sich! Obwohl der Sieg noch nicht errungen war, durchströmte sie ein Hochgefühl. Sie zwang sich, nicht den Kopf zu heben, denn ihre Augen hätten sie verraten.
Welf, der mehrfach einen Blick auf sie geworfen hatte, fragte: »Muß Euer Weib uns lauschen?«
Ludowig spie zurück: »Was mein Weib hört, entscheide ich! Es gibt in dieser Sache ohnehin nichts mehr zu sagen. Nur eines noch: Am Josephstag kommt Trud aus dem Verlies. Der harte Kerker wird ihr heute noch erlassen. Täglich soll sie Suppe haben, einmal die Woche Fleisch und auch den einen oder andern Humpen Bier. Jawohl, so sei's! Und Ihr, Johanna,

kleidet sie in warmes Tuch. Es ist nicht mein Obliegen, sie noch mehr zu strafen. Und du, Welf, als mein Sohn, der meinem Willen untersteht: Wage es nicht, zu ihr hinabzusteigen. Kerl, sieh dich vor!«

Welf sah Johanna an. Er suchte, ihren Blick auf sich zu zwingen. Es gelang ihm nicht.

Ging da nicht etwas vor? Richtete sich das, was vorging, gegen ihn? Jetzt galt es, auf der Hut zu sein.

DRITTES KAPITEL
IM JAHRE DES HERRN

1147

Oben verendete der Alte; unten dachte der Junge wüste Flüche.

Sein Roß war schon gesattelt, doch aufzusitzen konnte er sich nicht entschließen. Er schlug sich mit dem Handschuh in die freie Hand und starrte in das Blau des Frühlingshimmels hoch.

»Befehlt Ihr abzuzäumen, Herr?« fragte der Knappe, der seit einer Viertelstunde wartete.

Welf winkte ab. Er lauschte seinen eigenen Gedanken, die sich im Kreis bewegten.

Um ihn herum schwirrte Geschäftigkeit. Ein Kalb war eben erst geschlachtet worden; man roch das Blut. Hühner pickten zwischen Grasbüscheln. In ihr verhaltenes Gegacker krähte laut der Hahn. Im Koben suhlten sich die Schweine. Rauchschwaden stiegen aus dem Backhaus auf. Über den Trögen zwischen Brunnen und Zisterne plagten sich zwei Wäscherinnen. Eine Magd schüttete den Inhalt eines Bottichs über die Ummauerung. Den Blutdampf löschte bald der Dunst der Maische. Auf einer Bank neben der Küchentür saß ein blondes Mädchen, das ein Huhn rupfte. Zwei Vögel waren schon entfedert und lagen nackt und rosarot in einem runden Korb. Die

Hunde stiegen jaulend und schwanzwedelnd am Zwingergitter hoch und bettelten um Auslaß. Ein Greis, ganz ohne Zähne, hämmerte ein Faß zusammen, das aus den Fugen war.

Jenseits der Burgmauern, in den Hütten der Pfahlhörigen, klapperten die Webstühle. So manche Spindel tanzte um den Nocken. Rauhe Hände rupften Wolle. Ringsum auf den Wiesen, die frisch und grün im hellen Lichte leuchteten, weideten Schafe, deren Blöken vom säuselnden Südwest zur Burg hinaufgetragen wurde. Über Stoppelweiden jagten Singvögel, ein Bussard kreiste überm Wald, um den Burgwall strich ein Fuchs.

Baldur, Welfs Braunen weiterhin am Zaumzeug haltend, stand in der offnen Stalltür und wußte nicht, ob vor oder zurück. Noch immer schlug sich Welf den Handschuh mit der rechten in die linke Hand. Gereiztheit war in seiner Miene. Immer wieder schaute er zum Oberstock empor, wo seinem Vater sich das Leben mühevoll entwand.

»Hier bist du!« Anselm trat ins Freie.

Raschen Schrittes kam er auf Welf zu, der sofort wissen wollte: »Ruft er nach mir?«

Ohnmacht bekundend, drehte Anselm seine Handflächen nach außen. »Ich weiß es nicht, sie lassen mich ja nicht hinein.«

»Sie«, das waren Johanna die Füchsin, Luitgard und Hieronymus, der Mönch aus Heiligenthal, der Ludowig vor einer Stunde die Beichte abgenommen hatte und ihm zur rechten Zeit die Sterbesakramente spenden würde.

Den Bader, der gekommen war, um seine Künste zu erproben, hatte Johanna nach zwei Aderlässen, die vergeblich blieben,

und einer Schröpfkur, ebenfalls umsonst, ins Dorf zurückgeschickt.
Wärtern gleich harrten vor Ludowigs Gemach der Schreiber und der Kammerknecht, dazu der Torhüter mitsamt zwei Wachmannen.
Welf, in den Hof verbannt, schwieg zornesbitter. Anselm bestärkte all seinen Verdruß: »Eine Schande ist's, eine nie dagewesene! Im übrigen: Das Balg haben sie inzwischen holen lassen.«
»So, haben sie.« Welfs Kiefer spannten sich.
»Sie sagt, sie werde nach dir schicken, wenn er nach dir verlangt.«
Und wenn nun Ludowig gar nicht nach ihm verlangte? Welf sann darüber nach, ob es nicht klüger sei, die Zitadelle zu erstürmen, denn er bezweifelte, auf Geheiß des eignen Vaters ausgesperrt zu sein. Jedoch: Sich Einlaß zu verschaffen mit Gewalt hieß Rechte zu verteidigen, die nicht in Frage standen, die nicht in Frage stehen *durften*.
»Wurde ihm Pergament gebracht?« erkundigte sich Welf.
Anselm schüttelte den Kopf. »Nein. Auch der Schreiber wurde nicht hereingebeten.«
»Johanna kann selbst schreiben. Und die Kutte kann es sicher auch.«
Anselm zeigte ein verschlagnes Grinsen. »Johanna braucht zwei Männer, die zeugnisfähig sind. Der Mönch allein genügt nicht.«
Welf nickte. Ja, das hatte er bereits bedacht.
»Mir scheint, er spricht nicht mehr«, fuhr Anselm fort, bemüht, Welf zu beruhigen. »Ich konnte hören, wie die Füchsin flüsterte, auch Luitgard und die Kutte sprachen leise, doch

deines Vaters Mund will sich kein Laut entringen. Er kann nicht mehr diktieren.«
»Solange er noch atmet, ist nichts sicher«, bemerkte Welf und holte mit dem Handschuh zu einem harten Schlag in seine Linke aus.
»Sie wird es niemals wagen«, protestierte Anselm, der sich im Hofrund umsah. Befremdend, dieses rege Treiben. Wenn der Herr im Sterben lag, sammelte sich auf allen andern Burgen das Gesind zum Bittgebet. Es wäre an Johanna, solches zu befehlen – und an Welf.
»Wenn sie's doch wagt, brech' ich ihr alle Knochen!« knurrte dieser hinter Zähnen, die aneinanderrieben.
Anselm grinste wölfisch schmal. »Das wäre wider jeden Brauch.« Er ließ dahingestellt, ob er Johannas oder Welfens Absicht meinte.
Gewaltsam an sich haltend, preßte Welf hervor: »Und wider jedes Recht!«
»Das Pergament nicht wert, auf dem's geschrieben steht«, ergänzte Anselm rasch, wohl wissend, daß Recht und Unrecht Welf nicht scherten.
»Geh!« zischte Welf ihn an. »So geh schon und erkunde, was geschieht! Und mach mir Meldung!«
»Keine Not! Bantus hält Wacht.«
Welf nickte, sichtlich überzeugt. Auf den jüngsten aller Wächter war Verlaß, da er den erstgeborenen Richener über jedes Maß bewunderte.
Da Welf dennoch voll Grimm ins Leere stierte, versuchte Anselm, ihn jetzt abzulenken: »Heut wird die Trud dem Kilian gegeben. Der Pfaffe wird das Bett einsegnen, die Müllerin, das alte Kuppelweib, hat ein Ferkel gar versprochen. Trud

geht mit dickem Bauch in ihren Ehestand. Hast du ihr das besorgt?«

Welf lachte zähnefletschend und stieß die Knöchel seiner Faust in Anselms Schulter. »Es ist nicht jede gute Tat von mir!«

Anselm fiel in des Vetters Lachen ein. Gleichwohl, er spürte, daß Welf an bittrer Galle schluckte. Er wollte sich schon anschicken, zu der verschlossenen Tür zurückzukehren, um dort zu spionieren, als Bantus in den Hof gestürzt kam und verkündete: »Es geht zu Ende! Kommt, Herr Welf!«

Während der Knappe den Braunen in den Stall zurückführte, hastete Welf die enge Treppe zu den Schlafkammern hinauf. Erst auf der letzten Stufe zähmte er den Schritt.

Im finsteren Zwischengang hockten zwei Wächter, der Schreiber und der Kammerknecht, und eine Fackel brannte. An der Tür, die einen Spalt geöffnet war, stand Luitgard, um Welf einzulassen. An ihrem Halse hing das Kind.

Draußen blendete die Sonne, im Sterbezimmer brannten Wachskerzen. Ihr Schein war schwach, nur wenig Licht drang durch den Fensterspalt. Dunkel war's, es roch nach Tod.

Vor dem Bett kniete gesenkten Haupts Johanna, die Hände zum Gebet gefaltet, zwischen den Fingern einen Rosenkranz. Ludowig lag mit eingefallenem Gesicht in Kissenbergen. Seinen zerstörten Leib wärmte ein Federbett, um das drei Wolldecken geschlagen waren. Er konnte nicht mehr sprechen. Wieder hatte ihn ein Zahn gequält, wieder war er ihm gezogen worden. Umsonst. Trotz sieben Aderlässen hatten die schlechten Säfte endgültig die Oberhand gewonnen. Die Backe war kaum noch geschwollen, dafür blau verfärbt, und aus dem Mundwinkel rann gelber Eiterspeichel.

Ludowig von Richen starb denselben Tod, den auch sein Vater schon gestorben war. Er starb an einem Zahn.
Der Mönch aus Heiligenthal, dem gleichfalls eine Betschnur am Gelenke hing, hatte die Hände so gefaltet, daß das Kuttentuch sie vollständig bedeckte. Er murmelte an einer Litanei, natürlich in Latein.
Während Luitgard sich bemühte, den Knaben ruhigzuhalten, regte Johanna nicht ein Glied. Mit keinem Wimpernschlag verriet sie, daß sie aus Fleisch und Blut war und nicht aus Stein gehauen.
Welf ging um sie herum und kniete sich, ihr gegenüber, ebenfalls nieder vor dem Bette. Der Mund war ihm ganz trocken. Für einen Augenblick vergaß er die Gefahr, die er zu wittern glaubte. Er dachte nicht mehr an die Füchsin, sondern flüsterte: »Vater, hört Ihr mich?«
Ludowigs Lider klappten langsam hoch. Als könne er nicht sehen, kniff er die Augen angestrengt zusammen. Es war, als sammele er die Kraft für seine letzten Worte.
Johanna hielt den Atem an. Ob die andern ihren Herzschlag auch so laut vernahmen wie sie selbst?
Doch da entspannten sich die Züge ihres Eheherrn.
»Vater?« fragte Welf mit fremder Stimme: dünn, kurz davor zu brechen.
Ludowig starrte seinem Erstgebornen in die Augen, und dieser starrte regungslos zurück. Die Atemzüge um ihn her verwehten. Es dauerte, bis er begriff: Sein Vater war gestorben.
Da räusperte er sich, um danach laut zu sagen: »Ich glaube, er ist tot.«
Der Mönch trat vor, fühlte den Puls, schloß dem Verblichenen

die Augen, nahm wieder seinen Platz hinter Johanna ein und fuhr gleichförmig fort zu beten. Johanna wagte es, den Kopf zu heben. Sie fühlte nichts, auch nicht Erleichterung. Über des Toten Leib hinweg traf sie Welfs Blick.
Todfeinde waren sie, Todfeinde für den Rest des Lebens.

Schweigend begaben beide sich hinunter in den Hof, um dem Gesind zu sagen, daß Ludowig zum Herrn gegangen war. Der Mönch schritt ihnen nach.
Johanna, sehr gefaßt, strengen Gesichts unter der Rundhaube, scharte die Burgmannschaft um sich und stimmte eine Totenklage an, die schloß, indem das Amen vielstimmig ertönte. Anschließend schickte sie die Knechte und die Mägde ans Tagewerk zurück, gebot ihnen jedoch, es schweigend zu verrichten.
»Wir bahren ihn in der Kapelle auf«, entschied sie daraufhin. »Drei Tage werde ich an seiner Seite wachen. Danach soll das Begräbnis sein.«
Der Mönch erbot sich gleich, die Wacht mit ihr zu teilen.
Johanna sagte ihm: »Habt Dank! Bleibt hier und gebt mir Beistand in der schweren Stunde!«
»Soll ich euch gleichfalls beistehn?« kam beißend es von Welf. Er hatte sich jetzt wieder in der Hand. Vorhin, mit dem Toten Aug' in Auge, war ihm ganz merkwürdig gewesen … Er wußte gar nicht, wie.
Johanna schenkte ihm ein mattes Lächeln. Sie tat, als hätte sie die Schärfe seines Tones nicht gewahrt. Sanft, erst im Nachklang schneidend, erwiderte sie ihm: »Ich dank' Euch, Welf, jedoch bedarf ich Euer nicht.«
»Das trifft sich gut! Da nun mein Wort auf Richen gilt, erfor-

dert's meine erste Tat als Herr. Ich habe eine Rechnung offen und reite fort. Zum Abend bin ich wieder hier.« Eindringlich maß er ihr Gesicht, als prüfe er, wie sie es aufnahm, daß er sich alle Macht zusprach.

Sie neigte nur den Kopf zur Seite und entgegnete: »Wie's Euch beliebt.«

Nichts. Kein Protest. Kein stummes Aufbegehren. Kein Widerwort. Sollte er fälschlich sie verdächtigt haben? Ihr Blick hielt stand. Welf schlug den seinen nieder. Trotz seines Sieges fühlte er jetzt Unbehagen. Kaum hatte er drei Schritte von Johanna sich entfernt, ging er zu ihr zurück.

»Ich darf Euch doch in Euerm Schmerz allein lassen, Johanna?«

Wie litt sie ihn, den Nadelstich?

»Ihr werdet Euern Schmerz doch auch allein zu tragen wissen?«

Und wieder gut pariert! Welfs Augen engten sich zu Schlitzen. Die ihren boten Widerstand, sie wich ihm nicht aus. Das würde sie nie wieder tun. Und da begriff es Welf: Sie war die einzige auf Richen, die keine Furcht vor ihm empfand.

Wie um sich von Johanna abzulenken, rief er laut in Richtung Stall: »Die Pferde! Baldur, her mit dir! Und Anselm, du begleitest mich!«

Sie ritten zur Ägidiushufe, wo am frühen Abend die Trud das Weib des Kilian werden sollte. Der Pfaffe von Sankt Martin, der Dorfpfarre zu Richburg, würde der Hochzeitsbettstatt seinen Segen geben.

Ein wilder Wirbel jagte Welf davon. Es war, als triebe er sich selber vor sich her. Er war der Jäger und das Wild. Er war der Marder, der sich eine Beute sucht, und auch der Luchs, der

diesen Marder hetzt. Wer der neue Herr auf Richen war: Das wollte er verkünden und beweisen.
Dreimal war der Mond gewachsen und geschwunden, bis Truds Zeit im Verlies verstrichen war. Nicht *einmal* war es Welf vergönnt gewesen, zu ihr zu gehen, um sie sich zu nehmen. O ja, er hatte es versucht. Einmal war sein Vater mit dem Ochsenziemer auf ihn losgegangen, ein andermal hatte die Füchsin Mut genug besessen, ihm in den Weg zu treten. In jenen Tagen war ihm Trud zur Paradiesesfrucht geworden. Mochte er sie einstmals einzig und allein genagelt haben, weil es sie gab, weil sie zum Richener Besitz gehörte, begehrte er sie jetzt wie keine andere.
Welf trieb sein Pferd in immer härteren Galopp. Entschlossen mahlten seine Zähne. Ich bin der Herr, ich ganz allein, dröhnte es in seinem Schädel.
Manchmal überkam es ihn wie ein Gesicht: Sein Vater starrte ihn aus leeren Augen an. Dann hieb er seinem Gaul die Fersen tiefer in die Seiten.
Anselm folgte ihm, doch hielt er Abstand. Attacken dieser Art nahmen ihn nicht wunder. Er kannte Welf, er kannte seine Launen und seine Ungebärdigkeit. Der Teufel war in diesem Mann. Doch alles ging vorüber. Was da auch kommen mochte, es würde enden. So tröstete sich Anselm, der seinen Vetter lieber nicht begleitet hätte.
Sie ritten unter einer Sonne, die verglomm in lauem Frühlingsdunst. Sie ritten über Hügel, saftig grün, und über Stoppelweiden, sie ritten über Rübenäcker, vorbei an Sumpfgelände, vorbei an Weizen-, Gersten-, Dinkelfeldern und an Gagelbüschen. Dann kamen sie zu einem dichtbewachsnen Waldstück, durch das sie sich mit ihren Schwertern kämpfen

mußten, denn statt des ausgetretenen Pfades wählte Welf jetzt eine Abkürzung, die eher aufhielt als beschleunigte. Als sie den Fluß und seine Auen erreichten, hörten sie Festlärm in der Ferne.

Ein dürrer Hund lief auf sie zu. Er bellte dreimal, jaulte dann und suchte hinterher das Weite.

Vor den Hütten der Ägidiushufe, von Unfreien in Fron bewohnt, standen Tische und auch Bänke. Die Tische waren Bretter über Pflöcken, die Bänke Baumstammhälften, in Astgabeln verkeilt. Es roch schon nach dem Spanferkel, gespendet von der Müllerin, das überm Feuer bräunte. Nach altem Brauche stand den Feiernden ein Humpen Bier pro Nase zu. Welf zügelte sein Pferd vor Weidensträuchern und wartete auf Anselm.

»Sage mir einer, das Bauernvolk auf Richen litte Not!« rief er ihm zu. »Sie fressen, und sie saufen, später werden sie auch tanzen, danach huren.«

Er schnalzte mit der Zunge. Dann stob er mitten in die Menschenmenge. Sein Pferd abrupt zum Stehen zwingend, ließ er es aufsteigen mit beiden Vorderbeinen, als wäre seine Gegenwart allein nicht genug, als müßte er dazutun, um Aufsehen zu erregen. Dabei schlug jeder, der ihn sah, ein Kreuz, und der, auf den er zukam, sandte Gott ein Stoßgebet.

Die Knechte und der Hufenbauer näherten sich stumm. Mißtrauisch tasteten drei Augenpaare sich vom Roß empor zum Reiter.

Trud wollte schon entweichen, aber ihr Hochzeiter, ein junger, schmal gewachsner Rotschopf mit wachen Silberaugen, packte ihren Arm. Die Beine breit gestellt, die Hände in den Hüften, die Ellenbogen wehrhaft angewinkelt, schien er Welf

zuzurufen: Wir weichen nicht, wir fliehen nicht, wir haben keine Angst!
Und wie du Angst hast, Kerl, erkannte Welf belustigt.
Trud maß den, der ihr einstmals Gewalt getan, feindselig. Ihre Augen glitzerten wie eh und je mehr grün als blau, ihr Haar war schwarz und frisch gewaschen, ihr Busen drückte sich, vor Jugend strotzend, gegen das Kleid aus Hanfleinen, in Leibesmitte von einer Schnur gerafft, worunter sich ihr Bauch unübersehbar wölbte. Im Frühherbst würde sie gebären.
Welf störte sich nicht dran. Es dürstete ihn weiterhin nach ihr, wie es schon viele aus dem Männervolk nach ihr gedürstet hatte. Wohl als erster, doch sicher nicht als letzter hatte er sie bestiegen, gegen ihren Willen. Eine wie sie war dazu da. Einer wie Welf von Richen gab sich keine Rechenschaft, wenn seine Lendengier ihn leitete. Und heute dreimal nicht! Es war ihm alles recht, nur nicht zu denken an den Toten in der Burgkapelle.
Tief in Welfs Seele, dort, wohin er sonst nicht blickte, wohin er auch nicht blicken mochte, saß ein dumpfer Schmerz, der ihn verstörte. Er würde diesen Schmerz zermalmen mit seiner Lebenskraft. Begraben würde er ihn unter seiner Lust.
»Bist du der Hochzeiter?« fragte er jenen mit dem roten Schopf.
»Das bin ich.« Kilian trat vor. »Und mit Verlaub: Es ist der Wille Eures Vaters, daß ich die Trud zum Weibe nehme.«
Welf sah sich um. Der Pfaffe war nicht da, nur Bauernvolk um ihn herum.
»Das mag wohl sein.« Sein Roß tat unruhig kleine Schritte. »Du kannst sie ja auch haben. Doch erst gebührt sie mir. Das Recht der ersten Nacht ist mein.«

Die Leute tauschten miteinander Blicke. Es war jetzt totenstill. Da trat der Hufenbauer vor. Die Bundhaube, die er sich abgenommen hatte, zwischen seinen Fingern walkend, wagte er einzuwenden: »Verzeiht mir, Herr, dies Recht, von dem Ihr sprecht, ist nicht das Eure. Es steht allein dem Grundherrn zu. Es gilt auch nur, wenn es der Hochzeiter nicht schafft, seine Braut davon freizukaufen. Sechs Pfennige, so weiß ich, sind der Preis. Seid Ihr im Namen Eures Vaters hier, wird er entrichtet werden.« Erst jetzt hob er die Lider und sah zu Welf empor: »Seit ich denken kann, ist dies das erste Mal, daß jenes Recht gefordert wird.«

»Beredt bist du, bei Gott!« erwiderte ihm Welf. Des Hufenbauern Widerstand hatte seine Streitlust wachgekitzelt. »Nun höre dies: Herr Ludowig ist tot. *Ich* bin von heute an dein Herr. Und ich kann fordern, was mein Recht ist. Ich scheiß auf euren Pfennigschatz! Die Trud kommt mit!«

Ein Raunen wogte durch die Menge. Ganz ungeheuerlich war das!

Welf pochte auf ein uralt Recht, an das man dunkel sich erinnerte, ein Recht, das freilich stets mehr Drohgebärde als wahre Forderung gewesen. Seit alters wurde der Lösezins so niedrig angesetzt, daß jeder Ehewillige ihn entrichten konnte. Sechs Pfennige waren ein Dutzend Eier wert. Wer jedoch nicht gutstand für zwölf Eier, dem fiel's im Traum nicht ein, je um ein Weib zu frein. Wie sollte Kilian es *nicht* vermögen, das halbe Dutzend aufzubringen, wo er doch eine Kuh mitsamt drei Hennen von Ludowig bekommen hatte? Und nicht zuletzt: Der Klerus ächtete die alte Sitte und strafte den, der dieses Recht erzwang, mit Fastentagen, zwölfen an der Zahl.

»Die Trud ist mein!« beharrte Kilian, und seine Augensicheln glommen silberhell. »Daß sie es ist, war Eures Vaters Wille.«
»Wenn sie dich morgen auch noch mag, sollst du sie wiederhaben!« In Welfens Blick glomm Übermut. »Noch ist sie ja nicht dein, noch habt ihr nicht in einem Bett geschlafen, das gesegnet war.«
Verflucht seist du, dachte die schwarze Trud und drängte sich an Kilian. Das Bauernvolk erhob sich nicht, doch scharrte mancher Fuß entrüstet in der Erde. Das war nicht recht. Unrecht war es ganz und gar. Selbst Anselm war nicht wohl zumute, er suchte aber nicht, Welf sein Begehren auszureden, es hätte nicht das mindeste genutzt.
Welf bekümmerte sich nicht um Anselms Mißbehagen, nicht um der Leute Schweigen und dreimal nicht um Kilians Erregung. Er ließ sein Pferd zwei Schritte tun, beugte sich dann zu Trud hinab, faßte nach ihr, stieß Kilian, der sie ergriffen hatte, mit einem Schlag zur Seite und schleifte schließlich seine Beute, um deren Beine Kilian sich klammerte, so weit mit sich, bis zwei entschloßne Burschen den Verbißnen packten und zur Seite zerrten.
Mit einem Ruck zog Welf die schwarze Trud zu sich empor und gab dem Pferd die Sporen. Trud wehrte sich nicht mehr, doch wandte sie den Kopf nach Kilian, der in den Armen derer, die ihn hielten, Welf verfluchte.

Welf ließ Trud baden und entlausen, er ließ ihr neue Kleider bringen und sie von Mägden in sein Bett legen. Er tat ganz so, als habe er nicht vor, sie jemals wieder zu entlassen. Zwischen Dämmerung und Morgen beschlief er sie wohl sechs-,

vielleicht auch siebenmal. Er sprach kein Wort mit ihr. Dazwischen überlief's ihn immer wieder kalt.
Unten, in der Burgkapelle, betete Johanna mit dem Mönch. Mehrmals stieg das Requiescat gespenstisch zart hinauf in Welfens Kammer.
Er wußte es: Er war des Teufels Beute. Er wußte um die Schändlichkeit in seiner finstren Seele. Er wußte um den Haß, der dicht und dichter um ihn wurde. Einhalt gebieten konnte er sich trotzdem nicht.
Sein Vater lag in kalter Totenstarre, da suchte Welf bei einem Weibe Leben, das selber Leben trug. In Wellen, die sein Hirn umspülten, kamen die Augen seines Vaters, starr und wie erloschen, auf ihn zu, und Welf ertränkte dieses Bild in einer Flut von Geilheit. Und doch: Sobald sich seine Gier entladen hatte, blieb er jedesmal mit diesem Bild allein.
Als der Morgen graute, schlief er endlich ein. Er rollte sich zur Seite, zog die Beine an und schlang die Arme um das Kissen, als wäre es ein Mutterleib.
Trud kauerte am Rand des Bettes und umfaßte schützend ihre eignen Knie. Erstaunt vernahm sie Schluchzen, das den nackten Rücken neben ihr erschütterte, ein Schluchzen aus des Schlafes Kerker, ein Schluchzen, das aus jener Kammer von Welfs Seele kam, die er des Tags so gut verschlossen hielt.

Während Welf in des Todes Bruders Armen lag, verstummte der Gesang in der Kapelle. Man hatte eine Bank und einen Stuhl bereitgestellt. Die Bank war für den Mönch, der augenblicklich auf ihr niedersank und einnickte, der Stuhl war für Johanna.
Als Johanna den Mönch schnarchen hörte, erhob auch sie sich

von den Knien. Vorsichtig setzte sie sich auf den Stuhl, der weich gepolstert war, den einzigen von dieser Art, den es auf Richen gab, den Herrenstuhl. Es schmerzten ihr die Knie, und ihre Füßen waren kalt. Behutsam streckte sie die Glieder. Der Leib des Toten, der verweste, stank erbärmlich, aber Johanna hatte sich an den Geruch gewöhnt.

Die Kerzen brannten nieder, manche waren schon erloschen. Lange konnte sich Johanna nicht entschließen aufzustehen, um neue aufzustecken. Die Müdigkeit lastete gleich sieben Scheffeln Korn auf ihr, doch eine Unruhe, die stärker war als die Erschöpfung, hielt sie wach.

Die Finsternis begann, sie zu bedrücken. So raffte sie sich auf und holte Kerzen, die sie auf scharfe Eisenspieße drückte. Um den Mönch nicht aufzuwecken, schlich sie auf Zehenspitzen. Es kam ihr vor, als werde sie beobachtet. Mehrmals hielt sie inne, um das Gesicht des Toten anzusehen. Doch regte sich auf diesem nichts.

Aus den wächsern-bleichen Zügen war die Qual gewichen und hatte einer strengen Würde Platz gemacht. Johanna war's, als hätten sich die Furchen auf der Stirn und um den Mund geglättet. Die Wange war ganz abgeschwollen, doch violett geblieben.

Obwohl der Mönch seit langem schlummerte, dankte Johanna Gott für seine Gegenwart. Unheimlich wär' ihr das geworden: nur sie, der Leichnam und der Tod.

Kaum wagte sie, den Kopf zum Bildnis am Altar zu heben. Das Antlitz unter Dornen, sonst so ausdruckslos, schien voller Düsternis. Nicht die des Toten, die Augen des Gekreuzigten verfolgten sie auf Schritt und Tritt! Eindringlich, mahnend, strafend suchten sie Johannas Blick.

Als sie sich wieder setzte, waren ihre Hände zittrig. Jedes Beben in den Flammen um sie her erschreckte sie. Sie fröstelte am ganzen Leib.

Und oben hurte Welf.

Im Burgrund war ein jeder starr geworden vor Entsetzen, als Welf mit Trud zurückgekommen war. Sein Vater noch nicht kalt, die Braut dem Bräutigam geraubt, statt Trauer Lüsternheit! Landauf, landab würde ein Raunen gehen!

Sich auf des Stuhles rechte Seitenlehne stützend, legte Johanna eine Hand an ihre Stirn. Manchmal vermeinte sie, Welfs Aufstöhnen zu hören, das trunken klang und wie im Rausch, doch war es nur der Nachtwind, der um die Mauerquadern strich. Irrte sie sich? War es doch Welf, war es sein Schluchzen, das sich, mehr Geist gewordner Schmerz als Laut, zu ihr hinunterkämpfte?

Herr, vergib mir, betete Johanna lautlos, kaum atmend, am Schluß den eigenen Gedanken lauschend, ohne ihren Inhalt zu verstehen. So groß sie war, die innre Not, jene Furcht vor den Dämonen, die aus Johannas Innerem kamen und der Dunkelheit, so tief sie eine Schuld empfand, die sie noch nicht begangen hatte, so plötzlich folterte sie eine Frage ganz von dieser Welt: Wie sich Welfs erwehren?

Nie würde sie sich dreinfügen, niemals!

Und es wollte und wollte nicht tagen. Wenn nur die Nacht vorüber wäre! Vielleicht begann es draußen, hell zu werden? Noch ruhten Hof und Burg, noch krähte nicht der Hahn. Ein Fenster gab es nicht in der Kapelle. Johanna mühte sich rechtschaffen um ein Rosenkranzgebet. Zwischen die eingelernten Worte drängte sich das Flehen: Oh, hilf mir, Herr im Himmel! Gib mir die Herrschaft hier auf Richen …

Hufschläge! Galoppierten da nicht Pferde den Wall herauf? Und Stimmen! Das war Ruodlieb! Und das Raimund vom Zusamthal! Und Junker Benedikt!

Die Rufe, die einander überlagerten, verlangten Einlaß. Johanna lief durch dunkle Gänge in den Hof hinaus. Hinter der Falltür stauten sich Berittene. Immer lauter wurden ihre Stimmen. Der Torwart scheute sich, das Gitter hochzuziehen. Es war auch keiner da, der ihm geholfen hätte.

Johanna, die sich zögernd näherte, fragte mit Argwohn in der Stimme: »Was begehrt ihr hier?«

Es war zwischen Nacht und Morgen und noch nicht hell. Der Torhüter war froh, daß er die Verantwortung Johanna übergeben konnte, und trat gleich einen Schritt zurück.

»Öffnet!« verlangte Ruodlieb und nahm dabei den Torwart ins Visier. »Und weckt Herrn Welf! Es ist nun Zeit, das Kreuz zu nehmen. Wir sammeln uns in Bamberg.«

Sie sammeln sich … in Bamberg? Zeit, das Kreuz zu nehmen? Jetzt?

Johanna trommelte das Herz im Leibe. Hatte Gott ihr Flehen schon erhört? War er auf ihrer Seite?

Sie gab Befehl, das Gatter hochzuziehen, der Torhüter rief nach den Wachen, Gesinde lief herbei. In Windeseile fing die Burg zu leben an.

Rot stieg die Sonne hinterm Turm hervor. Im Licht des Morgens, der erwachte, sah Johanna Ruodliebs erregtes Mienenspiel. Auch in ihr selber siedete Erregung. Welf würde ziehen …

Kaum war das Tor geöffnet, ergoß sich eine Flut von Rittern in den Hof. Es war ein Rasseln und ein Stampfen. Die Edlen saßen stolz auf ihren Streitrössern, des Königs Farben auf den

Decken ihrer Pferde, starrend von Speeren, Lanzen, Schwertern und von Schilden. Die meisten trugen Schuhe mit Eisenringen und mit Sporen an den Fersen. Umhänge, in die das Kreuz gestickt war, verbargen ihre Kettenhemden. Kettenkappen, Kapuzen gleich die Schultern überlappend, umrahmten die Gesichter. Hinter den Berittenen kamen ein Troß mit Mauleseln, bepackt, so schwer es ging, und Fußvolk. Im Heere waren auch Ritter, die Johanna noch nie gesehen hatte. Von überall her waren sie gekommen.

Baldur hatte seinen Herrn inzwischen aus dem Schlaf gerissen und vermeldete: »Herr Welf wird gleich erscheinen. Er ist bereit.«

Johanna trat zu Ruodlieb und faßte seinen Gaul am Zaumzeug. »Wo ist Dankward?« fragte sie.

Ruodlieb lachte, wild und dröhnend. Die Aussicht auf die große Fahrt machte sein Innres brennen. »Einer muß zu Hause bleiben!« rief er so laut, daß viele aufgrölten, was klang wie Zustimmung. »Einer muß die Prettelsburg im Ernstfalle verteidigen!« Und wieder lachte er, wodurch er wissen ließ, daß er dem jüngeren Bruder nicht viel zutraute.

Anselm eilte in den Hof. Seine Stiefelschäfte hingen ihm noch ungebunden um die Knöchel. Er bellte: »Baldur, her mit dir! Komm schon! Mach dich! Es gibt noch viel zu tun!« Um sich Gehör zu schaffen in dem Aufbruchseifer, legte Johanna beide Hände an den Mund. Sie schrie zu Ruodlieb empor: »Es ziemt sich nicht, daß Welf des Weges zieht, bevor sein Vater eingesegnet ist!«

So tat sie ihrer Pflicht Genüge. Kein einziger gewahrte ihren Jubel.

Durch das Geklirr von Rüstungen und Zaumzeug, durch Rufen und durch Rennen tönte Ruodlieb zurück: »Er zieht doch nicht ›des Weges‹! Er zieht ins Heilige Land! Männerdienst, Schwester! Davon verstehst du nichts. Was deinen Eheherrn betrifft, so traure ich mit dir.« Spott war in seiner Stimme, keine Anteilnahme. Die Prettelsburger hatten wohl gewußt, daß Ludowig im Sterben lag. Er hatte ja auch tagelang dazu gebraucht. Wie einen Regenschauer, so nahm ein Mann wie Ruodlieb den Tod entgegen: als unabänderlich. Im Frieden mochte höfisches Gebaren Vorrang haben, dann war Ergriffenheit zu zeigen. Ein Kriegszug jedoch fegte Tünche solcher Art hinweg.

Immerhin fühlte sich Ruodlieb bewogen abzusitzen, um Johanna zuzuflüstern: »Schrei's nicht herum! Es wär' nicht gut, wenn deines Gatten Tod bekannt wird. Wir haben keine Zeit für Trostbezeugungen.«

Johanna nickte einsichtig. Sie wollte keinen Trost. Sie wollte nur, daß dieses Heer davonzog – und Welf mit ihm!

Da war er schon! Geharnischt und gespornt, in Rüstung und in Mantel noch größer scheinend, als er war, waffenklirrend, eisenklappernd: So lief er Ruodlieb und seinem Troß entgegen.

»Seid gegrüßt!« rief er bereits von weitem. Die Mantelenden wehten hoch. Die Kettenkappe übers Haar zu stülpen gab er auf, da seine Locken sich im Maschenwerk verfingen. »Ihr müßt nicht lange warten. *Ich* warte ja seit Monden schon auf Euch! Nur noch die letzten Griffe, gleich werd' ich neben Euch zu Pferde sitzen, Ruodlieb! Auf ein Wort, Johanna!« Die Angesprochene erschrak, senkte darum die Lider und folgte Welf, der scheppernd in den Palas ging. Doch tat sie recht empört: »Ist das die letzte Ehre, die Ihr Eurem Vater zollt? Wollte Ihr ihn kalt und tot in der Kapelle liegenlassen?«

Welf schmetterte die schwere Tür in die Verankerung. Für diesen Wortwechsel bloß keine Zeugen!

»Laßt Eure hehren Reden!« fuhr er auf. »Das ist jetzt nicht die Zeit! Die Schlüssel!«

Ohne zu denken, griff Johanna zu dem Schlüsselbund an ihrem Gürtel. Was sollte das bedeuten?

»Die Schlüssel!« donnerte Welf noch einmal.

Viel zu erstaunt, um sich zu widersetzen, zog Johanna ihren Gürtel auf. Sie faßte nach dem Bund, warf ihn auf den Tisch und schloß den Gürtel wieder.

Welf steckte eine Kerze an der Fackel an und führte sie im Dämmergrau vorüber an Johannas Antlitz, ergriff schließlich den Eisenring, an dem fünf schwere Schlüssel steckten, und drückte ihn Johanna in die Hand.

»Wir wollen's halten, wie es Brauch ist!« belehrte er sie barsch. »Ihr wißt, wie gern ich einen anderen damit betrauen würde, mir Richen zu erhalten, doch ist kein andrer da. Sosehr ich auch an Eurer Treue zweifle, so wenig zweifle ich an Eurem kühlen Kopf. Ihr seid befähigt. Nur eins: Fallt mir nicht in den Rücken! Ich fackele nicht lange bei Verrat!«

Rasch strömte seine Rede, fast stürzten seine Worte ineinander. Sein Innerstes war schon im Steigbügel.

»Wie meint Ihr das, Verrat?« Ihr Bernsteinblick drang ihm bis in die Eingeweide.

»Nun gut!« Welf schnaufte. »Wir wissen beide, daß Ihr Euren Sohn als Herrn auf Richen sehen wollt. Bedenkt: Mag ich auch Jahre fort sein, ich kehre doch zurück. Und dann, so wahr ich jetzt hier stehe, gebt Ihr mir die Schlüssel wieder!«

»Wie Ihr befehlt.«
Er wippte ungeduldig mit dem Fuß, gewahrend, daß Johanna noch eine Bosheit auf der Zunge lag.
Tatsächlich fragte sie ganz ruhig: »Was macht Euch so gewiß, zurückzukehren?«
Da herrschte Welf sie an: »Ihr erdreistet Euch ...!« Für den Moment vergaß er, daß es ihm sehr eilte.
Johanna schickte nach: »Glaubt Ihr an die Gerechtigkeit des Himmels?«
»An welche Art Gerechtigkeit?«
Erneut hielt er die Kerze vor ihr Angesicht. Ihre Augen waren kalt, ihr Mund war hart. Sie schien ihm ganz aus Eisen.
Mit einem Male sprengte sie die Ketten, die seit Jahren banden, was sie dachte: »Nachtschwarz ist Eure Seele, Welf, hinter der der Teufel her ist, seit Ihr lebt. Seit jeher seid Ihr gottlos und grausam und Luzifer nah gewesen, inzwischen aber habt ihr Eurer eignen Schwester beigelegen – Ihr wißt doch, daß sie Eure Schwester ist? – und Euch mit Blutschande befleckt. Ihr laßt nichts aus, fürwahr! Und mir wünscht Ihr den Tod! Nein, leugnet nicht! Ihr fürchtet mich und müßt mir doch vertrauen. Ihr braucht mich, und doch bin ich Euch im Weg. Könntet Ihr, wie Ihr wollt, Ihr würdet nicht lang zagen. Deshalb: Weshalb sollte Gott Euch schonen?«
Welf tat einen raschen Satz und griff nach ihren Schultern. Seine Eisenschuhe klapperten, sein Kettenhemd erschwerte ihm, sich zu bewegen.
»Weil Gott nie die schont, die zu Kreuze kriechen!« preßte er durch die Zähne. Tief drangen seine Finger in ihr Fleisch. »Weil er mit denen ist, die ihn herausfordern! Weil er die achtet, die ihn prüfen! Denen, die lästern, freveln, sündigen,

nicht. Vernahm er da nicht eine Pfeife? Schnell drehte er sich um. Ganz zart umschlich ihn eine Melodie. Seine Verwirrung wuchs, als er den Burschen mit dem roten Schopf im Schneidersitz auf einem Fasse sitzen und in die Flöte blasen sah.

»Du merkst, ich habe schon Verbündete!« Johanna lächelte, sie war der Frühling selbst. »Der dort heißt Kilian und wird mein Meier sein. Sein Weib, die Trud, wird meine zweite Kammerfrau. Den Schreiber nenn' ich jetzt ›Magister Hans‹, das freut ihn sehr, und von den Wächtern ist mir Quirin treu ergeben.«

»Ein schöner Hofstaat, ja, fürwahr«, murmelte Dankward, dem, was seine Schwester sich da ausgedacht, nicht recht behagen wollte. Und schärfer denn: »Was trachtest du, Johanna?«

Sie lachte auf. Sie lachte, als wär' die ganze Welt ihr eigen. Sie lachte sehr verliebt, was sie auch war, verliebt in ihre eigene Person, verliebt in jene, die sie sein wollte von dieser Stunde an.

»Was soll daraus nur werden?« bohrte Dankward nach. Johanna gab ihm die Erwiderung: »Das werden die Tage des Weines und der Rosen!«

Der Sommer kam. Es war ein Sommer, wie ihn die Richenburg niemals zuvor gesehen hatte.

Die Herren waren auf dem Weg ins Land der Heiden, sofern sie ritterlichem Stand entsprachen. Die meisten Burgen galten als verwaist. Die Frauen, die zurückgeblieben waren, führten ein sparsam-braves Regiment, ganz ihren Eheherrn verpflichtet. Und viele Dichter, Gaukler, Musikanten verloren Hofplatz und Mäzen. Hatten sie vormals nur an Burgen angeklopft, die in dem Rufe standen, die Künste sehr zu pflegen, versuchten sie ihr Glück in dieser Zeit an jedem Tor, das Speis und Trank verhieß. Kaum einer wagte auch nur anzunehmen, auf der Burg Richen könne er des längeren verweilen, doch zwang die Not den einen und den anderen, auch Unterschlupf für eine Nacht nur zu erbitten.

Und siehe da: Die Burgherrin, sie war gebildet! Sie spendete den Versen, wenn sie gefällig waren, nicht nur Beifall, sie reimte selber welche. Sie spielte außerdem die Harfe. Sie trank aus einem Silberkelch. Sie aß von Zinngeschirr. Sie geizte nicht mit Bier und Wein. Sie war *die* Dame für den Minnedienst! Auch frönte sie der Jagd, dem Wettstreit und dem Spiel. Sie warf die Würfel zum Tricktrack und zog die Schachfiguren unverschämt gewitzt. Schön war sie obendrein! Vielfach besungen wurden ihre Bernsteinaugen. Wie rühmte man die Herzform ihres Antlitzes und ihre weiße Haut und ihre schönen Hände! Ihr Haar, das in der Farbe von Haselnüssen schimmerte, war würdig einer Königin!

Auch einen Scherz verstand sie gut zu nehmen. Sie war oft selbst zu Neckereien aufgelegt. Frivole Verse brachten sie zum Lachen: kein böser Blick, wie hohe Frauen ihn gern warfen.

Und auch ihr Bruder war ein wackrer Mann. Sein Falke war's, der ihrem Arm entflog. Sein Pferd stand oft in ihrem Stall. Es hieß zum Spaß: Der Gaul finde den Weg nicht mehr zurück.

Und in der Tat: Dankward bezog so manches Mal Quartier auf Richen. Das hatte einen guten Grund: Ruodliebs Weib, die keusche Kunigunde, war von viel strengerem Gemüt als seine Schwester, die Wittfrau von der Nachbarburg. Im Beten mehr bewandert als im Tanzen, gehorchte sie zwar Dankward,

ihrem Hüter, ohne Aufbegehren, doch Heiterkeit zu wecken war nicht ihre Gabe. Seit ihres Gatten Auszug nach Jerusalem tat sie, was auch Johanna tat: Sie schuf sich das, was ihr gemäß. Bevorzugte Johanna Prunk und Jugendlust, so zog es Kunigunde zu Ernst und Züchtigkeit.
Dankward war mehr von seiner Schwester Art. Der Stille und der Gottesfurcht entrinnend, ritt er hinüber zu den Tagen des Weines und der Rosen.
Es wurde dort das Tamburin geschlagen, gefiedelt und die Laute keck gezupft. Johanna ließ die Harfe hören, und Kilian spielte auf den Pfeifen, die er sich selber schnitzte. Die Würfel fielen, und der Wein schmeckte nach Sonne. Und wenn Johanna tanzte, sah man für Augenblicke ihre schlanken Fesseln.

Der Sänger, der die Laute spielte, sang:

Durch die Lüfte weht es lau,
der Himmel dehnt sich endlos blau.
Kein Frost mehr, auch nicht Schnee und Eis,
Die Sonnenstrahlen wärmen leis'.
Um mich herum erblüht der Klee,
in mir jedoch, da ist ein Weh.
Wo ich auch bin,
in meinem Sinn
ist stets der hohen Frau Gestalt:
Ich hab' mich kaum noch in Gewalt!
In Flammen steh' ich gar zu gern,
seit sie mir nah und doch so fern.

Im Herbst dichtete bereits ein anderer Sänger:

Es senken sich die Nebel schon,
zu Ende ist der Sonne Fron.
Wenn auch die Amseln nicht mehr singen,
mag es der Krähe doch gelingen,
von einem Ast herabzukrächzen.
In meinem Herzen ist ein Ächzen
so voller Schmerz und Einsamkeit,
der Klage Lied, der Klage Leid!

Denn mit der Sonne schwand ihr Lächeln
und ihrer Wimpern zärtlich Fächeln.
Nur selten sieht sie mich noch an,
dann bin ich gleich in ihrem Bann.
Die edle Frau, die hohe Zier,
ihr Bernsteinblick belebt's in mir!
Die Welt wird hell und strahlend schön,
wenn ich hier Lustbarkeiten frön,
wenn von dem wunderbaren Wesen
ein Blick genügt, um zu genesen.

Huldigungen dieser Art genoß Johanna sehr. Ja, sie genoß die Anbetung, die manche freche Anspielung erlaubte, doch nie hinausging über eine Schwelle, die sehr genau markiert war, eine Anbetung, die von ihr forderte, den spielerisch-verliebten Ton genauso zu erwidern, die ihr jedoch verbot, mehr als die Hand zum Kuß zu reichen.
Zwei Jahre, drei Monate und zweiundzwanzig Tage hatte sie an der Seite eines alten Mannes zugebracht, der übel roch.

in Johannas Kopf! Dankward war jünger als die Schwester, wenngleich nur um ein Jahr. Ihr zu gebieten, fühlte er sich nicht berufen. Und überdies verstand er sie sehr gut. Er teilte ihre Neigung zu Wohlleben und zu Genuß. Wie herrlich ließ es sich jetzt schmausen auf der Richenburg! Man schwelgte förmlich in Gewürzen! Brachten die Spielleute von weither Rezepturen mit, so wurden sie gleich ausprobiert. Dankward liebte Näschereien, er liebte die Verfeinerung und die Geselligkeit, er liebte es, ganz unbekümmert in den Tag hineinzuleben, vor allem liebte er die Heiterkeit, die um Johanna war. Wenn er sie über Wiesen jagte, wenn er ihr Haupt mit Blütenkränzen krönte, wenn er sie kitzelte, bis sie vor Lachen schrie, war Dankward glücklich.

Von Glück umgeben, fühlte Dankward selber Glück. Daß ihn nun gar Johannas Glück beglückte, war Fügung wunderbarer Art. Er liebte seine Schwester wie keine Menschenseele sonst, auch nicht das Mädchen, dem er nächtens beilag. Er liebte sie von Kindertagen an – und zollte ihr inzwischen auch Bewunderung.

Sie war geschickt darin, sich Freunde zu gewinnen. Durchs Feuer wäre ihr Getreuester, der Meier Kilian, für sie gegangen. Von allen, die sie priesen, war er am unverwandelbarsten verliebt in seine Herrin. Und trotzdem: Er hätte eher sich die Zunge abgebissen, als sich auch nur zu einer Andeutung verstiegen. Marktschreierische Hingerissenheit lag denen, die bloß tändelten, doch Kilian, dem alles Spielerische fremd, errötete, wenn ihm Johanna ihre Gunst bezeigte.

Auch Trud, obwohl mit Kilian vermählt und überhaupt nicht blind für seine hohe Liebe, war pure Dankbarkeit. Als Kammerfrau weit über ihren Stand erhoben – die Kindesmörderin im Kemenatendienst! Wie sehr zerriß man sich das Maul! brauchte sie Wochen, um die Wendung ihres Geschicks zu fassen. Doch dann begriff sie es: Johanna war ihr gut für einen stummen Pakt, den beide miteinander schlossen. Allein Johannas Blicke sprachen, nicht ihr Mund. Und Trud hielt es genauso.

Bei aller Lust am leichten Leben vermied Johanna, sich gemein zu machen mit der Knechteschaft. Sie wußte, wohin es sich zu neigen galt, wo Strenge ziemte und wo Milde, wo ehrliche Gewogenheit ihr lächelte und wo nur Heuchelei.

So mancher Kerl und auch so manches Weib hatte die Burg verlassen müssen. Johanna strebte an, sich nur noch mit Getreuen zu umgeben. Bertram, der Bruder Truds, von Welf einstmals halb totgeschlagen, fand Aufnahme im Mauerring. Hatte er erst einmal gelernt, nicht mehr mit offnem Mund zu starren und nur im Hofe auszuspucken, kurz: sich einer Tafelrunde dienlich zu erweisen, sollte er Mundschenk werden. Bis dahin tat er seinen Dienst in Wirtschaftskammern, Stall und Scheunen.

Johanna aber unternahm noch mehr.

Den Schreiber, stolz darauf, jetzt auf Magister Hans zu hören, beschenkte sie mit einem Pelz, den Ludowig getragen hatte, die Wächter Quirin und der Neue, Bengt – Welfs Späher Bantus und ein weiterer hatten gehen müssen –, bekamen beide ein Paar Lederstiefel und einen Überwurf. Bartel, der Torhüter, erstarrte fast in Ehrfurcht, als Ludowigs Schwert in seine Hände überging. Diese fünf, Kilian, Magister Hans, Quirin, Bengt und Bartel, waren Johannas Leibwache, die einen Schwur auf Tod und Leben leistete.

Da Kilian und der Magister das Schwert nicht zu führen

wußten, erhob Johanna die drei anderen in dieser Kunst zu ihren Lehrern. So war im Hof jetzt oft ein Stechen, Hauen und Stoßen. Dankward lachte sehr darüber. Bisweilen aber gab auch er Lektionen.

Johanna nahm sich überdies der Bauern an. Mit Kilian, der nun ihr Meier war und sehr schnell lernte, sich auf einem Pferd zu halten, ritt sie ihre Höfe ab. Dabei erklärte sie ihm all die Dienste, die sie von ihm forderte, und schärfte ihren Leuten ein, daß sie auf diesen Mann zu hören hatten. Alle Hofstätten nahm sie in Augenschein – und Werkstätten desgleichen. Sie sprach mit Freien und mit Hörigen, befahl das eine und erließ das andere und versuchte, die Steuern nach gerechtrem Maße zu verteilen. Wer nur mit Not den Zehnten aufzubringen schaffte, erfuhr Erleichterung. Erhöhungen erhob sie umsichtig. Sich jetzt nur keine Feinde machen!

Sogar Gerichtstag hielt sie ab. Sie war ein Weib und herrschte mit Bedacht. Was man von einem Mann ertrug, ertrug man nicht so leicht von einer Frau.

Arme, die sie schützten, und Fäuste, die sich für sie schlugen, fand sie in Bengt und Quirin, die ihr auf dem Fuße folgten. Niemand sollte Zweifel daran hegen, daß sie sich durchzusetzen wußte.

Für zu leicht befunden wollte sie nicht werden – und auch nicht für zu hart. Man sollte sagen: Die Waagschalen stehen bei ihr gleich. Geachtet ja, gefürchtet nein. Wen sie eines Verbrechens schuldig sprach, den strafte sie; wer es aus Not getan hatte, fand in Johanna eine Richterin, die besonnen war, doch keine Samariterin, und laufen ließ sie keinen.

So ging die Zeit dahin und brachte viele Freuden und eine Sorge auch: die Einkünfte von Richen.

Vom Zehnten und dem, was Burginsassen und umliegende Bewohner erwirtschafteten an Erträgen, ließ sich leben, vorausgesetzt, man konnte rechnen. Es ging auch dann noch um, wenn man dem einen oder andern Hof das Fastnachtshuhn erließ oder das Osterlamm, vielleicht auch den Getreidezehnt halbierte, und damit stellte man sich besser als manche andre Burg. Geld sah man bloß an Markttagen. Es reichte wohl für einen Ballen Stoff, für einen Mantel oder neue Stiefel; für alles dies zusammen war es nicht genug, und ganz entschieden war es nicht genug für einen Haufen Kostgänger, mochten sie noch so fiedeln oder reimen. Es war auch nicht genug für teuren Wein vom Rhein, für Safran, Pfeffer, Koriander, für Sandelholz und Blütenöle, für Teppiche und kistenweise Seide und Brokat.

Selbst Kilian, der Meier, warnte schon: »Herrin, was tun, wenn Zahltag ist?« War auch der König Konrad nicht im Land, so galt doch die Verpflichtung gegen ihn.

Dankward, der nicht knauserte und manches Fäßchen Wein bezahlte, auch Schweine brachte oder Gänse und seine Schwester reich beschenkte, kannte im Herbst nur einen Rat: »Jetzt kommt die Zeit des Wassers und der Dornen.«

Indes: Längst ging Johanna schwanger mit einem höchst verwegnen Plan. Der erste, den sie einweihte, war Kilian, der tapfer schluckte und die Treue hielt. Danach erfuhren Quirin, Bengt und Bartel, was ihre Herrin ihnen abverlangte. Sie schluckten ebenfalls – und nickten. Als letztem wurde mit Magister Hans gesprochen. Der schluckte dreimal nacheinander, er schüttelte den Kopf, berief sich auf sein Mönchtum und seine Gelübde, zweifelte lang – und sagte schließlich ja.

Als der Tag kam, verließ Johanna mit den fünf Getreuen die Burg im Morgengrauen. Ehe die sechs sich in die Sättel schwangen, versicherten sie einander gegenseitig der Parole: keine Toten!
Sie ritten in den Wald, wo sich Johanna im Schutze einer Hecke der Weibsgewänder flugs entledigte. Sie stieg in Wams und Buxe, in Hosenbeine und in schwere Stiefel und warf sich einen Mantel um. Dann ging's hinüber ins Landsbergische, denn keine Menschenseele durfte je erfahren, daß die Richener diese schnöde Tat begangen hatten.
Die sechs verbargen sich im Wald entlang der Straße, die sie im Visier behielten. Sie banden sich aus Rupfen ausgeschnittne Masken vors Gesicht, sie warfen sich Kapuzen über. Jetzt galt es abzuwarten! Das Warten wurde lang und bang. Johanna saß im Baum in einer Gabel und hörte ihr Herz hämmern. Es war verwegen wie nichts andres je in ihrem Leben. Sie war des Todes, sollte es mißlingen – und ihre Mannen waren es mit ihr.
Wo blieb er denn, der Salzhändler? Zum Abend wurde er in Richburg doch erwartet! Er war ein reicher Mann – viel reicher als so mancher kleine Graf. Ein gut gefüllter Säckel war bei ihm zu holen.
Johanna fühlte, wie das Blut in ihren Adern pochte. Restlos von Sinnen, würde Dankward sagen. So mochte es auch sein. Indes: Johanna spürte jede Fiber Leben.
Es knackte im Gehölz. Das war Kilian, der bezweckte, daß sie zu ihm hinübersah. Er zeigte ihr das Nicken des Verschwörers.
Doch jetzt! Habt acht! Der Wagen! Gezogen von zwei Pferden. Vorn auf dem Bock der Fuhrknecht und der Händler,

hintan der Wachmann, der schon döste. Nach ihnen blieb die Straße frei.
Johanna pfiff durch ihre Finger – und lauschte aufgeregt. Die Antwort war ein Pfiff aus Bartels Mund: Von vorn kam ihnen nichts entgegen.
»Los!« rief Johanna, und die fünf Getreuen – ja, auch Magister Hans nahm allen Schneid zusammen – stürmten die Straße, stellten sich den Rossen in den Weg und zückten ihre Schwerter. Die Gäule stiegen wiehernd auf, Händler, Fuhrknecht und der Wachmann, unsanft aufgeschreckt, leisteten kurzen Widerstand und wurden überwältigt. Der Kampf war schnell beendet. Johanna sah: Sie siegen! und dachte: Rasch jetzt, rasch! Ihr Herzschlag drohte ihr die Brust zu sprengen. Fast hätte sie sich eingemischt. Die Füße juckten sie, die Beine, auch die Arme. Ach, wäre sie ein Mann, für eine Stunde nur!
Als Kilian unter die Plane in den Wagen sprang, banden die andern vier die Übertölpelten in Stricke und schleppten sie ins Unterholz.
Nun stellte sich Kilian auf den Bock und hielt zwei pralle Beutel in die Höhe: Im einen waren Münzen, im anderen war Salz.
Jetzt, Herr im Himmel, schnell! Hufschläge in der Ferne! Da kamen Reiter, viere an der Zahl.
Johanna pfiff durchdringend. Ihre Erregung stieg ins Namenlose. Nur keinen Fehler jetzt!
Auch Kilian pfiff und schlug sich querwegs zu ihr durch. Ihm folgten rasch die anderen. Sie waren flink, sie waren sehr behende. Jetzt nur noch eins: aufs Pferd, die Masken fort und weg! Zurück nach Richen!

Johanna trat dem Zelter in die Seite, als ginge es ums Leben. Sie ritt den Braunen wie ein Mann, sie ritt ihn zwischen ihren Schenkeln und stob den anderen voran, nichts schien sie mehr zu halten. Ihre Augen, ihre Wangen flammten. Nie vorher hatte sie das Leben ähnlich stark gespürt, nie vorher war sie sich so nah gewesen, nie vorher hatte sie so tief empfunden, wer sie wirklich war. Es war ein Taumel, war ein Rausch. Es war Erkennen und Bejahen. Es war die pure Lust am eigenen Feuer.

Als sie am späten Nachmittag mit ihren Männern Richner Land erreichte, gebot Johanna dem Magister, als erster vorneweg zu reiten. Nach ihm kehrte Kilian – scheinbar allein – zurück, am Schluß, da dämmerte es schon, Johanna mit den Wächtern und dem Torwart.

Noch immer war ihr siedend heiß. Sie glaubte schon zu fiebern. Sofort ein Bad! Und dazu Wein und Brot und Käse. Als sie im Zuber lag, rief sie die Trud herbei, von der sie wissen wollte: »Bist du schon bei der alten Müllerin gewesen?«

Trud nickte feierlich.

»Und wieviel kannst du schon?«

»Genug, um's zu versuchen.«

»Dann tu es heute nacht!«

Trud spürte ihrer Herrin Aufgewühltheit und auch, wie sehr sie diese zu verbergen suchte. Sie sah zur Tür, wie um zu prüfen, ob sie auch gut verschlossen sei. Dann trat sie vor, ganz nahe an den Zuber. In die Wasserdämpfe tauchend, flüsterte sie Johanna zu: »Es muß bei Vollmond sein.«

Johanna rollte voller Ungeduld die Augen. Alles sofort, alles noch heute: So drängte es in ihr. Da der Blick Truds den ihren bannte, besann sie sich. »Dann warte eben, bis sich der Mond

gerundet hat«, befahl sie ruhiger, als sie war. »Und bring mir jetzt ein Tuch!«
Früh legte sie sich diese Nacht zu Bett, doch fand sie keinen Schlaf. Noch immer spürte sie den eigenen Herzschlag und das Blut, das pochte. Ihre Gedanken kreisten aufgeregt um das Geschehene. Zum erstenmal in ihrem Leben versagte sie es sich, zur Nacht zu beten. Ob sie das überhaupt noch durfte, die Allmacht preisen oder bitten?
Ich dürfte es, empfände ich nur Reue, dachte sie. Reue empfand sie aber nicht.

Da sie erst im Morgengrauen in Schlaf gesunken war, erwachte sie recht spät. Es war schon um die Mittagsstunde. Sie ließ gleich ihren Zelter satteln, zog sich mit Luitgards Hilfe an, nahm keinen Bissen zu sich und ritt, kaum in den Stiefeln, hinüber nach der Prettelsburg.
Nie hatte sie die Zugbrücke in kürzrer Zeit erreicht. Ihr Pferd war schon erschöpft, sie aber fühlte eine Kraft, die ihr unbändig schien.
Ohne abzusitzen, die Gesichter, ihr alle wohlbekannt, mit knappen Gesten grüßend, schrie sie hinauf zum Obergadenfenster: »Dankward! Wo steckst du? Säume nicht! Ich bin es, deine Schwester. Komm und reite mit mir aus!«
Es war Sommer, der zweite Sommer ihrer Herrschaft, und es war heiß. Der Damensattel mit der Beinstütze war ihr recht unbequem. Gern wäre sie, wie gestern, im Herrensitz geritten ihr ganzes Leben lang. Doch lieber mit sittsam-engen Beinen von dannen stieben als vor dem Nocken sitzen!
Dankward folgte ihrem Ruf sofort. Während sein Pferd gerüstet wurde, hob eine Magd Johanna einen Becher Wein hin-

auf. Johanna saß nicht ab, doch kippte sie den Wein in sich hinein, als wär' sie am Verdursten. Den Becher dann zurückzureichen fiel ihr schwer. Viel lieber hätte sie ihn hinter sich geworfen.

Als Dankward mit ihr auszog, hatte ihr Zelter sich erholt. Der Bruder hielt sich lange neben ihr, doch dann fiel er zurück. Johanna setzte über Mauern, Bäche, Furten, als jage ihr der Teufel nach.

»Hol mich ein!« rief sie über ihre Schulter. Dankward schrie zurück: »Wart's nur ab! Gleich hab' ich dich!«

Im Westen dräute es gewitterdunkel. Wolkenberge bauschten sich. In gelber Ferne goß es wie aus Eimern. Sturmwinde stoben auf. Dann fing es an zu regnen. Schon schlugen den zwei Reitern Hagelkörner ins Gesicht.

Während es naß, kalt und hart auf Johanna niederklatschte, während ihr Herz im Takt des Hufschlags klopfte, während ihr schwindelte vor lauter Jubellust, erwachten in ihr Strophen eines Liedes, das sie vor kurzem selbst ersonnen hatte:

Jetzt ist die Zeit
der Herrlichkeit.
Singet das Hosianna!
An diesem Tag
führt keine Klag
die Burgherrin Johanna.

Sie musiziert,
sie jubiliert,
sie singt das Hosianna.
Was lebt auf Erd,

all das begehrt
die Burgherrin Johanna.

In ihrem Herz,
da ist kein Schmerz.
Sie singt das Hosianna.
Was sie auch tut,
sie hat viel Mut,
die Burgherrin Johanna.

Von Herzensgrund,
aus vollem Mund
singt sie das Hosianna.
Hat alle Lust
in ihrer Brust,
die Burgherrin Johanna.

Während die Verse heiß in ihr aufglühten, hielt Dankward auf die nächste Scheune zu. Johanna riß ihr Roß herum, um ihrem Bruder nachzufolgen. Unter dem Vordach angelangt, waren beide außer Atem. Auch die Leiber ihrer Pferde dampften, zitternd im Nachhall der wilden Hatz.

Johanna band nun ihren Braunen und Dankward seinen Fuchs an einen Pfahl, der den Unterstand abstützte. Anschließend zog Dankward das Scheunentor auf. Dahinter türmte sich kniehoch und weiter hinten höher noch das Heu, das einen wunderbaren Duft verströmte. Johanna stürzte sich sogleich hinein und ließ sich auf den Rücken fallen. Ihr Busen hob und senkte sich. Ihre Wangen glänzten rot, ihre Augen flammten. Sie war wie eine Fackel. Sie war schön.

Dankward sah es mit Verwunderung. Seit ihr Gemahl tot war und ihr Widersacher fort, glich sie einer Rose, die sich täglich mehr entfaltet. Jetzt war sie voll erblüht. Dankward setzte sich nun neben sie. Er beugte sich zu ihr hinab, um Heufäden aus ihrem Haar zu ziehen. Unter ihrem Stirnreif kräuselten sich triefendnasse Locken. Er sagte nichts, sie lächelte.
Ein Platzregen ergoß sich draußen. Hagelkörner, daumennagelgroß, prasselten aufs Scheunendach. Der Sturm zerrte an den Bäumen, unter deren Ästen sich das Vieh zusammendrängte. Die Bauern flohen von den Feldern. Blitze fuhren in geballtes Schwarz. Ein Donnern war, als spalte sich die Erde in zwei Teile.
Johanna fragte plötzlich: »Erinnerst du dich noch, wie wir als Kinder glaubten, am Ende eines jeden Regenbogens stehe ein Topf mit Gold?«
Dankward nickte. Noch immer war er über sie geneigt. Aus seinen Haaren tropfte es auf ihre nassen Kleider. »Ja, ich erinnre mich.«
»Wir hatten recht.« Johanna stützte sich jetzt auf die Ellbogen und lächelte noch tiefer. »Und weißt du, was? Man kann es finden, das Regenbogenende und den Topf mit Gold.«
Da mußte Dankward schmunzeln. Mittlerweile sproß ihm der Bart viel dichter um den Mund, und um die Pracht zu zeigen, rasierte er sich tagelang nicht mehr. So hatte er meist Stoppeln im Gesicht, das trotzdem knabenweich geblieben war. Seine Augen blitzten schelmenhaft und blau, sein Haar war von der Farbe eines Weizenfeldes im Regen. Johanna fuhr ihm zärtlich durch den feuchten Wirbel an der Stirn und walkte seinen Kopf. Er ließ es sich gefallen mit einem Bubengrinsen und sah danach zum Scheunentor hinaus.

Der Wind pflügte durch Ährenfelder und peitschte das Geäst der Bäume. Er fauchte um die Scheune, ließ die Bretterwände klappern und stob den Hagel und den Regen auf.
Johanna setzte sich jetzt auf. Sie lehnte ihren Kopf an ihres Bruders Schulter und hatte einen träumerischen Ausdruck im Gesicht.
Allmählich beruhigten sich die Elemente, es hagelte nicht mehr, und auch der Wind verebbte. In der Ferne grollte es behaglich, doch grelle Blitze zuckten immer noch. Am Schluß erstarben selbst die Schauer, und über Richener und Prettelsburger Land wölbte sich bunt ein Halbkreis, der in allen Farben schillerte.
»Schau!« rief Johanna, begeistert wie ein Kind, das ein Geschenk bekommen hat. Sie sprang gleich auf und lief zu ihrem Pferd. Der Bruder folgte ihr.
Sich in den Sattel schwingend, rief sie zu ihm zurück: »Der Regenbogen! Wer zuerst an seinem Ende ist!«
Schon sprengte sie davon. Dankward schrie ihr nach: »Der bekommt den Topf mit Gold!« Dann nahm er die Verfolgung auf.
Es waren die Tage des Weines und der Rosen.

FÜNFTES KAPITEL
IM JAHRE DES HERRN

1149

Frühlingsstürme fegten übers Land. Der Fluß schwoll an und überschwemmte erst die Mühle, dann das ganze Dorf. Es regnete, als wären's Bindfäden. Die Mahden wurden Seen, die Wege eingeebnet. Straßen verrotteten unter Morast und Schlamm. Sogar der Bach ging so sehr in die Breite, daß er die Fronhöfe an seinem Rande unterspülte. Tagelang zog nicht ein Fremder durch das Land, das zu ertrinken schien. Rosse versanken bis zu den Bäuchen unter ihren Reitern in den Zusam-Auen. Es schüttete noch immer, was das Zeug hielt. Richen war abgeschnitten von der Prettelsburg.

Auf der Prettelsburg betete Kunigunde, auf Richen feierte Johanna.

Ja, Johanna feierte! Mochte der Himmel sie mit einer Sintflut strafen, die Burgherrin mit ihrer muntren Schar trotzte Wind und Wetter. Die Sänger dachten sich neue Lieder aus, der Possenreißer schlug seine Purzelbäume und riß mit stummen Scherzen zu Lachorkanen hin, die Musikanten spielten auf, als ginge es um Leben oder Tod, die Tafel bog sich unter ihrer üppig-gutgewürzten Last, und Bertram, Trudens Bruder, jetzt Mundschenk von Johanna, hieb den Zapfhahn von einem Weinfaß in das nächste.

Es roch nach Röstfleisch und Gebratenem, nach Honigkuchen und Gebäck aus Butter, es roch nach Rosenöl und nach Lavendel, es roch nach Glück, es roch nach Leben.
Nicht nur Johanna, auch die blasse Luitgard wurde besungen und umworben, gelegentlich sogar die schwarze Trud, denn an Damen herrschte Mangel. Durchreisende waren keine da. Man feierte nicht mit anderen und nicht für sie, man feierte sich selbst.
Der kleine Wig kroch Hand in Hand mit seinem Milchbruder durch einen Wald von Beinen. Die Buben stiegen erst dem einen, dann dem andern auf den Schoß. Wenn ihnen Müdigkeit die Augen verschloß, schliefen sie ein, wo sie gerade saßen.
Der Sänger, der Johannas Hand so gern lenkte, wenn sie Harfe spielte, hub jetzt an:

Hebt die Becher und stoßt an!
Ich bin mit einem Spruche dran.
Wir wollen beieinander sein
bei diesem wunderbaren Wein!
Es geht uns gut und besser,
wir stoßen unsre Messer
in Braten und in Keulen,
wenn draußen Stürme heulen.
Kommt, öffnet noch ein Faß!
Wir fallen ins Gelaß
von wilder Trunkenheit.
Wir werden dumm und dumpf und weit.
Was macht uns das schon aus!

Der gesamte Palas grölte zurück:

Was macht uns das schon aus!
Das macht uns gar nichts aus!

Während der Possenreißer seine Grimassen zog, als wolle er das Lied verhöhnen, dazu auch den, der's vortrug, und die Menge, die besoffen johlte, fuhr der Sänger fort:

Wir gehen noch nicht zu Bett!
Es ist zwar schon sehr spät,
doch sind wir junge Spunde,
uns beißen nicht die Hunde!
Es mögen Mönche, Pfaffen
nach unsrem Schätzlein gaffen!
Beim Gaffen muß es bleiben,
sie dürfen's ja nicht treiben!
Was macht uns das schon aus?

Wieder erschallte es aus fünfzehn Kehlen:

Was macht uns das schon aus?
Das macht uns gar nichts aus!

Und so ging's fort.
Johanna führte ihren Silberkelch öfter als sonst zum Munde. Ihre Wangen glänzten feuerfarben, ihre Augen fiebrig. Sie thronte auf dem Stuhl, dem einzigen, den es auf Richen gab, in ihrer Seele wütete ein Sturm wie draußen übers Land. Ahnungen überliefen sie. Ihr wurde heiß und kalt. Sie hatte letzte Nacht kein Auge zugetan und Trud, die Wächterin an ihrem

Bett, gefragt: »Hast du es sicher recht gemacht?« Und Trud hatte erwidert: »Ich hab' es so gemacht, wie's mir die Alte aufgetragen hat.«

Johanna schlug das Herz noch immer bang. In ihrer Brust zog alles sich zusammen, als der Sänger jetzt sein Lied beendete und die Gesellschaft zum letzten Male gellte: »Das macht uns gar nichts aus!« Als alles lachend in die Hände klatschte, bezwang Johanna, was sie peinigte seit dieser Nacht. Sie schüttelte den Schrecken aus den Gliedern und schwang sich auf zu neuer Lustigkeit. Geradeso, als habe sie sich selbst besiegt, wogte es rauschhaft in ihr auf. Die Musikanten fiedelten drauflos, und Dankward reichte ihr den Arm zum Tanz. Ungestümer, als man's bisher von ihr kannte, drehte sie sich an seiner Hand.

Bis auf die schwarze Trud war alles zu betrunken, wohl auch zu vollgeschlemmt, vor allem zu erhitzt vom Spiel, von Reigen und Gesang, um der Veränderung gewahr zu werden, die um Johanna war.

Selbst Dankward merkte nichts. Nach dem Tanz ließ er sich nieder auf der Bank, wo seine neue Bettmaid ihm zu Füßen saß, ein hübsches, blondes Ding, das gern laut lachte. Er küßte ihren Hals. Darauf griff er nach seinem Becher. Dem Possenreißer warf er eine Münze zu, damit der seine Kunst vorführe. Da aber hatte sich bereits ein zweiter Sänger vor Johanna hingekniet, um ihr Verse darzubringen, die er heute erst ersonnen hatte:

Sie ist von edlem Wuchs und stolzesten Gebärden.
Alles an ihr ist rein und ohne Fehl.
Keiner weiß, ihr Übles nachzusagen.

Gekrönt von Haselnußhaar ihr weißes Angesicht,
so klar die Bernsteinaugen, rot der Mund!
Alles an ihr ist Freude, Glück,
denn jeden Tag sehe ich Gottes reinste Schöpfung,
die sie ist.
Hienieden gibt es nicht Vollkommneres.
Sie, meine Edle, die Zierde jeder Tafel,
schenkt mir einen Blick …

Seine Stimme tat sich schwer, sich durchzusetzen gegen den Tumult. Nach Feinsinnigem, Ernstem stand den Feiernden nicht mehr der Sinn, am wenigsten Johanna. Ohnedies wußte sie glatte Reime mehr zu schätzen als die freie Form, und der Sänger, der sie anzuleiten pflegte an der Harfe, gefiel ihr besser als dieser Sätzeschmied, der sich am Hof des Herzogs schon hervorgetan hatte, worauf er sehr viel hielt. Trotzdem war ihr Lächeln voller Huld.

Sie ist so zart
und schenkt mir so viel Glück.
Nichts wär' für mich so hart,
als rückte sie ein Stück
von meinem Herzen ab.
Es wäre mir das Grab.
Einschmeicheln will ich mich bei ihr.
Doch muß ich mich bezähmen.
Ich fühle wilde, schroffe Gier
und sollte mich gar schämen.
Ich tu' es aber nicht!
Auf keinen Fall Verzicht!

Noch vor das Jahr zu Ende geht,
läßt sie mich in ihr Gärtlein ein …

Geschickt setzte er an dieser Stelle eine Pause.

… wo Blume neben Blume steht.
Genauso wird es sein!

Da schlugen sich vor Lachen viele auf die Schenkel. »Gerade noch erwischt, den Bogen!« schrie der Spaßmacher, sprang vor und riß dem Sänger den Federhut vom Kopf. Flugs über Tisch und Bänke Reißaus nehmend, kicherte der Faxenmacher: »Mir war fast so, als meinte er ein andres Gärtlein …«
Noch einmal schwoll Gelächter an, sogar Johanna, die ihrem Minnediener mit zwei Fingern die Wange koste, fiel mit ein. Nach dieser Gunstbezeigung setzte ihr Verehrer dem Faxenmacher nach, der wiederum versuchte zu entkommen. Aber der Sänger packte ihn an einer Mützenschelle und rief: »Dich will ich lehren, meine Liebe zu entehren!« Während er sich vor seiner Angebeteten verneigte, zerrte er heftig an der Mütze. Schon war das Haupt des Gegners ganz und gar entblößt: Der Mann war kahl! Und so dem Spotte preisgegeben, entfloh er und der Sänger hinterdrein. Die wilde Jagd ging durch den ganzen Palas, so laut war das Gekreisch am Tisch, daß die zwei Kinder aus dem Schlafe fuhren.
Und dann geschah's. Johanna hatte nicht umsonst gebangt. Auf einmal schlug die schwere Burgtür auf. Es wurde grabesstill im Saal. Alle wandten sich der Türe zu. Alle sahen die drei finsteren Gestalten. Alle fühlten, wie es schaudernd sie

durchlief. Luitgard schlug sich beide Hände vor den Mund. Erschrocken tastete Johannas Blick die Reihe der Getreuen ab, die allesamt am Tische saßen. Niemand hatte an das Tor gedacht. Wenn Dankward hier war, blieb es offen.
Was galt es schon zu fürchten?
Dies hier, gerade dies, begriff Johanna.
Die Zechenschar im Licht, die eben noch so munter und so ausgelassen war, verstummte und erstarrte und glotzte blöde nach den drei zerlumpten Schatten, die da dunkel, schweigend, unheimlich wie Monumente sich erhoben.
Windstöße fauchten Regen in den Palas, Fackel- und Kerzenflammen flackerten verstört, das Feuer im Kamin gab Laut gleich einem Tiere, das verendete, das Wiehern draußen klang gespensterhaft. Da stand Johanna auf. Ihr war, als ziehe eine fremde Macht sie hoch. Wenn eine Flammenschrift die Wand entlanggelaufen wäre: Darüber hätte sie sich nicht gewundert. Keine der beiden Seiten regte sich. Ein Herzschlag in der Ewigkeit, gemeißelt wie in Stein, dazu der Sturm, Verwünschungen in fremder Sprache speiend. Jedoch: Es brannte sich kein Schriftzug in die Wand.
Die größte der drei Silhouetten trat nun vor. Dankward schaute seine Schwester an. Die schluckte schwer.
Sie kamen jetzt herein, die schwarzen Schatten, und hinter ihnen schlug der Wind die Tür ins Schloß.
Johannas fünf Getreue mochten wünschen, nicht ohne Schwert zu sein, die Vaganten, sie könnten sich verziehen in eine dunkle Ecke. Einer der beiden Buben plärrte laut, der andre fiel in das Geschrei mit ein.
»So habt Ihr Eure Prophezeiung wahr gemacht. Ihr seid zurückgekommen, Welf von Richen.«

Johanna hörte ihre eigne Stimme, als käme sie von sehr weit her. Erstaunt vernahm sie, wie gefaßt sie klang. Welf tat zwei Schritte auf sie zu. Das Licht der Tafelrunde streifte sein Gesicht, doch war es kein Gesicht, mehr eine Maske aus der Hölle.

Jochbein und Wangenknochen traten deutlicher hervor als einst, Bartstoppeln sprossen schwarz und ungleichmäßig über Narben, zwei scharfe Furchen kerbten sich um seinen Mund. Die Brauenfalte war sehr tief geworden, in seinen großen Nasenlöchern bebte Grausamkeit in einem Maß, das frösteln machte, in seinen Augen, dunkel wie die Nacht und ohne Grund, brannte ein Feuer, eine schwere Not, aus seinen schwarzen Locken triefte Regenwasser. Die Kleider hingen ihm wie Fetzenwerk am Leibe; er trug Bundschuhe, Lappen mehr, gehalten nur von Stricken, und einen abgewetzten Umhang, vielfach geflickt und ohne Schnallen, doch weder Kettenhemd noch Eisenschuhe. Er stand in einer Lache.

Noch immer sprach er nicht ein Wort. Er sah Johanna an, als kenne er sie nicht, als habe eine andre er an ihrer Statt erwartet. Das erste, was er sagte, war: »Ihr tragt das Haar jetzt offen.«

Wie im Traume faßte sich Johanna in die schwere Flut in ihrem Rücken.

Es war Dankward, der sich zuerst aus seiner Starre löste, der sich erhob und Welf begrüßte: »Bedankt sei Gott, daß Ihr noch lebt! Doch sprecht: Was ist mit meinem Bruder? Ist er mit Euch zurückgekehrt?«

Welf nickte, sichtlich müde.

»Ruodlieb ist zur Prettelsburg geritten«, gab er Auskunft, um spottgrimmig hinzuzufügen: »Sein Pferd kann schwimmen.«

Lange sah er Dankward ins Gesicht, dann einem nach dem andern, die am Tische saßen. Anselm und Baldur waren neben ihn getreten, auch sie ein Bild des Jammers: als tapfere Recken ausgezogen, glichen sie nunmehr Hunden, die die Reude hatten.

Fast alle senkten unter Welfens Forschen die Lider, allein Trud und Kilian nicht. Welfs Nasenflügel hörten auf zu beben. Er rammte seinen Blick in Trud, als suche er, sie zu erdolchen, und fragte herrscherlich: »Was tut *die* hier?« Und gleich darauf: »Was tun all diese hier?«

Behend nahm Dankward seiner Schwester die Worte aus dem Mund: »Es ist recht viel geschehen, während Ihr fort wart, Welf. Setzt Euch und eßt! Ihr seht sehr hungrig aus. Johanna, laß ihm auftragen! Ihr werdet viel erfahren und noch mehr erzählen.«

Erstaunt schaute Johanna Dankward an. Er war mehr Herr der Lage als sie selbst. Er war ein Mann geworden. Sie nickte Bertram zu: warme Speisen für die Heimgekehrten!

Welf griff mitten in die Restefülle auf dem Tisch, nahm eine Taubenbrust, die längst erkaltet war, und schlang das zarte Fleisch mit Gier in sich hinein. Anselm und Baldur, der eine schmal geworden, der andre aufgeschossen, folgten seinem Beispiel. Da niemand sprach, war nur dreifaches Schmatzen zu vernehmen. Ohne sich hinzusetzen, faßte Welf, noch immer kauend, nach Johannas silbernem Pokal. Nachdem er ihn, versonnen fast, betrachtet hatte, nickte er. Auf einmal schien er zu verstehen. Er trank so hastig, daß Rinnsale des Weins an seinen Kiefern niederrannen.

»Ich hab' sie schon gehört, die Kunde«, sagte er daraufhin und biß in ein Fasanenbein. »Es soll ein Leben hier auf Richen

sein, wie viele Fürsten es nicht kennen.« Kaum hatte er den Schenkel abgenagt, warf er den Knochen hinter sich und traf dabei den neuen Wandbehang. Dann setzte er den Kelch ab und umrundete den Tisch. Dicht vor Johanna blieb er stehen. »Ihr habt geplündert, gebt es zu, Wolfingerin! Unter den Nagel habt Ihr Euch gerissen, was Ihr finden konntet!«
»Nein!« Mit einem Fuße schob Johanna ihren Stuhl zurück, um ausweichen zu können. »Dessen, was *mein* ist, hab' ich mich bedient. Das steht mir zu!«
Die Kinder greinten wieder. Luitgard griff erst das eine, dann das andere und führte beide fort.
Die Vaganten duckten sich zur Seite, als hätten sie vor einem Angriff Angst. Die Getreuen warteten auf ein Zeichen ihrer Herrin, bereit, den Eindringling zu überwältigen mit bloßen Händen – und seine zwei Gefährten ebenso.
Langsam, jedes Wort betonend, verlangte Welf von der, die vor ihm stand: »Gebt mir die Schlüssel, die ich Euch anvertraute!«
Kaum einer wagte einen Atemzug. Das Feuer im Kamin brannte nun ruhiger. Es schwieg sogar der Sturm. Er schien gebannt zu lauschen.
Johanna sann darüber nach, ob sie den Streit sogleich, an Ort und Stelle, vor allen, die es hörten, führen solle – oder ihn vertagen. Und sie entschied: Der Augenblick war unaufschiebbar da.
»Ihr habt mir Schlüssel anvertraut, die meinem Sohn gehören«, beschied sie Welf. »Ich gebe Euch gern Lager für die Nacht. Ihr könnt Euch sättigen. Eure Begleitung kann es auch. Wenn Ihr Euch wohlverhaltet, mögt Ihr bleiben. Doch merkt Euch dies: Richen ist mein.«

Höhnend stieß Welf den Atem aus. »Hört zu, Weib!« herrschte er sie an. »Ich bin acht Stunden ohne Rast geritten, ich komme von weit her, ich habe mehr gesehen, als Ihr in Eurem ganzen Leben sehen werdet, ich habe mich durch Hunger, Seuchen und Feindesland zu meinen Ländereien durchgekämpft, ich habe Schmach und Niederlage erlitten in der Fremde, ich bin erschöpft und keinesfalls zu Scherzen aufgelegt. Also: Benehmt Euch, wie es Euch geziemt! Beansprucht nicht, was Euch nicht zusteht! Dann sollt Ihr nicht bereuen, daß Ihr mein Land so gut verwaltet habt. Das habt Ihr doch: es gut verwaltet? Und jetzt: die Schlüssel!«

Kilian hielt es kaum auf seinem Platz. Wozu zögern? Worauf wartete Johanna?

Johanna … nun: Sie lächelte.

Welfs Kiefermuskeln mahlten hart. Sie sah ihn an, ganz ohne Scheu. Sie forderte zum Kampf. Dies nun war ihre Stunde. Die Stunde des Triumphs! Und keine Flammenschrift zerpflügte Wand und Mauer. Vergönnt war ihr, worauf sie pochte!

Es funkelte in ihren Bernsteinaugen, als wäre sie auf Raubzug, als sie die Antwort gab: »Ich hoffte stets, Euch niemals wieder zu begegnen, Welf. Ich wünschte Euch den Tod und hatte guten Grund. Ihr wolltet mich und meinen Sohn entrechten. Den Platz auf Richen wolltet Ihr uns streitig machen. Nun denn: So macht ihn uns jetzt streitig! Ich fürchte Euch nicht mehr. Seht Euch doch an: Ihr seid dem Tod nur knapp entronnen, Ihr seid ein Zerrbild Eurer selbst, den Heilgen Krieg habt Ihr verloren, und nun verliert Ihr Euren letzten Kampf.«

Welfs Arme schnellten vor. Aus seinen Augen schossen Blitze.

Diese Teufelin ... Doch ehe er sie packen konnte, erhoben sich die fünf Getreuen wie ein Mann. Und Dankward stellte ihnen sich zur Seite, und an der Tür zur Küche reckte Bertram sich, und Trud trug hoch ihr Haupt wie eine Königin.
Anselm ergriff sein Schwert, doch zog er's nicht. Der Knappe ballte beide Fäuste, doch schlug er nicht mit ihnen zu.
In den Gesichtern derer um ihn her suchte Welf nach Antwort, doch diese Antwort war ihm längst gegeben. Sechs, sieben gar – sogar der Schreiber hatte es gewagt, sich zu erheben! – gegen ihn selbst und magere zwei Mann: Das war zuviel. Und Welf war müde. Wie Blei bewegte sich das Blut durch seine Adern. Nicht einmal Zorn und Haß vermochten heiß ihn zu durchströmen. Er wankte einen Schritt, er rückte von Johanna ab und spürte die Erleichterung, die durch die Reihen lief: Der Wolf ließ von der Füchsin ab.
»Wir reden morgen«, lenkte Welf nun ein und nickte Anselm zu, der daraufhin die Hand vom Schwertgriff nahm. »Vorerst verlange ich nur dies: einen Krug Wein, Brot und Braten, ein Bad, danach ein Bett.« Vielsagend ging sein Blick über die Tafelreste hin, was heißen sollte: Zuviel verlangt kann das nicht sein. Aufschauend fügte er hinzu: »Dasselbe auch für meine Leute.«
Es zuckte um Johannas Mund. »Meine Leute« nannte er die zwei Gesellen in den Lumpen.
»So viel Ehre, mir Gastfreundschaft zu bieten, habt Ihr doch im Leibe?« drängte Welf.
Bertram wurde eine Schüssel, dampfend und voll beladen, durch die Küchentür gereicht. Er nahm sie zwar entgegen, doch trug er sie nicht an den Tisch. Er wartete auf einen Wink Johannas.

Johanna sagte Welf: »Euch Obdach zu verweigern steht mir nicht der Sinn. Ihr seid willkommen. Nehmt Euer Bad, eßt, trinkt und schlaft Euch aus! Euch und Euren Gefährten soll es wohl ergehen auf Richen. Und morgen lege ich Euch dar, was Ihr zu wissen wünscht.«

Der Morgen graute, und der Sturm war eingeschlafen. Nur noch ein laues Lüftchen wehte. Statt Regen Nieselwetter.
Johanna hatte Dankward inniglich gebeten, über die Nacht zu bleiben, und selber keinen Schlaf gefunden. Sie brannte wie noch nie. Ihr war zumute wie vor einem Überfall auf eine Wagenladung voll mit Safran, Salz und Münzen und Geschmeide.
Geboren, um zu kämpfen, stand ihr der Kampf bevor, auf den sie hinlebte seit nunmehr zwanzig Jahren. So war es ihr ums Herz. Es ging nicht nur um Gut und Geld, um Ländereien und Erträge. Es war ja auch ein Wagnis, war eine Lust, war eine Probe. Welf in die Knie zu zwingen, das spürte sie ganz deutlich, würde die Wonne ihres Lebens sein.
Sie hatte es von Anfang an gewußt: Auf Richen konnte es nur einen geben: sie oder ihn. An Körperkraft ihr turmhoch überlegen, war er trotz alledem ein Tölpel. Er wußte sich allein mit Waffen gut zu schlagen, im Denken war er ungeübt. Sie aber war gewitzt. Sie hatte alle Trümpfe in der Hand.
Wach, fiebernd, wie von einer Gier befallen, wälzte sie sich in ihrem Bett dem ersten Sonnenstrahl entgegen. Kaum tat der Hahn mit einem Krähen kund, daß es nun tagte, lüpfte sie ihre Decken. Schnell sprang sie auf und rief nach Trud. Die sollte sie bekleiden.
Johanna wählte Scharlachrot, mit Zobel dick besetzt, die gold-

ne Fibel mit dem roten Stein, die Schuhe mit den überlangen Schnäbeln, kein Kinnband, keine Haube, nur ein Band aus Samt, blutrot und wie geflochten, um die Stirn … Halt, halt! Doch besser ein Schapel: das mit den drei Smaragden und den zwei Rubinen!

Auch Trud, Johanna sah's sogleich, trug ihren besten Staat: kornblumenblaues Leinen, unter dem Busen straff gegürtet, das Haar ganz züchtig hochgebunden und in ein weißes Tuch gepackt. So zeigte sie: In Ehren werd' ich jetzt gehalten.

Während sie mit dem Kamm aus Holz Johannas Haar entwirrte, flüsterte sie ihr zu: »Euer Bruder sitzt in Eurer Kemenate und wartet dort auf Euch.«

»Dorthin schick mir auch Welf, sobald er wach ist!« entschied Johanna. »Magister Hans und Quirin sollen in der Nähe bleiben!«

»Sie halten sich bereit.«

»Dann gut!«

Johanna suchte, ihren Schultermantel raffend, die Kemenate auf, wo sie von Dankward in Empfang genommen wurde. Bis in die Mittagsstunden saßen sie zusammen, warfen den einen oder andern Blick hinaus zum Fenster, spazierten auf und ab, setzten sich wieder, schwiegen, waren in Gedanken oder beratschlagten.

Dankward plagte Ungeduld. Ruodlieb würde auf ihn warten. Dann, endlich, erschien Welf. Obwohl er dreizehn Stunden tief geschlafen hatte, sah er aus wie einer, dem man den Schlaf verwehrte. Er war jedoch rasiert. Über sein Kinn zog sich zur Wange eine Narbe hin. Die frisch gewaschnen Haare fielen ihm in weichen Locken. Obzwar er mehr von dieser Welt schien als letzte Nacht, war noch der wilde Zug um seine

Nasenflügel. Auch er trug Scharlachrot. Es war der fehbesetzte Mantel, den er vor Jahren schon besessen hatte. Anselm folgte auf dem Fuß.

Sich einen guten Tag zu wünschen hielt man sich nicht auf. Welf forderte sogleich: »Nun sprecht, Johanna: Was gibt Euch denn die Frechheit, Euch gegen mich zu stellen?«

Alle standen, keiner setzte sich. Die Wucht der Kräfte, die hier aufeinanderprallten, drohte den kleinen Raum zu sprengen. Zwischen Johanna und Dankward auf der einen und Welf und Anselm auf der andern Seite lagen kaum drei Schritte, und dennoch hatte jeder das Gefühl, der Gegenpartei viel zu nah zu sein.

Absichtlich hatte es Johanna vorgezogen, diesen Disput nicht in der Halle, sondern in ihrem angestammten Raum zu führen: Hier fühlte Welf sich fremd, hier war er früher nie gewesen.

»Mich zu erfrechen, würde ich nicht wagen, schon gar nicht gegen Euch«, ging sie es spöttisch an. »Laßt Euch nur eines sagen, dann wißt Ihr schon den Rest: Euer Vater hinterließ eine Verfügung, ehe er verstarb. Diese Verfügung bestimmt den kleinen Ludowig zu Richens Erben. Ihr könnt das Pergament gern sehen, wenn Ihr wollt.«

»Betrug!« zischte Anselm Welf ins Ohr. Nicht länger füllig, beinah spitz um Kinn und Nase, glich er einem Marder, der die Zähne zeigen will.

»Zähmt Eure Worte, Anselm!« wies Dankward ihn zurecht. »Meine Schwester spricht die Wahrheit.«

»Laßt sehen dieses Pergament!« Welf tat geringschätzig. So, als langweile ihn dieses Vorgeplänkel, mehr noch, als sei die Sache zu seinen Gunsten längst entschieden, nahm er auf der

Wandbank Platz, die bunte Kissen polsterten, und streckte beide Beine aus. Sofort begab sich Anselm neben ihn.
Mit einem Blick verständigte Johanna ihren Bruder: Zeit, die Tür zu öffnen! Draußen standen Quirin und Magister Hans. Der Schreiber hatte das umstrittene Dokument bereits in Händen. Er nickte zuerst Welf, dann Anselm zu. Schließlich übergab er das fragwürdige Schriftstück seiner Herrin.
Johanna drehte die Pergamentrolle, deren Siegel aufgebrochen war, zwischen dem Daumen und dem Zeigefinger. Es war, als suche sie, die Zeit zu dehnen. Erst als sie den Moment gebührend ausgekostet hatte, reichte sie Welf das Testament. Der hielt die Rolle, seinen Ärger gut verhehlend, wieder dem Magister hin und forderte ihn auf: »Lest!«
Und der Magister las. Er tat es langsam und bedächtig. Es waren nur drei Sätze, drei Sätze, die den kleinen Wig, den Nachgeborenen, zum Erben Richens machten und Johanna, bis er achtzehn war, zu seiner Sachverwalterin.
Nachdem Magister Hans geendet hatte, winkte Welf ab. Er lachte düster auf.
»Und dies Geschwafel soll die Tinte wert sein?« fragte er verächtlich. »Noch weiß ich nicht einmal, ob dort auch steht, was unser Schreiber las. Und wenn's dort steht: Wer bürgt dafür, daß dies der Wille meines Vaters ist – und nicht der Wunsch von dessen Wittfrau? Geschrieben sein kann viel, gesiegelt auch! Ein Toter hat nicht länger Macht über den verwaisten Ring.«
»Das ist wohl wahr«, räumte Johanna ein. Während der Nachtstunden hatte sie sich ausgedacht, wie dies Gespräch verlaufen würde, am Morgen dann mit Dankward die kühnsten Wendungen erwogen. Wie würde Welf versuchen, sich

zu wehren? Bis jetzt zieh er sie nur der Lüge. Es war an ihr, ihm klarzumachen, wie die Dinge standen: »Euer Vater hat das Siegel eigenhändig aufgedrückt. Das beschwör' ich! Und ist's Euch nicht genug, dann seht!« Sie faßte nach der Rolle und zeigte mit dem Finger auf den Tag der Niederschrift. »Er starb acht Tage vor Walpurgis, dies Testament wurde diktiert an Epiphania. Dazwischen liegen Monde. Mein Gemahl diktierte und siegelte vor Zeugen: vor dem Magister und vor Wächter Quirin. Fragt beide selbst! Bruder Hieronymus war auch noch da.« Welf maß zuerst den einen, dann den anderen. »Eure Geschöpfe, alle beide!« fuhr er auf. »Ihr habt sie Euch gekauft, das wißt Ihr gut!« Den Zweien sagte er verachtungsvoll: »Ihr wißt es ebenso.«

Quirin widersprach mit Heftigkeit: »Nein, Herr Welf, das ist nicht wahr! Eures Vaters Wille tut sich in dem Testamente kund. Was Magister Hans verlesen hat, ist keine Fälschung. Dafür steh' ich ein!«

Der Magister nickte, froh, daß er nicht auch das Wort ergreifen mußte. Johanna lächelte, mild wie die Frühlingssonne. »Ihr könnt es drehen, wie Ihr wollt«, bemerkte Dankward, der gleich seiner Schwester wußte, daß es um Echtheit oder Fälschung gar nicht zu tun war. »Es ist schon so: Ludowig, Euer kleiner Bruder, wird Herr auf Richen sein. Doch Ihr, kommt Ihr nicht aus dem Heiligen Land? Wollten Eure Heere dort nicht siegreich sein? Versprach der König Euch nicht reichen Lohn? Wer rechnete mit einer Niederlage? Man wähnte Euch in Ehren von Eurem König aufgenommen und beschenkt. Es kam nicht so. Dafür sprech' ich Euch mein Bedauern aus. Trotzdem bleibt Eures Vaters letztes Wort in Kraft.«

»Wolfinger, seid Ihr nicht gescheit?« Welf, der während Dankwards Rede eine seiner Stiefelspitzen ins Visier genommen hatte – er trug jetzt wieder Lederwerk –, schnellte empor. Schon packte er Dankward, den er schütteln wollte, am Wams, aber er bezähmte sich und ließ die Hände wieder sinken.

»Ihr biegt das Recht, wie es Euch taugt!« sagte er scharf. »Ihr unterstützt die Füchsin, Eure Schwester! Warum, das weiß der Himmel! Denkt Ihr im Ernst, ich lasse mir das bieten?«

Engelsgleich lächelnd fragte ihn Johanna: »Was wollt Ihr tun? Ihr habt zwei Mann, ich habe sieben.«

Dankward senkte seinen Kopf. Bei allem, was ihm heilig war: So hatte er in keinem Fall gewettet. Vermittler wünschte er zu sein und nicht Partei! Ja, schon: Er stand eindeutig auf Johannas Seite. Er wollte ihr zu ihrem Recht, mehr noch: zu ihrem Glück verhelfen. Jedoch: sich gegen Welf erheben? Der führte was im Schilde, das war sonnenklar.

»Im Augenblick habt Ihr die Übermacht«, pflichtete Welf mit Ingrimm in Gesicht und Stimme Johanna bei. »Doch muß das nicht so bleiben. Und dann: Ein Weib als Herr der Burg? Wollt Ihr Euch messen mit Eleonore, der Aquitanierin? Ihr seid nicht einmal lehensfähig!«

»Ich vielleicht nicht.« Johannas Wangen fingen an zu glühen. Sie mühte sich, eine ruhige Miene zu behalten, was mißlang. »Mein Sohn jedoch, der ist's! Ich stehe hier als seine Sachverwalterin. Wollt Ihr behaupten, ich sei die erste Frau in diesem Amt? Und überdies: Wer lehensfähig ist, wer nicht, darüber läßt sich streiten. Zerlegt nicht das Gesetz! Davon versteht Ihr nichts.«

Im Gesicht Welfs spielten alle Muskeln. Sein Blick und der

Johannas klebten aneinander. Diese Hexe! Diese Ausgeburt! Sie war zu der geworden, die er stets in ihr vermutet hatte. Einst eine Füchsin, schlau und auch verschlagen, feig und heimtückisch, stand sie ihm nun als Löwin gegenüber, stolz, zum Kampf bereit, nichts mehr verhehlend und nichts fürchtend. Mannhafter war sie nun als mancher Kerl. Ruodliebs mehr als Dankwards Schwester. Die Tochter ihres Vaters. Triumph ihres Geschlechts.

Aus tiefster Seele zollte er ihr Anerkennung. Sie sollte haben, was sie wollte, und was sie wollte, das war Krieg. Er unterschätzte sie nicht länger. Jedoch, er hatte sie ja niemals unterschätzt. Er hatte nur vergessen, wie sie war.

Der Fehdehandschuh war geworfen. Jetzt hoch die Lanze! Doch: gemach!

Wenn Welf etwas gelernt hatte im Abenteuer mit dem Kreuz, so dies: erst lauern auf den günstigen Moment, *dann* schlagen! Auf solche Weise hatte auch Johanna diesen ersten Sieg errungen: mit Schläue, nicht mit Hieben.

Wie kühn sie wagte, ihn zu messen! Als lese sie ihm jede Regung aus dem Hirn. Und dieser kalte Bernsteinblick … dahinter siedendheiße Glut.

Beherrscht ließ er sie wissen: »Mag sein, daß dieses Pergament hier eine Fälschung ist, mag sein, daß sich mein Vater, greis geworden, Eurem Willen beugte, mag sein, Ihr habt ihn gar verhext. Über Zauberkräfte zu verfügen, stand schon Eure Mutter im Verdacht. Wie dem auch sei: Bei mir verfangen solche Künste nicht. Laßt Euch einstweilen gut bewachen! Heute seid Ihr die Stärkere, doch werdet Ihr's nicht bleiben!«

Welf tat, als sei er Herr auf Richen, als halte er, was er sein Anrecht nannte, in keiner Weise für beschnitten, als habe ihm Johanna mit keiner Geste Feindschaft angekündigt.

Da er so klug war, sich nicht einzumischen in Befugnisse, die seit jeher ihre waren, da er sie schalten ließ und walten, wie es ihr beliebte, da er ihr zu tun gewährte, was sie zu tun gewohnt war, kam es zu keinem Streit.

Beide wußten nur zu gut: Wer die Schlüssel hatte, das tat nicht viel zur Sache, denn bis auf Eheschlafgemach und Frauenkammer konnte Welf alle Räume, auch die Wirtschaftshäuser, betreten, wie es ihm gefiel.

Es lag ihm nicht daran, den Gang der Dinge zu verändern. Johannas Fähigkeiten stellte er niemals in Frage. Sie hatte demnach keinen Grund zur Klage. Er nannte sich den Herrn von Richen, sie nannte sich die Herrin.

Was Welf beschäftigte in dieser Ruhe vor dem Sturm, war dies: Johanna hatte, wie er wußte, die Schatztruhe geplündert. Nicht eine Münze war mehr da. Und dennoch lebte sich's auf Richen durchaus üppig. Entweder war in der Schatulle mehr gewesen, als er angenommen hatte, entweder barg Johanna in ihrer Kemenate einen Rest, oder – viel wahrscheinlicher – es ging hier nicht mit rechten Dingen zu.

Noch war der Augenblick nicht da, sich Klarheit zu verschaffen. Welf wartete den besten Zeitpunkt ab. In Sicherheit vermuten sollte sich Johanna! Auskosten sollte sie, was sie für ihren Sieg hielt – und staunen über seine Duldsamkeit!

Welf ging zur Jagd. Er ritt zu seinen Höfen, um zu sehen, in welchem Zustand seine Ländereien waren. Er verlangte neue Kleider und bekam sie. Er schlief bis in die Mittagsstunden,

er verbummelte den Tag, kurz: Er benahm sich wie zu seines Vaters Lebzeiten.
Er lauert, dachte sich Johanna, er lauert, bis es heißt, Gericht zu halten. Am Gerichtstag würde die Entscheidung fallen: er oder sie, sie oder er. Nur einer konnte richten. Wer richtete, war Herr.
Noch gab es nichts zu richten. Noch hielt ganz Richen, die Burg, das Dorf, die Höfe, still. Es war, als hätte eine unsichtbare Hand sogar die Winde angehalten. Die Zeit schien zu erstarren.
Welf ritt oft fort. Zuerst besuchte er die Pappenheimer, dann die Landshuter. War er nicht da, schaute Johanna vom Turme aus tagtäglich auf das freie Land hinaus. Kein Reitertroß. *Noch* nicht? Doch drüben, hinter Wald und Hängen, was rottete sich da zusammen? Welf warb doch sicher um Verstärkung!
Entgegen ihrer Sorge: Er kehrte jedesmal allein zurück, begleitet nur von Anselm und dem Knappen. Und nichts geschah.
Johanna nahm sich weiter sehr in acht – und tat sonst ihre Pflicht. Des Abends saß sie mit den fünf Getreuen und den Spielleuten, die ihr verblieben waren, das Kind zu ihrer Rechten, zur Linken ihre Zofe, bei Tisch und unterhielt sich, wie's der Brauch auf Richen, seit sie das Sagen hatte. Allein, die Scherze waren schal geworden, denn eines war jetzt anders: Auch Welf saß an der Tafel, sofern er nicht auf Fahrten weilte.
Die Worte, die gewechselt wurden, wogen schwer. Welf beobachtete Johanna, Johanna Welf.
Er duldete die Esser, »diese Taugenichtse«, wie er sie oft verhöhnte, an »seinem« Tisch – viel waren es nicht mehr –, er

lauschte ihren Liedern und Gedichten und sah sie aus dem vollen schöpfen. Wo kam er her, der Überfluß, der diese Leute stopfte? Ob Dankward seine Hand im Spiele hatte?
Dankward kam nicht mehr oft, mußte er doch seinem Bruder über die letzten beiden Jahre Red' und Antwort stehen. Er war jetzt unter mächtigerer Hand gefangen.
So saß denn Welf nun häufig bei Johanna. Bloß er und sie: Die andern zählten nicht. Fahrendes Volk war Lumpenpack. Dazu die fünfe, die Johanna schützten: in eines Weibes Hand nur Marionetten; ansonsten: Publikum.
Johanna thronte unverdrossen auf dem Herrenstuhl. Welf nahm vorlieb mit der Bank, ohne Wimpernzucken. Doch manchmal griff er nach dem Silberkelch, Johannas Trinkgefäß, und leerte ihn zur Neige. Merkwürdig auch: Johanna ließ es ruhig geschehen. Sie sagte nichts dazu. Kein Wort.
Zusammen spielten sie oft Schach. Johanna war darin geübt. Zu ihrer Überraschung erwies sich Welf nicht länger als der Tropf, der er gewesen. Zu spielen hatte er gelernt. Die Nächte waren lang im Orient.
Wenn sie am Schachbrett miteinander rangen, kam es nicht selten so: Die weiß gestrichenen Figuren saßen fest, die schwarzen ebenso. Soviel Johanna nachsann und auch Welf, es war ein jeder Zug verstellt.
»Auf ein neues!« pflegte Welf sie aufzufordern. Johanna runzelte die Stirn. War dies denn noch der Wüterich von einst, der Haudrauf, der nur eine Sprache kannte? War dies der Welf, der schlug, ehe er dachte? Was ging hier vor?
Ritt Dankward jetzt mit seiner Schwester aus, fragte er jedesmal: »Wie ist euch denn zusammen? Erträgst du ihn, erträgt er dich?«

Sie sagte stets: »Wir spielen Katz und Maus. Sein Kopf bleibt kühl, der meine auch. Und ist er zäh, so bin ich's ebenso. Er wartet ab, und ich bin auf der Hut.« Sie forschte aber auch: »Wie stellt sich Ruodlieb dazu?«

Sie hatte Ruodlieb besucht, ihn auch bewillkommnet auf Richen, ihr Stolz doch hielt sie davon ab, sich ihm zu offenbaren. Denn sich zu offenbaren hieß jetzt bitten: um Hilfe, Männer, um ein Bündnis.

Ruodlieb schätzte Welf. Zusammen hatten sie die Lanzen vor sich hergetragen, zusammen zugestoßen, zusammen Staub geschluckt, zusammen heimwärts sich gekämpft. Sie waren Waffenbrüder.

»Er wartet ab«, wußte Dankward über seines Bruders Haltung zu vermelden. »Warten wir denn nicht alle? Ich glaube schon, daß Ruodlieb dir schnell zur Seite eilen wird, wenn's wirklich hart auf hart kommt. Noch aber setzt er seinen Falken in Freundschaft auf Welfs Arm.«

Johanna nickte bitter. Gewiß war nichts … fast nichts. Denn *eines*, das stand fest: Mochte Welf noch so oft mit Anselm, manchmal auch mit Ruodlieb, Vergnügen suchen im Badehaus von Richen und Reiberinnen auf den Rücken legen, so hatte er doch Trud im Kopf, Trud, seine Metze, die nun seiner Feindin Zofe war.

Und der, dem damals sie entrissen wurde, der Kilian, war jetzt ihr angetrauter Mann. Er war zudem der Meier, Johannas rechte Hand, Johannas Aug' und Ohr, Johannas treu ergebener Gehilfe. Das hatte sie gut eingefädelt, zu jeder Stunde würde Kilian sich für sie schlagen. Ein jeder, der Welf haßte, war ihr Mann.

Trotzdem oder deswegen: Den Welf gelüstete es nach der

Trud. Sosehr er tat, als sähe er sie nicht: Es fieberte in ihm.

Dann geschah's in einer Nacht, daß Welf die Tafel floh, wie um im Hof sich zu erleichtern. Dort schickte er sich an, sich zu entleeren; er tat jedoch nur so. In Wahrheit spähte er nach Trud, die vorhin ebenfalls hinausgegangen war. Er trat ihr in den Weg, er griff nach ihr, er tastete nach ihren Brüsten. Ob ihre Herrin was dagegen hatte?

Trud kreischte auf, sie wand sich und versuchte zu entkommen. Da war auch Kilian schon da, um Einhalt zu gebieten: »Herr Welf, verzeiht, das ist mein Weib!« Aus seinen Silberaugen blitzte Unversöhnlichkeit.

Welf winkte ab. »Will ich sie haben, nehme ich sie mir.« Er stieß sie heftig von sich fort, in ihres Mannes Arme. »Indes: Es eilt mir nicht.«

Kilian trug, was vorgefallen war, Johanna zu. Trud drängte: »Schützt mich, Herrin!«

Des Abends an der langen Tafel, die Wolfingerin auf der einen, der Richener ihr gegenüber auf der andern Seite, erwähnte es Johanna beiläufig: »Ihr ließet ab von Trud. Warum? Hattet Ihr Angst vor meinen Männern?«

Welf lachte auf, und wer am Tisch saß, lauschte angespannt. »Glaubt Ihr, ich beiß' an diesen Köder an?« Welf schien aufs äußerste erheitert. »Bei Gott, Johanna: Will ich ein Weib auf meinem Land, so hole ich es mir. Ich fürchte Eure Männer nicht.«

Wie du sie fürchtest, dachte sich Johanna. Sie legte eine Hand in ihren Nacken und warf ihr Haar zurück, so selbstgefällig wie herausfordernd, geradeso, als würde sie gleich gähnen. Statt dessen nahm sie eine Bratenkruste in die Hand. Zierlich daran knabbernd, den kleinen Finger spreizend, gab sie mit honigsüßer Stimme zu bedenken: »Ihr wißt, der Urbanstag kommt näher.« Welf schluckte den Berg Linsen in seinem Mund hinunter und entgegnete: »Zeit, Gericht zu halten, ja.« Johanna lächelte, und Welf tat es ihr gleich.

Wig schaute Welf aus großen, braunen Augen furchtsam an. Im Beisein seines Halbbruders verstummte sein Geplapper. Er spürte die Bedrohung. Er spürte, daß sie seiner Mutter galt. Während er seinen Kopf an Johannas Seite lehnte, erkundigte sich Welf: »Wen heißt's denn zu verurteilen?«

Als handele es sich bloß um eine Nebensächlichkeit, als sei sie gar gelangweilt, erwiderte Johanna: »Eine Ketzerin ist der Geistlichkeit zu überführen.« Während Welf noch überlegte, pochte es in Johanna: Es ist soweit! Er wird, er *muß* nach Amt und Würden langen!

Sich Kilians mit einem Seitenblick versichernd, hörte sie Welf zu ihrem größten Staunen sagen: »Es gäbe eine Lösung, doch fürchte ich, daß diese Lösung Euch genauso wenig schmeckt wie mir.«

»Und wovon sprecht Ihr, bitte?«

Sie wußte, was er meinte. Augenblicklich wußte sie's.

»Wenn Ihr mein Weib würdet, dann wäre Richen ›unser‹. ›Mein‹ und ›Euer‹ hätten ausgespielt.«

Um Zeit zu schinden, um sich eine Antwort auszudenken, die ebenso verblüffend war, ergriff Johanna ihren Silberkelch. Ehe sie vermochte, ihn zu heben, lag Welfens Hand auf ihrer. Die Tischgenossen glotzten fassungslos. Kilian wäre am liebsten aufgesprungen, um Welf den Kopf vom Leib zu trennen. Welf fragte jetzt Johanna: »Was hieltet Ihr davon?«

»Wäre ich Euer Weib, so wäre Richen Euer. Ich wäre dann

in Eurer Munt. Ich müßte Euch gehorchen. Das wißt Ihr allzu gut.«
Von Wig, an seiner Mutter Seite kauernd, von diesem Knaben, an dem sich aller Zwist entzündete, war nicht die Rede. Er war nur eine Trumpfkarte in diesem Spiel.
»So sagt Ihr nein?«
»Habt Ihr mich denn gefragt?«
Welf hielt noch immer ihre Hand.
Sie wird doch nicht ... schoß es durch seinen Kopf.
Johanna dachte: Er ist ja toll geworden!
So fest verhakte sich ihr Blick in seinem, daß sie für alle Zeit verkettet schienen.
Es kann nicht sein, beschied sich Welf, seinem Instinkt mißtrauend: Sie wird nicht, denn sie kann nicht. Er sagte: »Nein, ich hab' Euch nicht gefragt.« Dann ließ er ihre Hand los.
Jetzt konnte sie den Kelch an ihre Lippen führen. Es war nicht mehr viel drin. Sie tat jedoch, als würde sie begierig trinken. In ihrem Arm war ein verräterisches Zittern, denn sie begriff: Soeben hätte sie gar alles wenden können.
Sie hatte den Pokal kaum abgesetzt, als Welf schon nach ihm faßte. Doch er war leer. Verächtlich stieß er ihn zur Seite und langte nach dem Holzbecher, den Anselm eilig für ihn füllte.
»Hört zu, Johanna!« schwenkte er dann um, und seine Stimme klang jetzt wieder sicher. »Ihr könnt getrost Gerichtstag halten. Ich habe vor, die Richenburg für eine Weile zu verlassen.« In seiner Schmeichelei war Gift, als er hinzufügte: »Wer wäre wohl befähigter, mich hier auf Richen zu vertreten, als Ihr es seid, Johanna?«
Mich zu vertreten ... Sie stieß sich nicht daran.
»Wo wollt Ihr hin?«

Da zog ein Unheil auf. »Zur Schayernburg. Ich trage den Gedanken, dort um ein Weib zu freien. Sich mit den Schayrern zu verbinden verspricht Gewinn. Wie findet Ihr den Plan, Johanna?«
Durch ihre Adern rann, wie sie vermeinte, gestockte Milch statt Blut. »Ihr glaubt im Ernst, Ihr könntet einig werden mit den Schayrern?«
»Ich glaub' es nicht, ich weiß es. Die, die ich meine, ist die zweite von drei Töchtern. – Konstantinopel, eine schöne Stadt! Ich ritt an ihres Vaters Seite ein! Theoderich und ich, wir schliefen Zelt an Zelt, Rücken an Rücken, als wir der Zelte ledig waren. So kam es dann: Er hat mir Ursula versprochen.«
Mutig wandte Kilian ein: »Bisher habt Ihr kein Wort davon verlauten lassen.«
Anselm kläffte: »Dir hat Herr Welf sich auch nicht zu erklären!«
Welfs Handbewegung, wegwerfend, beiläufig, tat kund, daß ihm ein solches Hickhack jetzt zuwider war.
»Ich wollte hier erst nach dem Rechten sehen, vielleicht auch Ordnung schaffen. Heimzuführen heißt es eine Braut, nicht sie in Feindesland zu verschleppen. Nun denn: Was ich hier sehe, ist ein schöner Friede. Ich irre mich doch nicht, Johanna?« Sie zögerte zwei Wimpernschläge lang. »Wie Ihr's zu sehen beliebt«, erwiderte sie dann. »Vergeßt dies nicht: Die Braut, die Ihr erstrebt, ist hochgeboren. Sind nicht die Schayern-Grafen das Geschlecht, aus dem die Pfalzgrafen zu Wittelsbach hervorgegangen? Ihr greift nach süßen Trauben. Sie könnten Euch im Munde bitter werden.«
»Wie meint Ihr das?«
»Ich meine, daß die Schayrer von den Verhältnissen auf

Richen keine Kenntnis haben. Ihr werdet keine Braut ›heimführen‹ Ihr schafft ein ahnungsloses Kind an einen Ort, an dem Ihr bloß geduldet seid. Wird auf der Schayernburg man damit einverstanden sein?«
Mit beiden Händen packte Welf die Tischplatte, als wollte er sie heben. Was maßte sie sich an? Wer war sie, daß sie so mit ihm zu sprechen wagte? Am liebsten hätte er sie windelweich geprügelt. Und eines Tages würde er das sicher tun! Für den Moment besann er sich. Er ließ den Tisch los und entspannte seine Glieder.
»Wenn ich zurück bin, werdet *Ihr* geduldet sein, Johanna, doch nur, wenn Ihr Euch lernt zu fügen, sonst geht, wohin es Euch beliebt, von mir aus auf die Prettelsburg zu Dankward, Eurem heißgeliebten Bruder, von mir aus auch ins nächste Kloster! Meinetwegen sucht Euch einen zweiten Mann! Tut, was Ihr wollt, doch nehmt die Hand von Richen! Und jetzt kein weitres Wort! Ich breche morgen auf.«

SECHSTES KAPITEL
IM JAHRE DES HERRN

1149

Am nächsten Tag zog Welf mit Anselm und dem Knappen gen Süden fort, und eine Taube flog zur Prettelsburg. Dankward traf am späten Nachmittag auf Richen ein.

Johanna hatte sich mit Kilian beratschlagt – stundenlang – und saß mit ihm in ihrer Kemenate. Zu ihren Füßen spielte Wig mit einer Katze.

»Die Frage ist: verschanzen oder Kampf!« gab sie die Losung aus.

Kilian war für Kampf und Dankward unentschlossen. Er ahnte es bereits: Um einen Rückzieher auch nur zu erwägen, hatte er sich zu weit vorgewagt. »Das nimmt kein gutes Ende«, orakelte er jetzt.

Kilian schlug vor, sich vorsorglich im Waffenspiel zu üben. Vorbereitungen zu treffen sei das Gebot der Stunde. Auch Bertram sollte lernen, mit eigner Hand ein Schwert zu führen. Und Pferde für sie alle! Welf würde einen Trupp Berittener an seiner Seite haben.

»Vielleicht dreht sich der Wind«, so hoffte Dankward noch. Welf war von andern Burgen auch allein zurückgekehrt. Gut möglich, daß ihm der Graf von Schayern zu guter Letzt die Tochter doch verweigerte. Und ohne Tochter auch kein Troß.

Johanna schüttelte den Kopf dazu. Welf würde Ursula bekommen. Und mit ihr auch die Macht der Schayrer. So sah es aus. Dankward, vormals der Frohsinn in Person, nun mehr ein Grübler als ein Recke, ging Tag und Nacht mit sich zu Rate. War wirklich keine Beilegung des Streits in Sicht? Es fiel ihm keiner ein. Bitter bereute er, die Sache seiner Schwester so unmäßig verfochten, ja sie zu seiner eigenen gemacht zu haben. Jetzt blieb nur eine Wahl: dem Kampf sich stellen oder Flucht.

Johanna konnte heimkehren, zurück zur Prettelsburg. Doch dort saß Ruodlieb, dem sie sich nie und nimmer unterstellen würde, mutmaßte Dankward, seine Schwester kennend. Sie hatte jetzt die Macht geschmeckt. Sie war gewohnt, Befehle zu erteilen, nicht sie zu befolgen.

Und so ritt Dankward zwischen beiden Burgen hin und her, trug sich mit Sorgenlast und wußte, zwischen allen Stühlen sitzend, weder ein noch aus. Ruodlieb war dagegen, das Testament gewaltherrschaftlich durchzusetzen, halbherzig nur dagegen, denn der Gedanke, Richen in der Hand zu haben, gefiel ihm gut. »*Noch* dagegen«, pflegte Johanna daher einzuwenden.

Je mehr die Zeit verstrich, desto eindringlicher beschwor sie Dankward, zu vermitteln zwischen ihr und Ruodlieb. Ruodlieb mußte ihr Männer schicken. Er mußte den Blutsbanden Vorzug geben vor der Waffenbrüderschaft. Sippentreue brach seit jeher Freundestreue. Und war sie nicht im Recht? Besaß sie nicht das Testament? War darin nicht verfügt, wer herrschen sollte auf der Richenburg?

Welf konnte nicht klein beigeben, das wußte sie. Er *mußte* kämpfen – wie sie auch. Ob Ruodlieb tatsächlich nicht verstand? Undenkbar, ganz und gar. Dankward vermeldete ihr Mal um Mal: »Er sagt, es sei nicht seine Sache.«

Und ob es seine war! Johanna schwoll der Kamm. Es ging schon auf die Ernte zu! Wenn Welf nun einritt, ehe dieser Stoffel von einem Markgrafen umgestimmt …

So schrieb sie einen Brief an ihren ältern Bruder, auf den sie Richens Siegel drückte, und gab ihn ihrem jüngern Bruder mit. Im Briefe stand zu lesen:

»Erlaube mir allein, Deinen Rat zu hören! Es geht um Leben, Ehre und Gerechtigkeit. Dein Kommen duldet keinen Aufschub. Höre Dir an, was ich zu sagen habe! Ich bitt' um nichts als um Dein Ohr.«

Während sie flink die Feder führte, hörte sie Waffen klirren. Auch schlugen Hufe in die Erde. Das waren die Getreuen, die einer nach dem anderen die Strohpuppe, einzig zu diesem Zwecke aufgestellt, mit Lanzen attackierten. Johanna trat ans Kemenatenfenster. Wenn Ruodlieb bloß kam!

Er kam am nächsten Tag, und seine Miene zeigte Ungehaltenheit. Vom Pferd kaum abgestiegen, gab er dem Knappen gleich die Zügel und schritt mit Dankward an der Seite auf seine Schwester zu, die ihn am Tor zur Burghalle empfing.

Johanna trat ihm stolz entgegen, verbergend, wie das Herz ihr schlug. Daß sie nur bitten konnte und nicht fordern, sollte er keinesfalls zu deutlich spüren. Denn immerhin: *Er* kam zu ihr. Trotzdem entfuhr es ihr: »Wie bin ich froh, dich hier zu sehen!«

»Kennte ich dein Begehren nicht, wäre ich freudig hergeritten. So komme ich in Sorgen.«

Vorgeplänkel. Johanna rang nach einem Lächeln ohne Arg. »Kommt mit mir auf den Turm!« lud sie die Brüder ein. »Die

Sonne lacht uns dort. Ihr könnt auch gern bewirtet werden. Was wollt Ihr haben? Wein, Honigkuchen, eine warme Mahlzeit?«
Sie ging voran. »Nur Wein«, beschied ihr Ruodlieb. »Nach Schmausen steht mir nicht der Sinn. Wir haben ernst zu reden.« Nach Dankwards Wünschen wurde nicht gefragt. Johanna wandte sich an Trud, bestellte Wein und schickte Dankward einen Blick, der drängte. Dankward nickte tröstend-einvernehmlich. Er tat viel sichrer, als er war. Schweigend stieg einer nach dem andern in den Wendelgang. Dort war es kalt. Es roch feucht-modrig und nach Tod.
Oben, zwischen Turmzinnen, brannte die Sonne heiß. Es fand ein Tisch sich, den zwei Sitzbänke umrahmten. Im Schlage gurrten Tauben, die sich plusterten und auf und nieder flogen. Drei waren weiß, die andern grau. Der Tag war windstill. Die Ährenfelder standen hoch im Halm. Mit Sensen schnitten Bauern Heu, mit Sicheln Weizen. Unter Apfelbäumen döste Fleckvieh, im Hofe grunzten Schweine, Hühner gackerten dazwischen, Bienen schwirrten durch die blaue Luft, Vögel sangen durcheinander. Der Sommer gab sich üppig wie eine vollerblühte Rose. Er duftete, sein Farbenspiel ließ alles glänzen. Die fernen Hügel lagen klar, das Auge sah sehr weit, der Wald stand still und schweigend.
Was hatte Welf gesagt: »Was ich hier sehe, ist ein schöner Friede.«
Ruodlieb verharrte breitbeinig zwischen zwei Zinnen und sah aufs Land hinaus. Er mochte ähnliches empfinden. Dennoch ging von seiner reglosen Gestalt eine Bedrohung aus. Hinter seinem Rücken trafen sich Dankwards und Johannas Blicke.
Bis ein Mädchen einen Krug mit Wein und drei Holzbecher

herbeischaffte, fiel nicht ein Wort. Schließlich drehte Ruodlieb sich um, faßte nach einem Becher, ließ sich von seiner Schwester einschenken, prostete erst ihr und dann dem Bruder zu und nannte endlich seinen Trinkspruch: »Auf Einigkeit!«

»Auf Einigkeit!« stimmten die beiden zu.

»Nun denn, Johanna!« Ruodlieb stellte den Becher auf den Tisch zurück und faltete im Rücken seine Hände. Die mit den Wappenrauten des Wolfinger-Geschlechts bedruckte Tunika reichte ihm bis zu seinen Knöcheln und bedeckte seine Stiefelschäfte. Sein Wams leuchtete strahlend weiß im Sonnenlicht. In seinem Gürtel steckten Handschuhe. »Du willst dich also Welf entgegenstellen? Dich dünkt, er kehrt mit einer Schar Bewaffneter zurück? Du hoffst auf *meine* Hilfe?« Hier hielt er inne, um sie neugierig zu mustern. »Du hast dich tief in dieses Lehen verbissen, du siehst nur dieses Land noch und kein andres mehr. Doch Richen, das ist keineswegs die Welt.«

»Mir ist's die Welt.«

»Mag sein. Doch höre: Daß du das Kloster schmähst, kann ich mir denken. Du bist nicht einmal fromm – und demütig vor keinem Mann und keinem Gott. Also: kein Wort davon! Ein andrer Rat dafür: Wie wär' es denn, noch einmal Hochzeit abzuhalten?«

Dankward, als ihn Johanna ansah, hob zum Zeichen, nicht eingeweiht zu sein, die Achseln.

»Hochzeit mit wem?« fragte sie Ruodlieb.

»Warum nicht mit dem Grafen von Burgberg? Du stelltest dich nicht schlecht, in seinen Ländereien geht Richen fünfmal auf. Er hat Besitzungen im Süden von Tirol und bei der Salzburg drei Salinen. Er ist ein reicher Mann. Und Wittiber.«

Johanna hob ihr Kinn. »Und halb so alt wie ein Jahrhundert und Vater von drei Söhnen, die längst erwachsen sind! Das alte Spiel noch mal von vorn? Trachtest du so, mich zu befrieden?«
»Ich trachte nicht, *du* trachtest. Die Edle einer Gräfin opfern, wär' dieser Tausch so schlecht?«
»Der Graf von Burgberg ist als Raufbold ohne Sitten wohlbekannt. Er säuft, er hurt, er rotzt, er stinkt!« Johannas Nasenflügel bebten. Nie wieder einen Eheherrn! Nie wieder einen alten, widerlichen, geilen Bock! Nie wieder Pfand sein einer Allianz! Nie wieder gegen einen Sohn stehen, der erwachsen ist!
Ruodlieb studierte ihr Gesicht und lachte bitter auf. »Betrachte deinen Stand!« fuhr er sie an. »Du bist die Wittfrau des alten Richeners. Der war ein Mann ohne Belang. Dein Wittum ist nicht groß. Es wird kein edler, junger Prinz mit blonden Locken um dich freien. Haben dir deine Sänger gar den Sinn verwirrt? Ersehnst du einen Artus, einen Lanzelot? Der Burgberger ist mehr, als du erwarten kannst!«
»Will er mich denn?«
»Er ist bereit, gleich in den Handel einzuschlagen. Ich war bei ihm zu Gast. Wir sprachen lang.«
Johanna schloß die Augen. Das war nicht nur in Ruodliebs, das wäre auch in Welfens Sinn. Und wieder sollte es entschieden werden über sie hinweg! Ja hatte sie zu sagen und sonst nichts. Ja zu Ländereien, ja zu einem Titel, ja zu Schmuckschatullen, Geldtruhen und Absichten, die nicht die ihren waren, ja zur Knute, ja zum Joch.
»Niemals!« entschied sie, und ihre Stimme zitterte. »Ich will Richen, nicht mehr, nicht weniger und nichts anderes!«

Ruodlieb schob die Unterlippe vor. Er wußte, warum sie sich so sträubte gegen den Herrn von Burgberg, er wußte, daß sie keine zweite Ehe wollte. Doch ihre Lage war vertrackt. Sie war in Männerhand und eine Schachfigur. Die Sache nützte ihm: Das war ihr Glück.
»Ich verstehe«, sagte er. »Keine neue Heirat, sondern Waffenhilfe ist, was du begehrst. Wenn ich sie dir gewähre: Was habe ich davon?«
Schnell tauschte Johanna einen Blick mit Dankward. Das kam unerwartet. Das war die Wende. Kein Wort von Freundestreue und von Friedensliebe. Auch kein Beharren auf der Heirat mit dem Greis von Burgberg?
Johanna nippte an ihrem Weinbecher. Dann ließ sie sich auf einer der zwei Bänke nieder. Ihr Haar, lang und so braun wie Haselnüsse, schimmerte in der Sonne, als wären Goldfäden darin.
»Ruodlieb«, begann sie, »Richen ist nicht reich, du sagst es selbst. Doch Richen, bewahrt von einer Frau, die keinem Herzog, keinem Bischof, keinem König Eid geleistet hat, kann dir ein Bollwerk sein. Welf strebt nach Banden mit den Schayrern. Sie werden ihren Einfluß sehr schnell geltend machen. So könnte Richen wittelsbachisch werden. Kommt es zu Fehden, bist du eingekesselt. Ich biete dir die Waffentreue und obendrein die Nutzung unseres Flusses. Du hast die Zusam vor der Tür, doch ist sie Richner Grund. Was du schon lange brauchst, ist eine Mühle bei der Burg. Die Mühlen an der Donau sind für deine Höfe viel zu weit entfernt. Das Korn dorthin zu karren kostet Zeit und Mühe. Der Bärenbach führt nicht genügend Wasser. Zugang zur Zusam würde vieles dir erleichtern. Erinnre dich an jenen händelreichen Sommer, als

Ludowig die Mühle zu Richburg unsrem Vater sperrte! Freie Hand, wo der Bärenbach in die Zusam mündet, Richen keinem hohen Herrn verpflichtet, dazu Waffentreue: Ist das ein Angebot?«

Ruodlieb stutzte seit ihrem dritten Satz und danach immer wieder. Sie war gut vorbereitet! Auch Dankwards Miene zeigte Staunen. Als wäre sie verblüfft von ihrer eignen Geistesgegenwart, überlief ein selbstverliebtes Lächeln Johannas Antlitz.

»Und was verlangtest du dafür?« Ruodlieb setzte sich nun neben sie. Vergessen die Burgberger Heirat.

»Zehn Mann erwarte ich. Und du und Dankward, ihr sollt an meiner Seite sein, wenn Welf zurückkehrt. Er muß gleich sehen: Wir haben hier die Übermacht. Mehr als zehn Mann wird er nicht mit sich führen. Er rechnet hier ja nur mit sechsen. Dann hat er Anselm noch und Baldur. Das macht zusammen dreizehn. Wir wären achtzehn.«

»Und dann, wenn er besiegt?«

Johanna hob ihr Antlitz in die Sonne, Bilder schauend, die von allein vor ihr erstanden. »Dann kehrt sein Weib zurück zur Schayernburg. Dort wird man darauf sinnen, die Ehe schnell zu annullieren. Und Welf soll sehen, wo er bleibt.«

Dankward konnte es nicht glauben: »Du schickst ihn in die Fremde?«

»Er kann zu seinem König gehen.« Johanna sprach, als fälle sie das Urteil über eine Näharbeit. »Der wird ihn nicht verkommen lassen. Welf hat keine Heimat mehr auf Richen. Seit wann leben Sieger und Besiegte unter einem Dach?«

Es wurde Dankward immer unwohler. Seiner Geschwister

Handel gefiel ihm ganz und gar nicht. »Und wenn Welf Leib und Leben im Kampf verliert?« hakte er nach.
Johanna sah zu Ruodlieb empor und Ruodlieb zu ihr herunter. Das nahmen sie in Kauf.

Am nächsten Morgen rückten Ruodlieb und Dankward mit zehn Bewaffneten auf Richen ein. Fünf kamen hoch zu Roß, so daß Johannas Haufen zwölf Pferde zählte, zwölf Lanzen, achtzehn Schwerter und ebenso viele Schilde.
Sofort begann ein großes Schlachten, ein Wursten, Braten, Backen. Auch Wein und Bier durften natürlich nicht versiegen.
Nicht mehr zu dritt und viert wie sonst, sondern zu sechst und siebent legten die Männer sich nun nachts ganz nackt zu Bett. Ruodlieb, Dankward und ihre beiden Knappen bezogen Welfens Raum, Johanna wich in ihre Kemenate aus, in ihrem Schlafgemach wurden die Lager aufgeschlagen für Leute aus dem Heer, auch die Getreuen in ihren kleinen Kammern rückten eng zusammen, um Platz zu machen für die fremden Recken.
Es wurde viel gehurt auf Richen. Keine der Mägde kam den derben Händen aus. Oft nahmen sich drei Männer eine.
Am Sonntag nach der Messe mahnte der Bottermann, ein Mönch vom nahen Kloster, der vorher gegen die Todsünde der Lust gewettert hatte, die Burgherrin Johanna: »Was Ihr heraufbeschwört, verfinstert Eure Seele. Gebt acht, sonst stürzt Ihr in den Schlund der Hölle.«
Doch keinem, der der Messe beigewohnt, drangen die Pfaffensprüche tief ins Herz. Gebeugten Hauptes empfing die Hostie, wer später prahlte: »Ich schaffe drei auf einen

Streich!« und nicht erklärte, ob er heute Weiber oder morgen Gegner meinte.
Zwei Tage später dann: Ein Zug mit Reitern und fünf Wagen schob sich aus fernen Hügelfalten. Johanna, trotz Nieselregen Ausschau haltend auf dem Turm, schrie laut nach Ruodlieb. »Da sind sie!« gellte ihre Stimme.
Der Markgraf kam sofort zu ihr hinauf. Aus schmal verengten Augen starrten beide hinaus aufs weite Land. Ruodliebs Kiefermuskeln spannten sich. In eins zwang er sein Denken und sein Fühlen. Nach kurzem Zögern, das nur Sammlung war, griff er nach Johanna. Er legte ihr die Hände auf die Schultern und suchte ihren Blick. »So bist du weiterhin entschlossen?«
Johanna nickte stumm.
Da wurde sie von Ruodlieb geschüttelt, als fürchte er, sie habe nichts begriffen. »Blut wird die Erde tränken, Schwester! Ich bin bereit, es zu vergießen, zu sterben, wenn es sein muß, denn so ist Männerleben. Ehe ich Aufbruch gleich befehle, versprich mir eines: Keine Weibertränen, was immer auch geschehen mag!«
»Geh!« sagte ihm Johanna. Ruodlieb ging.
»Sie kommen!« hörte sie ihn rufen.
Es wurde laut im Hof. Von allen Seiten liefen sie zusammen, die Ritter, Junker, Knappen, Knechte. Die Pferde wurden aufgezäumt. Es war ein Wiehern, Schreien, Hasten. Johanna lauschte und stand still. Fast wollte es in ihr zerspringen. Dann eilte sie durch Wendelgang und Halle und brüllte den Befehl: »Ein Pferd!«
Dankward gelang, sie abzufangen und am Arm zu fassen. »Du bleibst!« bestimmte er entschieden.

Sie schüttelte den Kopf. »Ich reite mit, denn das ist *meine* Sache!« Sie riß sich los und stürzte nach dem Stall. »Mein Zelter! Schnell!«

Trud stand beim Rauchhaus und sah zu. Ihr Murmeln war wie rückwärts ein Gebet. Das Kind lief angstvoll durch den Aufruhr, Luitgard ihm nach und wurde seiner habhaft. Die Hühner gackerten verstört, die Pferde schnaubten nüsternblähend. Es klirrte Eisen gegen Eisen, es klirrten Schwerter gegen Schilde.

Man brachte jetzt Johanna einen Schultermantel, scharlachfarben. Ihr Roß wurde gezäumt, Ruodlieb führte seinen Rappen dicht an ihr vorbei und wunderte sich nicht.

Schier endlos dehnte sich die Zeit, bis er Signal zum Aufbruch gab.

Johanna, von Dankward auch mit vielen guten Worten nicht zu halten, setzte sich neben ihren erstgebornen Bruder an des Zuges Spitze. Sie spürte Furcht, doch mehr noch war's ein Lodern. Das Blut durchraste ihren Leib, in ihrem Kopf war ein Gedanke nur: Laß sie nicht mehr sein an der Zahl, o Herr! Waren es mehr? Die Trosse näherten sich einander. Es ging sehr vorsichtig und langsam zu. Dann, endlich, machte man Gesichter aus.

Kurz hinter jenem Wall, der Richenburg umgab, zügelte Ruodlieb sein Roß und hob die Hand. Wie eine Mauer reihten sich zwölf Pferde aneinander. Die fünf Mann Fußvolk folgten nach und knieten sich davor, die Schilde auf die Knie gestützt, die Schwerter in der Hand.

Johanna, zwischen Ruodlieb und Dankward, wünschte, mit einer Lanze hier zu sein. Könnte sie kämpfen wie ein Mann! Säße sie nicht im Zeltersattel, fühlte den Gaul zwischen ihren

Schenkeln! Hätte sie wenigstens ihr Räuberhabit an und wäre frei, sich zu bewegen! Vorpreschen würde sie, sofort, und nur nicht zagen.

»Kannst du sie zählen?« fragte Ruodlieb sie leise.

Sie kniff die Lider fest zusammen – und wurde bleich. Grau hing der Himmel überm Land. Es tröpfelte jetzt statt zu nieseln. Ein schwarzes Wolkenband zog näher. »Mehr als zwanzig sicherlich«, flüsterte sie zurück.

Dankward sagte, lautlos fast: »Ich zähle fünfundzwanzig.«

»Sieben mehr?« Johanna stockte fast der Atem. »Haben wir dennoch Aussicht auf den Sieg? Sprich, Ruodlieb!«

Der preßte durch die Zähne: »Ob Aussicht oder nicht: Es gibt jetzt kein Zurück mehr. Lieber dem Tod ins Antlitz schauen als feige sein.«

Dankward langte hinüber zu Johanna, faßte nach ihrer Hand und sagte, als spräche er das Amen: »Es war dein Wille, Schwester.«

Als ihn Johanna ansah, war es wie zugeschnürt in ihrer Kehle. Am liebsten hätte sie ihm den Befehl gegeben, zur Seite wegzureiten. Statt dessen hielt sie seine Hand so fest wie seinen Blick, bis Kilians Stimme dröhnte: »Es sind fünfundzwanzig!«

Ruodlieb gab sich gelassen. »Besser achtzehn Tapfere als fünfundzwanzig gegen ihren Willen Gedungene.«

Johanna musterte die Männer, die Welf umgaben, und danach ihres Bruders Schar: Waren das nicht gleichenfalls Gedungene, die nichts zu schaffen hatten mit dem Streit, der Krieg jetzt war?

Näher und näher rückte der fremde Troß. Die Regentropfen fielen dichter. Johanna fühlte eine Haarsträhne an ihrer Wange kleben. Sie mußte schlucken, denn sie spürte Dank-

wards Angst, als wär's die eigene. Es war die Angst der Jugend, die nach dem Leben giert, es war die Angst von blauen Augen, von weizenblondem Haar und weicher Haut: Knabenangst.
Die feindlichen Berittenen stellten sich ebenfalls in einer Linie auf, Pferd an Pferd im Abstand einer Armeslänge. Durch die Kettenmaschen der Kapuzen sickerte der Regen.
Hinter den Reitern waren die vollbepackten Wagen weit zurückgeblieben. Vier Mann zu Fuß kamen nun in Sicht. Johanna sah Welf, der in seinem Heere ebenso die Mitte bildete wie Ruodlieb in ihrem. Neben ihm war Anselm, daneben Baldur. Welfens Miene war nichts zu entnehmen. Er maß das Weib im Scharlachmantel auf dem Zelter flüchtig.
Fünfundzwanzig hoch zu Roß und vier zu Fuß! durchwallte es Johanna. Welch eine Übermacht! Wie hatte sie den Hundsfott unterschätzt!
Die andre Seite kam zum Stehen: Welf hatte seinen Arm gehoben. Die Rösser tänzelten. Unruhig scharrten ihre Hufe in der aufgeweichten Erde. Man war auf brachem Land.
Johanna merkte, daß nicht nur Regentropfen auf ihrer Stirne perlten. Sie schwitzte kalten Schweiß. Nie vorher war ihr ähnlich zweierlei gewesen.
»Was wollt ihr hier?« rief Welf der Gegenseite zu.
Ruodlieb schrie zurück: »Das wißt Ihr gut, Welf von Richen! Ihr seid mit einem Heer zurückgekehrt. Ihr wollt Euch Richen unterwerfen. Meine Schwester wollt Ihr ihrer Ländereien berauben. Das ist ein Unrecht, das ich nie und nimmer dulden kann. Wir geben keinen Einlaß!«
Welf lachte: laut und unecht. »Ihr denkt doch nicht, wir machen kehrt, Herr Ruodlieb? Und Ihr, Johanna, wollt Ihr eine Lanze führen?«

Ihr Zelter hob den Kopf und wieherte, als könne er kaum an sich halten. Sie hatte Mühe, ihn zu zügeln.
Für eines Gebetes Länge war es auf beiden Seiten still. Keiner rührte sich vom Fleck, keiner regte nur ein Glied.
Auf einmal riß Welf seinen rechten Arm empor. Er schrie: »Nieder mit den Wolfingern! Auf sie! Los!«
Nein, dachte da Johanna.
Schon überschlug sich das Geschehen. Die Pferdereihen stoben aufeinander zu. Das Fußvolk, zuerst zur Seite ausgewichen, rannte eilends hinterdrein. Schwert krachte gegen Schwert und Lanze gegen Lanze.
Johanna war auf halbem Wege mitgeritten. Erst als ihr einfiel, daß sie keine Waffe hatte, riß sie ihr Roß herum. Verurteilt zuzusehen, hämmerte es ohne Unterlaß in ihrem Kopf: *Elf* sind es mehr!
Während sie ihren Gaul beruhigte, begann sie stumm zu beten: Gott, steh uns bei …
Ruodliebs Lanze rammte Welf, warf ihn jedoch nicht in den Staub. Dankward hob einen von Welfs Männern aus dem Sattel. Auch Kilian war Erfolg beschieden, indes: Der Gestürzte rappelte sich wieder auf und focht gegen die Unberittenen weiter. Welf stieß Quirin in die Ackerfurchen und spießte ihm die Lanze ins Gedärm. Anselm ging auf Dankward los, der dabei seinen Eisenspeer verlor und sein Schwert aus der Scheide ziehen mußte.
Bald fielen alle Lanzen, nur noch die Schwerter sprachen miteinander. Wer weiterhin auf einem Pferde saß, schlug sich nach vorn, nach unten, seitwärts; wer zu Boden gegangen, aber noch fähig war zu kämpfen, hieb Mann jetzt gegen Mann. Ein Hiesiger hatte oft zwei der Schayrer gegen sich.

Johanna gelang nicht auszumachen, wer fiel und liegen blieb, wer fiel und wieder aufstand, wer wieder aufstand, nur um neu zu fallen. Zu dicht war das Gewirr aus Männer, Waffen, Gäulen. Alles, was Johanna sah und hörte, war ein Haufen Wahnsinn, der schepperte und klirrte, der sich immer mehr verhakte.

Ein Schayrer hatte Ruodlieb vom Pferd gezerrt, doch schlug der Wolfinger ihn nieder und schaffte es, sich wieder in den Sattel hochzuhieven.

Welf, der eben einen von der Prettelsburg erstochen hatte, ritt eilig Ruodlieb entgegen, und ihrer beider Klingen kreuzten sich mit einer Zorneswucht, die übermenschlich schien. So sehr verbissen sich die frühern Waffenbrüder ineinander, daß sie aus dem Getümmel scherten, daß sie die anderen vergaßen und das, wofür sie fochten, ja, daß sie einzig daran dachten, sich gegenseitig in den Tod zu schicken.

Johannas Blick wurde gehetzt und fahrig. Wo war nur Dankward ... und wo Kilian?

Kilian lag im Dreck. Bevor sein Gegner zustieß, rollte er sich zur Seite. Das Schwert fuhr tief in quietschendnasse Erde. Da schnellte Kilian empor gleich einer Raubkatze und rammte seine Klinge in den Leib, der ihn bedrohte ...

Und Dankward?

Sein Gaul brach eben unter ihm zusammen. Er hechtete zur Seite, das Schwert fest in der Hand, fand Grund unter den Füßen und setzte Anselm nach, der seines Schilds verlustig war und rückwärts taumelte. Nach kurzer Schwäche wehrte Anselm sich entschlossen. Dankward rutschte aus im Matsch; er fiel nicht, doch er wich zurück.

Johanna sah's mit Grausen: Ihr Trupp verlor an Boden. Sieben der ihren, vielleicht auch achte oder neune, hatten sich nicht mehr aufgerafft. Magister Hans, den Unterarm schier abgetrennt vom Leib, versuchte zu entfliehen, doch plötzlich fuhr ein Schayrer Schwert in seinen Rücken. Da schrie Johanna auf.

Ruodlieb und Welf saßen beide fest im Sattel und fochten, was das Zeug hielt. Der, den zuerst die Kraft verließ, würde unterliegen.

Grauschwarz bauschten sich die Wolken, und es goß in Strömen.

Auf einmal sah Johanna Dankward wanken. Anselms Schwert steckte zwischen seiner Brust und seiner Schulter. Johanna gellte: »Dankward!«

Der sank nieder.

Nur noch Entsetzen, Haß und Antrieb war Johanna jetzt. Sie gab die Fersen ihrem Zelter und setzte über auf ein herrenloses Pferd. Den Rock schlug sie empor bis zu den Knien, ihr Mantel wehte hoch gleich einer Schleppe. Sie stob auf eine Lanze zu, die aus dem Boden ragte, und riß sie aus dem Schlamm. Fast brach sie unter dieser Last zusammen. Doch nein: Titanenkräfte wuchsen ihr in Arm und Leib. Sie preschte los, auf Anselm zu. Der zog das blutbefleckte Schwert aus Dankwards Schulterkuhle und stolperte zurück.

Johannas Augen waren helle Feuer. Sie schwang den Arm nach vorn und schleuderte die Lanze gegen Anselm. Die Eisenspitze fuhr in seinen Bauch. Anselm schwankte, und dann fiel er. Der Waffenstiel brach ab und stürzte krachend neben ihn. Noch einmal hob er mühevoll den Kopf. Johanna war hoch über ihm. Verwundert schaute er sie an, danach entschlüpfte ihm das Leben.

Der Kampf verebbte jetzt. Alle starrten auf das Weib, das eben einen Mann besiegt.
»Faßt sie!« schrie Welf, der aufgab, gegen Ruodlieb zu hauen. Auch Ruodlieb hielt still. Doch keiner wagte, Johanna, diese Fackel, anzugreifen. Zu furchtbar war ihr Anblick.
Bartel kroch ihrem Gaul entgegen und reichte ihr ein Schwert hinauf. Johanna nahm es an sich. Ihr Blick zuckte von hier nach dort. Und was sie sah, riß ihr das Herz entzwei: Bartel hatte ein verletztes Bein, vielleicht war es gebrochen, vielleicht durchbohrt von einer Klinge. Vergeblich mühte er sich aufzustehen. Kilian schleppte sich, eine Blutspur nach sich ziehend, durch Ackerrinnen. Tot der Magister, tot Quirin, tot Bertram, halbtot Bengt, der im Schmerz sich wälzte. In nasser Erde sechs der Prettelsburger Mannen. Es standen nur noch fünf in ihrem Lager – und auf der Gegenseite zehn!
Johannas Augen suchten Dankward, ihren Bruder. Der lag im Schlamm und rührte sich nicht mehr. So flehend stierte er sie an, als könne sie ihm Rettung sein.
Johanna rutschte wie im Traum vom Pferd, verlor das Schwert und fiel vor Dankward auf die Knie. Aus seiner Wunde schoß Fontänen gleich das Blut. Er öffnete den Mund, wie um zu sprechen. Da quoll ein roter Schwall hervor. Es kam kein Wort.
»Dankward«, flüsterte Johanna, ehe sie seinen Namen kreischte. Sie preßte ihre Hand dorthin, wo Blut hervorspritzte. Ihr Körper bebte, und ihr Atem keuchte. »Dankward«, so flehte sie, »oh, bitte, Dankward …«
Ungläubig schaute er ihr in die Augen. Sein Blick erlosch in einer stummen Frage.
Johanna jaulte wie ein Tier in einer Falle. Sie rüttelte den

toten Leib, sie klatschte seine Wangen. Der Blutbrunnen versiegte. Johannas Schreien mündete in Schluchzen.
Noch immer goß es wie aus Kübeln. Wasser triefte aus Johannas Haar und rann in Bächen über ihr Gesicht. Die Kleider klebten ihr am Leibe, und ihre Knie versanken im Morast. Und Dankward starrte leeren Blicks empor in dunkles Schweigen.
Ehrfürchtig Abstand haltend, scharten sich die Männer um Johanna und den toten Bruder. Auch Welf und Ruodlieb, die ihre Schwerter hatten sinken lassen und abgesessen waren, traten in den Kreis der Männer.
Matt röchelte, wer Wunden hatte und noch lebte, und die gestürzten Pferde suchten hochzukommen. Endloser Regen prasselte auf das Geschehen.
Johanna hatte Dankward unterm Arm gefaßt und seinen Kopf in ihrem Schoß geborgen. So wiegte sie sich vorwärts und zurück. Als sie das Haupt hob, schaute sie in Augen, die sie nicht erkannte.
»Nein!« brach es wild aus ihr hervor, und jeder, der da stand, erschrak in tiefster Seele. »Das hab' ich nicht gewollt … das nicht! Ich hab' es nicht gewollt …« Laut gellte ihre Klage.
Johannas Atem stieß hervor wie hundert Schwerter, und niemand um sie sprach ein Wort.
»Oh, Herr im Himmel!« hub sie wieder an. »Laß ihn leben! Sei gnädig mir und gib ihm Atem! Es war nicht seine Schuld! Jesus, Maria, Joseph, helft mir doch!« So flehte sie zur Allmacht. Die Allmacht schwieg dazu.
Johanna brach zusammen über Dankwards Leichnam und fuhr gleich wieder hoch. Und ihre Schreie hallten übers Land, verstörten Mensch und Tier und Halm und brannten sich in

die Erinnerung von zweimal hundert Jahren. Sie schrie, bis ihr die Stimme brach. Sie schrie um Beistand, um den Tod, um einen, der sie henkte. Sie schrie und sah nicht, daß man mit ihr weinte. Sie schrie und spürte nicht, daß Hände sie ergriffen und vom Felde trugen.

SIEBENTES KAPITEL
IM JAHRE DES HERRN

1149

Still war es nun auf Richen. Es fielen keine Würfel mehr, kein Lied erklang zur Laute, Gelächter war Erinnerung geworden. Das Spielmannsvolk hatte die Burg verlassen.
Während man die Toten in die Erde legte, beklagte man die Lebenden.
Johanna *war* am Leben, sosehr sie um den Tod geschrien hatte. Sie lag in einem ebenerdigen Gelaß im zweiten Turm, der nur ein Stockwerk hatte. Darunter, unter Holzbalken und einem Eisengitter, war das leere Burgverlies.
Nichts als Dunkelheit umgab Johanna. Ein schmaler Fensterspalt verhieß mehr Licht, als eindrang. Noch größer als die Finsternis in dieser Kammer war die Finsternis in ihrer Seele. Sie starrte blicklos gegen kahle Wände und schien für alle Zeit verstummt.
Die Frauenkammer bewohnte jetzt Welfs Weib, das Eheschlafgemach samt neuem Bett gehörte ganz dem jungen Paar. Es war kein Paar, wie's viele gab. Es war auch keine Brautheimführung althergebrachter Art gewesen. Der Schayrin Leben auf Burg Richen begann mit Totenmessen und mit frischen Gräbern.
Freudlos begann's und elend. Ihr Ehestand begann kaum bes-

ser. Er begann mit einem Gatten, der seinen besten Freund im Kampf verloren hatte, der dennoch dessen Mörderin beherbergte, der finster brütete und kaum zu wissen schien, daß er ein Weib besaß, und der sich dieses Weibes flüchtig nur entsann, wenn er ihm beilag in der Nacht. Es begann mit einem Mann, der in sich selbst verkettet war und zwischen dumpfem Schweigen und Gebrüll sein Dasein litt.

Ursula hatte lange gegen diese Heirat sich gesträubt und trotzdem stets gewußt, daß niemanden ihr Sträuben kümmerte. Sie hatte auch gewußt, daß es ein Kreuz sein würde mit diesem ungehobelten Barbaren als Gemahl. Sie hatte überdies gewußt, daß es mit kniend vorm Altar verbrachten Nächten vorbeisein würde auf der Richenburg. Selbst um den Rangverlust in ihrer zukünftigen Stellung hatte sie gewußt, um den Verzicht auf die Bequemlichkeit, mit der sie aufgewachsen war. Alles, alles hatte sie gewußt, und mehr noch hatte sie's gefürchtet. Ein Schicksal in der Fremde würde ihr beschieden sein. In langen Nächten hatte sie Gott angefleht, er möge ihr dies Los ersparen. Als sie begriffen hatte: Der Kelch geht nicht vorbei, da hatte sie den Herrn gebeten, wenigstens Gattenliebe in ihrem Hochzeiter zu wecken, auf daß er sie gut halte. Doch dieser Mann – der konnte gar nicht lieben. Er war das Böse selbst. Vermochte er zu lachen, Güte zu zeitigen? Sah er sie jemals wahrhaft an? Er sprach ja nicht einmal! Und wenn er sprach, so waren es Befehle. Wagte es Ursula, das Wort an ihn zu richten, so hieß er sie zu schweigen. »Nicht jetzt!« so herrschte er sie an, doch keine Stunde war je günstig. Der Mann, betraut, sie einzuführen in die neuen Pflichten, der Meier Kilian, der schien sie gar zu hassen. Er sah, gewickelt in Verbände, wie Welf an ihr vorbei, und was er ihr erklärte, tat er widerwillig. Dort, wo sie herkam, wäre er für sein Benehmen scharf getadelt worden, man hätte ihn vielleicht sogar der Burg verwiesen, ihn wenigstens drei Tage lang auf Wasser und auf Brot gesetzt, doch Ursula war fremd auf Richen und kannte sich nicht aus. Was durfte sie? Was war hier so und gar nicht anders Brauch? Wie hoch stand Kilian in Welfens Gunst? Wem war verziehen, daß er sich gegen seinen Herrn gestellt, wem nicht? Wer hatte welchen Rang? Welf wollte, daß sein Weib über die Richner Ländereien obwaltete – so war es Frauenpflicht –, doch außer diesem Rotschopf mit den schmalen Silberaugen war niemand ihr zur Hilfe beigestellt. Die, die ihr hätte Auskunft geben, Beistand leisten können, lag im Gelaß überm Verlies und tat den Mund nicht auf.

Die rechte Hand des frühern Herrn, Magister Hans, ein Mönch auch noch dazu und drum vielleicht ein Trost, war tot. Ursula wußte nicht, mit wem sie sich beraten sollte. Welf gab die Burg samt Höfen ihr in Auftrag und sagte ihr nicht, was und wie und wann. So bangte Ursula sich durch die öden Tage und hoffte stets, das Richtige zu tun. Und in den Nächten packte sie ein wildes Tier, das später dann, im Schlafe, manchmal weinte.

In ihrer Not hielt sie sich an die eignen Leute, es waren zwei nur an der Zahl: die Zofe Leonore und ein strenger Mönch, ihr Beichtiger, ein Zisterzienser namens Gisbert.

Die Mannen, die ihr – vielmehr Welf – von ihrem Vater mitgegeben, waren ihr nicht bekannt. Und überdies: Sie waren wieder fort, sie waren tot oder zu pflegen. Ursula pflegte viel in diesen Tagen – nur eine nicht: die Frau im finsteren Gelaß. So hatte sie nur zwei, denen sie traute: die Zofe, die schon

ihrer Mutter diente und der sie mehr ergeben war als diese ihr, und dann noch Bruder Gisbert, der ihr keinen anderen Trost als beten wußte, doch beten half jetzt auch nicht viel.
Ursula war mit Beten groß geworden. Es hatte immer sie zum Herrn gedrängt. Es gab ihr Sicherheit nur das Vertrauen, daß eine Macht, ihr hold und wohlgesonnen, liebend und unbegrenzt, sie schützte und bewahrte. In Kindertagen war Gott der Vater ihr gewesen, der jener, der sie zeugte, ihr nie war. Oft hatte sie zu ihm gesprochen, ganz so, als sei er greifbar nah im Raum, mehr noch – dies später dann –, als spräche sie zu einem Liebsten, der ihr zärtlich Antwort gab.
Nicht nach der Ehe, nach der Kutte hatte sie verlangt. Und – Hoffnungsglück – man sprach davon, sie solle einst Äbtissin werden im Kloster Sankt Ottilien. Vor der Werbung Welfs von Richen hatte alles danach ausgesehen, als würde es sich schicken, wie sie's vom Himmel sich erbat. Denn Erdenliebe, dessen war sie sicher, war ihr nicht noch einmal vergönnt. Sie hatte ja geliebt: den schönen Junker Jörg, den ihr das Kreuz bei Laodikeia entrissen.
So rein und keusch war sie ihm Herz an Herz gewesen, daß mehr der Süße ihr nicht denkbar war. Das Türkenheer hatte ihr Junker Jörg genommen, doch trug sie eine seiner silberblonden Locken stets bei sich, fest in die Seiten jenes Buchs gepreßt, aus dem sie die Gebete las, obwohl sie sie seit Jahr und Tag auswendig herzusagen wußte.
Ehe der Junker ausgezogen war, um sich fürs Christentum zu schlagen, waren sie Brust an Brust gestanden und hatten sich umfaßt, minutenlang. Eine Umarmung nur, die einzige in ihrem Leben: Das höchste Glück auf Erden war sie ihr gewesen.

Und nun gar Welf, der Zärtlichkeit nicht kannte und nichts als Furcht und Widerwillen in ihr weckte, ein großer, schwarzer Mann mit Stoppeln im Gesicht, mit Narben, einem rauhen Lachen und Eisenringen um sein Herz.
Doch mußte sie dies Kreuz nun tragen. So und nicht anders war's ihr auferlegt. Gott selber hatte diese Prüfung ihr geschickt. Indessen: Liebte sie ein Gott, der so viel von ihr abverlangte? Hatte er seine Hand inzwischen von ihr abgezogen? Ärger noch: War diese Hand je über ihr gewesen? War selbst ihr Gott nur Lug und Trug? Sie hatte ihn geliebt in Demut, Keuschheit und Gehorsam, geliebt mehr als gefürchtet. War dies die Sünde, der sie angeklagt: zu viel der Liebe und zu wenig Furcht vor Gott, dem Herrn?
Auch ohne Furcht: Lieber wäre Ursula sofort gestorben, als eines seiner Zehn Gebote je zu brechen. Stunde um Stunde hatte sie vor seinem Angesicht gekniet, mit Tränen in den Augen, ganz taumelhafte Seligkeit, tief eingesponnen in ein Glück, das seinesgleichen nirgends fand – bis auf den letzten Augenblick mit Junker Jörg. Ob dies ein Treuebruch an Gott gewesen war, jene Umarmung mit dem Jüngling, der alle ihre Liebe Gott entwand? Denn seither hatte Gott sie schwer bestraft.
Erst das Gerücht, sie solle diesen fremden Mann aus Schwaben ehelichen, dann sein Besuch, der erste Blick in seine dunkelbraunen, wilden Augen, worauf das Herz ihr klaftertief gesunken war, am Schluß dann ihres Vaters Segen.
Wenn sie jetzt händeringend um die Gnade flehte, die sie seit ihrem zwölften Jahr gestürzt in manchen süßen Rausch, war nur der Nachhall da von einst und auch der bittere Geschmack: vorbei! Und Bruder Gisbert wußte nur den einen

Rat: »Prüft Euch, Frau Ursula, prüft Euch und Eure Taten! Habt Ihr gesündigt, so bereut!«
Konnte sie diese eine Sünde je bereuen, wenn es denn eine war: den Junker Jörg für eine Stunde mehr geliebt zu haben als den Allmächtigen?
So litt Frau Ursula an Gott, an Welf, am Leben, und manchmal dachte sie: Wär' ich doch tot! Und sie erbleichte ob des Frevels, wonach sie sich bekreuzigte.
Wie gern hätte sie ihr Herz geöffnet einem Menschen, der ihresgleichen war: einem Weib, verschachert wie sie selbst, jung noch, der Wünsche voll, verstehend und verständig.
Hätte sie Freundschaft schließen können mit Johanna! Sie stand im selben Jahr mit ihr, auch trugen beide schwer an ihrem Los. Und doch: Johanna war der ärgste Feind, den Welf in seinem Leben je gehabt. Und sie, Welfens Gemahlin, mußte Johanna meiden. Doch vielmehr war es so: Johanna mied die Schayrin. Sie mied gar jeden, denn sie sprach nicht mehr. Seit Tagen hatte sie das Bett nicht mehr verlassen, in das man sie gelegt nach ihres Bruders Tod. Sie aß nicht, trank auch kaum, erhob sich nur, um ihre Notdurft zu verrichten, sah niemandem ins Auge und schien ein Leib zu sein ganz unbeseelt.
Was es auf sich hatte mit der sonderbaren Frau erahnte Ursula, doch sie erfuhr es nicht. Niemand auf Richen trug ihr Wissenswertes zu, und Kilian, von ihr befragt, warf wortkarg ihr zwei Brocken hin. Von einem Testamente war die Rede und von dem Knaben Wig, der greinend vor seiner Mutter Kammer saß.
Die Zofe Leonore erzählte Ursula, was sie sich selbst zusammenreimte. Das war ein Brei, der schwer im Magen liegen-

blieb. Doch Ursula begriff: Die Männer, die ihr mitgegeben, sollten Richen von den Wolfingern befreien – von Johanna und den Ihren. Doch welcher Dämon ritt Johanna, ein Weib nur, zwanzig Jahre alt, die Waffen nicht nur auszugeben, sondern eigenhändig eine Lanze zu ergreifen und mit ihr zuzustoßen? War man denn toll auf Richen?
Ursula versteckte sich den lieben langen Tag in ihrer Kemenate. Sie spann, sie nähte, und sie stickte, sie saß ganz nah bei ihrer Zofe und wagte nur zu flüstern. Dreimal am Tag ging sie in die Kapelle und suchte einen Trost, der ihr verwehrt wurde, und Bruder Gisbert, der sie beichten ließ, zwang sie, für ihn durchzusetzen, daß er ab jetzt die Messe lesen durfte. Der Mönch aus Heiligenthal, der bisher dieses Amt versehen, wurde abberufen. Welf war es einerlei, welcher Pfaffe ihm, die Hostie hebend, den Rücken kehrte, doch Gisbert freute sich, daß er die schwarze Kutte aus der Richenburg vertrieben hatte. Er verachtete die Lehren aus Cluny und jene, die sie weiterhin verbreiteten. Zu lax handhabten die Cluniazensermönche das Gebot der Armut. Sie aßen viel, sie tranken viel, sie neigten allesamt zur Völlerei, sie legten sich zu Bett und stellten sich erkrankt für eine Portion Fleisch. Das Tuch ihrer Kukullen war zu warm, zu weich, und Reichtum über Reichtum sammelten die Klöster.
Als Zisterziensermönch, der Jahre in Cîteaux verbracht, war ihm die »Charta caritatis« der einzig sichre Halt in einer Welt, die schwankte. Stolz trug er ungefärbtes Weiß aus grob gewebtem Linnen. Er duldete bei sich und seinem Beichtkind Ursula nur einen Rosenkranz aus Holz, obwohl sie einen schön geschliffenen aus Granat seit ihrer Mädchenzeit besaß.

Er war auch hochgebildet, dieser Bruder, er sprach, ja schrieb Latein und außerdem Französisch neben Deutsch und langweilte sich sehr, weil er Dispute, zeugend von Gelehrsamkeit, vermißte. Auf Schayern hatte sich der eine oder andre stets gefunden, der es genoß zu theologisieren. Doch jetzt ... Ursula war ein Weib mit mäßigem Begriffsvermögen. Gar nichts verstand sie von Beweisführungsgefechten. Zwar war sie fromm – sehr fromm sogar –, doch keineswegs befähigt, sich mit Argumenten zu erwehren. Und was auf Richen sonst noch kreuchte, war nicht der Rede wert.

So waren alle unzufrieden – besonders Welf.

Nach außen hin war seine Rechnung aufgegangen, doch Anselms oder Dankwards Tod hatte sie nicht enthalten.

In den Rücken war ihm Ruodlieb gefallen – jener Ruodlieb, der ihm Wochen vorher noch den Falken auf den Arm gesetzt. Welf schalt sich einen Narren. Er hätte es viel besser wissen müssen. Tatsächlich überrascht war er auch nicht gewesen. Nur der Verlauf ...

Er hatte Richen sich erobert. Er war nun Herr auf seinem Land, doch dünkte ihn der Preis recht hoch, viel höher als erwartet. Die Toten, so beschwichtigte er sich, würden vergessen werden. Die Toten wohl – doch nicht der Haß.

Richen lag nun in Fehde mit der Prettelsburg. Man war nicht mehr gut Freund, man war jetzt Feind bis in die Knochen. Die Schayernburg jedoch war weit. Schickte Welf erneut um Waffenhilfe, käme die Nachricht dort erst an, wenn alle Schlachten längst geschlagen waren. Und dann: Wie sah man das auf Schayern, daß Krieg nun herrschte mit den Wolfingern?

Die heimgekehrten Männer hatten längst berichtet, was vorgefallen war auf diesem Feld. Noch stand ein Teil der Mitgift aus. Ursula hatte Welf vier Güter eingebracht, doch waren diese weit im Osten, dort, wo der Inn die Donau trifft. Der Heiratshandel sagte klar und deutlich: War Welf mit seinen Männern siegreich im Gefecht um Richen – und davon war der Graf von Schayern ausgegangen –, sollte ein daraufhin entsandter Troß ihm hundert Goldmark bringen, das Dreifache in Silber noch dazu.

Welf hatte ja gesiegt! Doch würden sich die Schayrer an die Abmachung gebunden fühlen nach dem Zerwürfnis mit den Wolfingern?

Und was, um Gottes willen, sollte aus Johanna werden? Das plagte Welf am meisten.

Ohne jede Überlegung hatte er sie in das Gelaß im Turme schaffen lassen. Ruodlieb war nicht dafür gewesen und auch nicht dagegen. Er hatte einfach nichts dazu gesagt. Und er, Welf, hatte weiter nicht gedacht als bis zum nächsten Bett. Er hatte nicht einmal *erwogen*, Johanna ihrem Bruder mitzugeben. Der wollte sie wohl auch nicht haben. Weil niemand um Johanna stritt, war sie noch immer da. Kein Bote kam und forderte sie ein. Noch lag sie krank darnieder. War sie gesund, mußte sie gehen. Es war an Ruodlieb, für sie zu sorgen.

Welf spürte diese Frau wie einen Alpdruck auf der Seele. Sie saß ihm stets zur Seite, im Genick, sie war ihm im Gedärm und im Gehirn. Er würde keine Ruhe finden, solange es sie gab. Des Nachts lag er oft wach und dachte dran, sie zu erwürgen. Was stand denn schon dagegen? Ruodlieb hatte ihm Johanna überlassen, wie auf Gedeih und auf Verderb. Was tat's, wenn er sie tötete? Sie hatte laut nach ihrem Tod geschrien.

Doch Welf von Richen hatte ein Gewissen, ein schwaches zwar und nicht gewohnt, sich mehr als kümmerlich zu regen, und dies Gewissen hob das Haupt und sagte: Niemals! Auf keinen Fall! Das nicht!

Ein Meuchelmord war Welfens Sache nicht. Eine Siechende erdolchen? Solang sie schwach war – blieb sie's gar? – mußte er sie ertragen. Doch dann, wenn sie gesundet: nichts wie fort mit ihr! Und wenn er selbst sie Ruodlieb entgegenkarren mußte! Ach, wäre sie doch schon genesen!

Trud pflegte sie, und Luitgard saß an ihrem Bett. Die ihr verblieben waren, hielten ihr die Treue. Kilian, die Zügel fester in der Hand als je vorher, wußte allein, was wann und wie geschah auf Richen. Bartel lag mit gequetschtem Bein auf Stroh, und Bengt, nach Tagen hohen Fiebers, das man zunächst für Wundbrand hielt, dem Leben neu anheimgegeben, lief zwischen ihm und Kilian hin und her.

Sie alle warteten. Johanna sollte endlich sich erheben und ihnen sagen, was zu tun sei.

Zwölf Tage blieb sie ohne Sprache, ohne Nahrung. Dann stand sie auf. Sie bat um neue Kleider. Die alten hatte man ihr ausgezogen. Am Leibe trug sie nur ein Hemd aus weißem Leinen. Luitgard schlug vor: »Nehmt doch zuerst ein Bad! Das wird Euch kräftigen.«

»Erst gehe ich zu Tisch«, entschied Johanna. »Dann füllt mir einen Zuber!«

Luitgard legte ihr ein Kleid aus zartgrünem Brokat an, mit einer fliederfarbnen Stickerei besetzt, ein Kleid, für das es fast zu heiß war. Die Sonne draußen sengte, doch in den Mauern blieb es kühl.

Johanna war sehr matt, und Luitgard konnte sie vier Löcher

enger als gewöhnlich gürten. Sie half ihr in die gelben Schnabelschuhe, durchkämmte ihr verfilztes Haar, legte ihr eine weiße Gebende ums Kinn und krönte sie mit einem samtenen Schapel.

Johanna war so dünn, daß der Brokat sie fast erdrückte. Die Farbe machte sie noch bleicher, als sie war. Ein Windhauch nur, so schien's, und sie zerfiel zu Staub. Vor dem Spiegel, dem einzigen auf Richen, mit einem Griff aus Ebenholz, befühlte sie die hohlen Wangen. Dann wandte sie sich Luitgard zu, um sie zu fragen: »Wer hat mir meine Schlüssel abgenommen?« Sie war's gewohnt, daß diese ihr am Gürtel hingen.

»Die Schlüssel hat jetzt Ursula, Herrn Welfs Gemahlin«, wurde ihr gesagt.

Sie nickte bloß. Auf schwachen Beinen trat sie in den Zwischengang. Der kleine Wig, der vor der Tür geschlafen hatte, wurde zurückgedrängt und fuhr aus seinem Kindertraum. Ein Strahlen im Gesicht, lief er auf seine Mutter zu und faßte beidarmig um ihre Beine. Johanna beugte sich zu ihm hinab, strich ihm durchs lange, braune Haar, vernahm wirres Gemurmel, entwand sich rasch und stieg über des Knaben Kopf hinweg. Wig fing zu schreien an. Da hob ihn Luitgard hoch und blieb mit ihm zurück.

Johanna zog es in den Palas. Dort hockten an der Tafel: Welf, sein Knappe, Ursula mit Leonore nebst dem Beichtiger und drei Mann Nachhut aus dem Schayrer Troß. Von Johannas Getreuen war nicht einer da. Sie mußten draußen speisen unter einem Holzverschlag.

Es war zur Mittagszeit. Man saß vor kargem Mahl, vor magerem Kaninchenbraten, vor Bohnen, Rüben, Brot, gemischtem Wein.

Als Johanna näher kam, wandten sich alle Köpfe nach ihr um. Sie glich einer Erscheinung. Fast war sie durchsichtig. Sie schwebte, statt zu gehen. Und dabei kostete es sie den ganzen Willen, sich nicht die Wand entlangzutasten.
»Laßt Euch nicht stören!« sagte sie mit einer Stimme, die fremd in ihren eigenen Ohren klang. »Ich komme nur, die Burgfrau zu begrüßen: Laßt es Euch wohl ergehen auf Richen, Frau Ursula!«
Hochfahrend, weniger aus Höflichkeit, denn aufgeschreckt, erhob die Angesprochne sich. Auch sie war blaß geworden.
»Setzt Euch zu Tisch, Johanna!« fiel ihr nach einer Pause zu erwidern ein. »Und Dank für Euren Gruß! Ihr seid noch immer sehr erschöpft. Ich hätte Euch aufsuchen sollen in der Kammer. Verzeiht, daß ich gezögert habe! Und jetzt gesellt Euch bei und eßt!«
Johanna schenkte Ursula ein Nicken, das diese ihr erwiderte. Keiner merkte, daß Johanna schwarz vor Augen wurde, keiner, daß Ursula sich am Tisch abstützen mußte: Niemand sollte gewahr werden, daß sie zitterte wie Espenlaub.
Als Johanna wieder sehen konnte, fragte sie Welf: »Schließt Ihr Euch an? Ladet auch Ihr mich ein?«
Mit einer raschen und daher ungeschickten Handbewegung bot er ihr an, sich einen Platz zu wählen. Den ihr so lange angestammten hatte er selber inne.
Für die Spanne zweier Atemzüge, die entsetzlich war, tat sie ihm so unendlich leid, daß es ihm eng in seiner Kehle wurde. Sie war ja ganz verfallen!
Hinunterwürgend, was er zwischen seinen Zähnen hatte, gemahnte er sich selbst: Bloß nicht schwach werden vor ihrer Schwäche! Stumm schob er einen Löffel Rüben nach und kau-

te lang daran. Er haßte sich, das fahle Weib, die Leute um ihn her, ganz Richen, ja das Leben.
Er schwieg, und auch Johanna schwieg und Ursula genauso. Kaum einer blickte auf von seinem Teller – und wenn, ganz kurz nur und verstohlen.
Ursula, voller Neugier auf die, die gleich mit ihr an Jahren war, schielte mehrmals nach Johanna und dann nach ihrem Eheherrn.
Johanna, an feste Nahrung gar nicht mehr gewöhnt, aß vorsichtig, als fürchte sie, es seien Holzspreißel im Essen. Nichts war zu hören außer Kaugeräuschen und Kellen, die den Nachschlag schöpften.
Nach der Mahlzeit blieb Welf alleine mit Johanna. Die andern schoben Tätigkeiten vor, die unaufschiebbar seien. Einzig Ursula wich nicht von ihrem Platz. Ihr sagte Welf: »Geht und beredet Euch mit Kilian! Ihr habt Euch eine Menge anzueignen.«
Noch immer saß er auf dem Herrenstuhl, Johanna, vier Armlängen von ihm entfernt, auf einer der zwei Bänke. Zwischen ihnen stand Holzgeschirr mit abgenagten Knochen. Es roch nach kaltem Bratensaft. Welf bohrte mit dem kleinen Finger zwischen seinen Zähnen. Nach langer Stille sagte er: »Anselm ist tot und Euer Bruder auch, von all den andern nicht zu reden … Habt Ihr jetzt, was Ihr wollt?«
Er griff sie an und wußte nicht, warum. Es war ihm tief im Herzen nicht danach zumute. So wie ihm nicht zumute war, sich Anselms zu entsinnen. Gut konnte es nicht sein, so oft an ihn zu denken. Indes: Anselm ging wie ein Schatten neben ihm, und was Johanna anbelangte, so fiel ihm jetzt nichts Beßres ein, als sie mit Vorwürfen zu attackieren.

Tonlos entgegnete sie ihm: »Nicht ich hab's so gewollt. Das wart schon Ihr.«

»Aha.« Welf fuhr sich mit der Zunge zwischen Eck- und Schneidezahn; dort störte ihn ein Speiserest. »So gebt Ihr mir die Schuld, obwohl Ihr selbst Euch schuldig fühlt. Leugnet es nicht, Johanna! Die Schuld liegt ganz auf Eurer Seite, was Ihr am besten wißt.«

Wie früher, als sie seines Vaters Weib gewesen war, senkte sie nun den Kopf. Sie glich auch mehr dem ernst-verschloßnen Mädchen dieser Jahre als jener Fackel, die hoch zu Roß die Lanze schleuderte.

Als sie das Haupt hob, schaute sie an Welf vorbei. »Mein Bruder starb, weil Ihr Euch Richen unter Euren Nagel reißen mußtet.« Jetzt blickte sie Welf in die Augen. »Daß Dankward nicht mehr ist, verzeihe ich Euch nie.«

»Droht Ihr mir denn schon wieder?« In seiner Stimme bebte Ungehaltenheit, und trotzdem war er mehr erstaunt als zornig.

»Womit könnte *ich* Euch drohen?« Da er ihr keine Antwort gab, setzte sie auseinander: »Ich kam, um Euer Weib zu sehen und Euch nach Eurer Entscheidung zu befragen, die meinen künftigen Verbleib betrifft. Das eine ist geschehen, das andre steht noch aus.«

Welf stützte beide Ellenbogen auf den derb gehauenen Tisch, das Kinn in seine Hände, die er gefaltet hatte. Sein Ausatmen war wie ein Seufzen.

»Ihr liefert Euch mir aus?« Er wußte nicht, wie sich verhalten, und zögerte daher das letzte Wort hinaus. »Wie das?«

»Weil ich Euch ausgeliefert *bin*. Denkt nicht, daß es mir leichtfällt, das zu sagen.«

»Auf deutsch: Ihr streckt die Waffen?«

Er suchte ihren Blick, sie wich dem seinen aus.

»Niemals«, erwiderte sie leise.

Wie eine Lohe schoß es in Welf hoch. Blitzartig sprang er auf. Die Schüssel mit den Knochenresten ging dabei zu Boden.

»Ihr seid in auswegloser Lage, Weib! Eure Schar geschlagen, Euer verfrühter Triumph verbrannt zu Asche. Euer Leib, Euer Leben: alles in meiner Hand. Und Ihr wagt, mir die Stirn zu bieten?«

»Ich habe nichts mehr zu verlieren«, sprach sie mit einem Lächeln.

Welf stockte, ehe er sie anschrie: »Doch: Euer Leben!«

»Das ist nicht mehr viel wert.«

Welf hieb die Faust gegen die Tischplatte, so daß die Schüsseln darauf tanzten. »Was, um alles in der Welt, wollt Ihr von mir?«

»Ich will, daß Ihr mich nicht zu meinem Bruder schickt.«

Welf rieb sich seine Hand. Er tat zwei Schritte auf Johanna zu und zwei wieder zurück. »Verflucht, Weib, was vermeint Ihr, jetzt noch zu vermögen?«

Nicht zu Ruodlieb, das konnte nur bedeuten, daß sie Burg Richen nicht verlassen wollte, denn um die Nonnenkutte bat sie sicher nicht.

»Besser in Eurer Hand zugrunde gehen, so wie's das Schicksal will, als Ruodlieb anheimzufallen.«

Welf drehte fragend seinen Kopf. »Ihr fürchtet Euren Bruder mehr als mich?«

Johanna zeigte wieder dieses Lächeln, das wie aus weiter Ferne kam. »Nicht Ruodlieb – die Absichten, die er mit mir verbindet, sind es, die ich fürchte. Er will mich mit dem Burgberger vermählen. Ich aber zieh' es vor, ein Mahnmal auf der Richenburg zu sein.«

»Ein was?«

»Ein Mahnmal, eine Wunde. Ich bleibe hier bei Euch: So ist es Euch vergönnt, tagtäglich den Triumph zu kosten, daß Ihr mich bezwungen habt. Und täglich werdet Ihr an Eure Schuld erinnert.«

»Wer hat den Anselm nun erstochen: Ihr oder ich?«

»Und wer metzelte meinen Bruder hin?«

»Wer war es denn, der diesen Bruder opferte?«

»Wer wollte diesen Kampf? Wer holte sich Verstärkung? Wer brach zuerst das Recht?«

»Das Recht bracht *Ihr*! Ihr fälschtet meines Vaters Letzten Willen.«

»O nein: *Ihr* achtet Eures Vaters Letzten Willen nicht! So habt Ihr Euch zum Kampf gerüstet.«

»Wart *Ihr* denn nicht gerüstet?«

»*Ihr* habt angegriffen! *Ich* habe mich verteidigt!«

»Nachdem *Ihr* mich entmachtet habt, war *ich* es wohl, der sich verteidigte!«

Johannas Lächeln wurde tief und starr. Sie sah jetzt aus wie eine Hexe, bevor sie durch die Lüfte fliegt.

Da sie schwieg, bohrte Welf nach: »Glaubt Ihr im Ernst, ich würde gnädiger mit Euch verfahren als Euer eigner Bruder?«

»Nein.« Von weit her kam ihr Blick zurück. »Doch Euren Haß kann ich ertragen. Den seinen nicht.«

»Haßt er Euch denn?«

»Ich habe ihn dazu verleitet, sich gegen Euch zu stellen. Er hat verloren. Also haßt er mich. Gebt mir mein Wittum, laßt

mich davon zehren, erlaubt mir auch, an Eurem Tisch zu sitzen und nur für meinen Sohn noch dazusein!«
Selten sprach sie von dem Knaben, den sie geboren hatte. Welf dünkte stets, daß sie nicht an ihm hing. Andererseits: Was wußte er denn schon von dieser Frau?
Ratlos sagte er: »Ihr seid verrückt.«
»Mag sein.«
»Wie kann ich sichergehen, daß Ihr Euren Sinn nicht ändern, daß Ihr nicht neue Pläne schmieden werdet gegen mich?«
Rittlings setzte er sich auf die freie Bank. Auf einmal sah er müde aus.
»So groß ist Eure Furcht vor mir?«
»Johanna, Ihr erbarmt mich.«
»Dann ist ja meinem Bleiben nichts im Weg.«
Welf preßte seine Zähne und die Lippen aufeinander. Herrgott, verdammtes Sakrament! Johanna hier auf Richen, nach allem, was sich zugetragen hatte? Das war ein Witz, ein schlechter obendrein.
»Ihr wollt nicht, daß ich gehe«, sagte sie. »Ihr seid nicht mit mir fertig. Und ich bin's nicht mit Euch.«
Ihr Bernsteinblick traf ihn gerade dort, wo alle seine Schmerzen saßen, er stieß hinein in das Verlies, in das er alles packte, was ihm nicht ganz geheuer war.
Und wie ich mit Euch fertig bin! wollte er widersprechen, jedoch sein Mund entließ die Worte nicht. Da riß er sich empor und stürzte nach der Tür, die er entschlossen aufriß. Lichtschneisen fielen in die Dunkelheit der Halle.
Bevor Welf schweren Schritts enteilte, spuckte er nachgerade aus, was ihm so schwer zu sagen fiel: »Von mir aus, bleibt!«

ACHTES KAPITEL
IM JAHRE DES HERRN

1149

Der Weg, der tief in eine Senke führte und steil sich windend wieder anstieg, umsäumt von Wiesen, Sumpfland, Äckern, vor allem aber Wald, wurde an einer Stelle gar zum Hohlweg, staubig und festgetreten, holprig und aufgerissen von Radfurchen. Wer zu Pferde saß, bevorzugte die schmalen Streifen Grasland, die an den Seitenrändern einluden, mußte jedoch oft abweichen, da Dornbüsche und Brennesseln über die Wälle bis hinunter auf die Straße wucherten.

Es war die Straße, die von Biberbach ins ferne Augsburg führte. Am Tage war dort viel Verkehr, des Nachts lauerte Diebsgesindel einsamen Reitern und schlecht bewachten Wagen auf. Alle zehn Meilen lud ein Gasthaus zum Rasten und zum Schlafen ein.

Johanna hörte Äste brechen, Reisig knackte, dann ein Fluch: »Vermaledeite Disteln!« Ein Gaul schnaubte, Nüstern schnupperten durch Hollerstauden, Kilians Gugelmütze tauchte auf. Über der Nase war ihm die Haut geplatzt.

»Und?« fragte ihn Johanna.

»Vier sind's, soweit ich sehen kann. Der auf dem Bock ist so betrunken, der zählt gar nicht.«

»Ist es die rechte Fuhre?«

»Sie reisen ohne Wappen. Aber sie reden viel. Mich dünkt, daß es die Schayrer Mundart ist.«
»Dich dünkt! Potztausend! Die Sache ist, scheint's, nicht gewiß.«
Johanna drehte ihren Kopf zur Seite und spitzte ihre Ohren. Was war das nur? Auch vorhin schon ...
»Nicht säumen, Frau Johanna! Wenn sie die Senke erst durchfahren haben, sind wir nicht mehr geschützt. So gebt Befehl!« Aus Kilians Augen sprangen Silberfunken.
»Dann fällt den Baum!« verfügte sie entschlossen.
Kilian nickte kühn und trieb sein Pferd den steilen Wall hinab zur Straße. Er pfiff, sah Bartel und dann Bengt, die hinter Bäumen vorschnellten, und ritt zu ihnen hin.
Johanna folgte Kilian im Schutz der Tannen. Mit ihrem Schwert hieb sie sich durchs Gestrüpp. Sie sah nichts, aber sie vernahm – bereits erhitzt – das Krachen und das Knacken in dem abgestorbnen Baum, den die drei Männer niederdrückten. Danach ein dumpfer Aufprall: Der Stamm lag quer zur Straße.
Die drei Verschwornen drängten in den Wald zurück. Johanna stieß zu ihnen. Mit beiden Händen strich sie sich am Saum der Bundhaube entlang. So war es gut: Kein Haar ragte hervor. Auch Wams und Bruche, die Stiefel und die Hosenbeine saßen gut. Die Tunika erreichte kaum ihr Knie, so war sie frei, sich zu bewegen.
»Hört Ihr?« Bartel hob den Zeigefinger. Angespanntes Lauschen. Ein Mann sang schrecklich laut und schrecklich falsch ein wohlbekanntes Wanderlied. Hufschläge kamen näher, Räder rollten steinemahlend.
»Seht Ihr!« wies Bengt mit ausgestreckter Hand. Johanna

spähte durchs Gewölk der Blätter – und erschrak. Da! Schon wieder! Ihr im Rücken! Geraschel! Der Tritt gar eines Rosses? Sie drehte sich und forschte im Gebüsch. Kein Laut war mehr zu hören.

»Was ist denn?« fragte Kilian.

Alle viere spitzten ihre Ohren. Ein Eichelhäher krähte. Schnelles Wuseln, vielleicht ein Wiesel. Sonst nichts. Kilian sandte seiner Herrin einen scharfen Blick. Fürchtete sie mit einemmal Gespenster?

»Ein Wagen und vier Mann«, beschied Johanna ihm, die Augen wieder auf der Straße. »Jetzt sehen sie das Hindernis.«

»Hü!« schrie der vollgetrunkne Kutscher.

Die Pferde blieben stehen, die Wagenräder auch. Drei Männer taten einen Satz und waren auf der Straße.

»Jetzt!« trieb Johanna ihre Leute an.

Gleichzeitig schrie's von unten her: »Kommt raus, ihr Lumpenpack! Wo seid ihr Strolche denn?«

Seite an Seite preschten Kilian und Johanna zum Weg hinab, und beiden schoß es durch den Kopf: So geistesgegenwärtig war noch keiner je gewesen, der uns zum Opfer fiel. Doch einerlei! Jetzt nur voran!

Bengt und Bartel folgten nach. Die auf der Straße hatten ihre Schwerter schon gezückt. Und auf ging es ins Getümmel.

Johanna, des Schwertkampfs erst seit kurzem kundig, focht kühn, doch der, dem sie Paroli bot, schien ihr an Körperkraft weit überlegen. Er holte sie vom Pferd; sie wehrte sich, sie griff das Schwert mit beiden Händen, sie setzte Schlag auf Schlag und stolperte dabei nach hinten.

Bengt stürzte unglücklich. Er kam nicht wieder hoch: Da war er schon bezwungen. Die Klinge stak nur kurz in seinem

Bauch, dann stieß sie gegen Bartel. Der sah nun zweie gegen sich, und ehe er noch wußte, wie ihm denn geschah, hieb einer ihm die Waffe aus der Hand.

Nur Kilian wurde seines Gegners Herr. Das war der dicke Kutscher, den er zur Seite schlug. Dann sprang er in den Wagen, um auszumachen, ob die Beute im Gepäck zu finden war.

Johanna ging schon in die Knie und hatte hinter sich den Wall. Verdammt, was hat der Lackel Kraft, fuhr's ihr durch Herz und Kopf. Sie führte recht geschickt ihr Schwert, behende war sie durch und durch, doch war in ihren Armen nicht die Wucht des Bären, und der, der auf sie eindrosch, war mehr Bär als Mann.

Schon fiel sie hin, schon war die fremde Schwertspitze auf ihre Brust gerichtet. Laut schreiend eilte Kilian herbei, sein Schwert wie einen Rammbock haltend. Er sah noch aus den Augenwinkeln, wie Bartel um den Wagen floh, dann stieß er zu. Der Bär jedoch, durchaus geschmeidig, wand sich zur Seite weg. Kilians Klinge traf in Gras und Erde.

Im nämlichen Moment riß der Bärenhafte Johanna die Bauernmütze in den Nacken. Man hörte ihn nur stammeln: »Teufel auch! Das ist ein Weib!«

Johanna sah nach Bartel, der weiter um den Wagen hetzte, zwei Männer ihm hinterher. Kilian wollte sein Schwert endgültig in den Bären rammen, doch der wich aus und focht dann wacker gegen ihn. Mit Zorngeheul donnerte Kilian das Schwert gleich einer Axt dem Bären in die rechte Schulter. Der Baum von einem Kerl fing daraufhin zu taumeln an. Einer der beiden anderen kam herbei. Grob packte er Johanna.

Kilian wurde dessen nicht gewahr, da er zurück zum Wagen

stürzte. Er war schon auf dem Bock und reichte Bartel, der den linken Arm sich hielt und keuchte wie ein Ackergaul, die Hand. Er zog ihn zu sich hoch und kreuzte gleichzeitig die Klinge mit dem, der den Kumpan verfolgte.

Johanna, die sich in der Gewalt des Fremden heftig sträubte, sah, daß der Bär wieder zu Kräften kam und überströmt von Blut dem Wagen zulief. Da schrie sie Kilian und Bartel zu: »Fort! Fort mit euch! So macht euch doch davon!«

Auf der Miene dessen, der sie umklammert hielt, malte sich schmierig-dumme Lüsternheit.

Ehe Kilian noch wußte, was und wie – Johanna helfen oder ihr gehorchen –, stob vom Wald ein Reiter her.

Sein Gesicht bedeckte eine Leinenmaske mit drei Löchern, zwei für die Augen, eine für die Nase.

»Sputet euch! Vorwärts! Nichts wie weg!« bellte er Kilian und Bartel an, als wäre er ein Spießgeselle. Dann bohrte er die Klinge in das Herz des Lümmels, der Johanna hielt. Anschließend ging er auf den Bären los, der zu verblüfft war und wohl auch zu arg verletzt, um mannhaft ihm zu trotzen. Kamen denn da noch mehr?

Bartel, wieder voll im Saft, warf sich vom Wagen, hob das Ende des hohlen Baumes hoch und schmetterte den Stamm zur Seite. Kilian ergriff die Peitsche und ließ sie auf die beiden Pferderücken sausen. Während der Wagen vorüberschoß an Bartel, schwang der sich hoch. Johannas Roß, verwirrt und außer sich, setzte dem Fuhrwerk nach.

Der, der Bartel schier erledigt hätte, lief hintendrein und stürzte dabei über Bengt, der nicht mehr atmete. Als er dann sah, daß der fremde Reiter wie ein Rasender einschlug auf den stärksten Schayrer, auf den Bären, und der schon wie ein

Schlachtschwein blutete, stürmte er auf den Reiter los. Da brach der Bär in seine Knie, und der Maskierte riß das Weib zu sich hinauf. Er gab dem Pferd die Sporen und sprengte wie ein Blitz davon.

Verwünschungen verhallten hinter ihm. Der Wagen war entführt, und der Räuber Pferde hatten sich mit ihm aus dem Staub gemacht.

Bis hinauf zum Schlüsselbein fühlte Johanna ihr Herz schlagen. In wilder Jagd ging es dahin. Längst fehlte ihr die Orientierung. Es war, als liege eine Eisenhand um ihre Mitte. Ein heißer Atem stieg ihr in den Nacken. Der Teufel selbst trug sie hinweg.

Eine Viertelstunde oder länger schoß das Feuerroß vorbei an kleinen Dörfern und an Weilern, die in der Sonne badeten, vorüber auch an Torfäckern, an Weideland, an Ährenfeldern, an Fluren, noch nicht urbar, an Sumpfgebiet, an Waldrändern, an Köhlerknechten, die ein Fuhrwerk hoch mit Holz beluden. Nach einem Bach, den der Gaul in hohem Bogen übersprang, schlug der Reiter einen Waldweg ein. Dort ließ er seinen Braunen in weichen Trab fallen. Er hielt auf eine Quelle zu, die Moos und Farne überwucherten.

Der Reiter zog die Zügel.

Durchsichtig glitzernd plätscherte das Wasser aus dem Stein in einen schmalen Bach. Der Wald war lichter hier. Flirrende Sonnenstrahlen stachen durch die Baumwipfel und tauchten diesen wundersamen Ort in unwirkliches Licht.

Johanna unter beiden Achseln fassend, half ihr der Reiter abzusitzen. Dann stieg er selber ab.

Um des Pferdes Maul war Schaum, sein Fell schimmerte feucht vor Schweiß. Der Reiter gab ihm einen leichten Schlag aufs Hinterteil. Es trottete zum Wasser hin und stillte seinen Durst.

Der Maskierte, selber außer Atem, betrachtete Johanna in ihrer Jünglingskluft. »Ich wußte ja, Ihr seid verrückt«, bemerkte er nach einer Weile. Dann nahm er sich den Leinenfetzen ab.

»Ihr?« fragte ungläubig Johanna.

In Wahrheit hatte sie ihn längst erkannt: an seinen dunklen Locken, an seinem hohen Wuchs, an seinem Roß, daran, wie er sich bewegte, und nicht zuletzt an seinen Handschuhen; deren bestickte Stulpen waren ihr vertraut.

Am ganzen Leibe zitternd, sank sie ins Moos, neben die Quelle hin. Der Bundhaube, die ihr im Nacken lag, entledigte sie sich. Sie war verschwitzt. An ihren Schläfen klebten Haarsträhnen.

»Ich bin Euch heute früh gefolgt«, kam es von Welf. Zuerst schien es, als wolle er verharren, wo er stand, dann trat er näher und ließ sich neben sie ins Moos fallen. »Ich bin Euch oft gefolgt in letzter Zeit.«

Scharf fragte ihn Johanna: »Ach, seid Ihr das?«

»Ich sah, daß Kilian Euch lehrte, mit dem Schwert zu kämpfen, draußen in den Wiesen. Da wußte ich: Ihr plant ein Bubenstück. Wißt Ihr was, Johanna?«

»Was?«

»Wenn Ihr tot seid, müßt Ihr enthauptet werden. Sonst steht Ihr immer wieder auf.«

Johanna schmunzelte. Mit beiden Händen fuhr sie sich ins Haar, das sie fast wie einen Pferdeschweif zusammenhielt. Sie schloß die Augen und genoß es abzukühlen. Als sie die Haare losgelassen und zurückgeschüttelt hatte, verlangte sie von

Welf zu wissen: »Warum habt Ihr mich gerettet? Ich war doch im Begriff, Euch Eurer Mitgift zu berauben.«
»Meiner Mitgift *habt* Ihr mich beraubt. Wenn ich nicht irre, sind Kilian und Bartel mit der Barschaft über alle Berge.«
»Und das belustigt Euch?«
Welf grinste in der Tat. Dann lachte er sogar. »Eine schlechte Wortwahl: über alle Berge, wirklich«, räumte er launig ein. »Zur Richenburg werden sie, wessen sie habhaft wurden, schaffen. Zu Euch. Und somit auch zu mir.«
»Täuscht Euch nur nicht! Die beiden haben Euch erkannt.«
»Das mag wohl sein. Doch ihre Herrin werden sie deswegen nicht im Stiche lassen. Sie werden dasein, wenn wir die Burg erreichen. Wenn sie gescheit sind, vergraben sie die Beute vorher noch im Wald, ich fürchte aber, daß sie es nicht sind.«
»Was würde es denn nützen, die Säcke und die Truhen zu vergraben? Ihr werdet auf Herausgabe bestehen.«
»Das werde ich, so sicher wie das Amen in der Kirche. Seht her, Johanna! Soviel Ihr zappelt, kratzt und beißt, Ihr werft mich nicht vom Pferd. Aber Ihr sammelt wacker Tote. Schade um Bengt! Er hat Euch gut gedient.« Schärfer forschte er: »Was habt Ihr Eueren Leuten denn versprochen?«
»Jedem fünfzehn Silbermark.«
»Ihr seid recht freigiebig.«
»Wir hätten Richen allesamt verlassen.«
Johanna drehte sich zur Seite. Sie tauchte ihre hohle Hand ins Quellwasser und trank aus ihr. Ein Eichhörnchen, sie neugierig beäugend, huschte, als sie es bemerkte, einen Baumstamm hoch. Geraschel im Gezweig.
Welf ließ nicht locker. »*Ihr* also seid der Räuberhauptmann?«

Sie trank ein zweites Mal aus ihrer hohlen Hand, geradeso, als habe sie nicht hingehört. Welfs Blick lag bohrend streng in ihrem Nacken.
»Gibt es denn einen Räuberhauptmann in der Gegend?« tat sie unschuldig.
»Verstellt Euch nicht! Ein Dutzend Überfälle wurden gezählt in nur drei Jahren. Allerorten wird davon gesprochen. Ihr wart so klug, Euch in verschiednen Gauen zu bewegen. Ihr wähltet immer einen andern Landstrich, eine andre Straße. So wart Ihr nicht zu fassen. Suchte man Euch im Norden, tummeltet Ihr Euch im Süden. Hattet Ihr im Osten zugeschlagen, versuchtet Ihr's das nächste Mal im Westen. Schnelle Pferde, gut bewaffnet, mit ausgezeichnet-tapfren Männern an der Seite: So wart Ihr überall gefürchtet. Der Kampf um Richen aber hat Euch sehr geschwächt. Als Quirin, der Schreiber, und Bertram noch zu Euren Leuten zählten, wärt Ihr keinesfalls so dumm gewesen, selbst zu fechten. Natürlich: Ihr habt Blut geleckt. Mehr noch: Ihr seid blutrünstig, Johanna. Trotzdem gilt: Wer einmal mit der Lanze siegreich war – mit Glück und von Verblüffung profitierend –, der ist noch lange kein erfahrner Kämpfer. Pech hattet Ihr zudem: Die vier vorhin, die schlugen sich vortreffend … Im Grunde waren's ja nur drei. Der Kutscher war besoffen.«
»Warum habt Ihr mich gerettet?« fragte ihn Johanna.
Welf blickte von ihr fort.
Da machte sie ihm klar: »Wären die Rollen umgekehrt verteilt gewesen: Ich hätte für Euch keine Hand gerührt.«
Welf grinste schmal. Ohne auf diese Auskunft einzugehen, meinte er: »Euren Zenit, scheint's, habt Ihr überschritten. Bisher dürfte keiner Eurer Leute Blessuren von Belang davon-

getragen haben. Heut' wär' es um ein Haar um Euch geschehen. Der Knabenhabit steht Euch dennoch zu Gesicht.«
Johanna hatte ein Bein angewinkelt. Sie stützte ihren Arm darauf. In ihrer Haltung war Gelassenheit, mehr noch: Geringschätzung. Doch ihre Stimme klang sehr eindringlich, als sie die Frage wiederholte: »Warum habt Ihr mich gerettet?«
»Es wäre ein schmachvoller Tod für Euch gewesen.«
»Doch hätte dieser Tod Euch nur gedient. Warum, Welf, habt Ihr nicht auf seiten der Schayrer Mitgiftkarrer eingegriffen in den Kampf?«
»Ich sagte Euch doch schon: Die Mitgift ist mir sicher.«
Johanna rieb die Fingerspitzen aneinander. Ihr Bein, noch immer angewinkelt, zeichnete sich unter der Hose ab, die um die Taille mit einem Strick gegürtet war. Hell glitzerte ihr Blick zu Welf hinüber. »Die Mitgift wäre Euch auch dann nicht fortgelaufen, hättet Ihr zugelassen, daß der Lackel zusticht. Das wißt Ihr gut.«
»Und Ihr wißt gut, daß er Euch vorher noch geschändet hätte.«
»Was schert das Euch?«
»Worauf wollt Ihr hinaus?«
Es war ein feines Lächeln in Johannas Antlitz. Trotz ihrer Jünglingskluft war sie auf einmal eine Frau.
»Oh, nein!« rief Welf. Abwehrend hob er seine Hände und ließ sie wieder fallen. Er schob sich näher an die Quelle, um ebenfalls aus ihr zu trinken und sein Gesicht zu nässen: Vielleicht verging er dann, der Spuk.
Als er Johanna wieder ansah, vergoldete die Sonne, die durch das Blattwerk über ihren Köpfen schien, ihr Haar und ihre Bernsteinaugen.

»Versucht bloß nicht, mit Weiberzauber mir zu kommen! Bei meinem Vater ist Euch das gelungen, der Himmel weiß, wie ihm geschah. Vielleicht war's Hexenwerk. Ihr seid kein Weib, das habt Ihr eben erst bewiesen. Ja, Ihr beweist es, seit Ihr lebt. Und wärt Ihr dreimal eins: Für solche Schliche bin ich nicht zu haben. Dazu braucht's einen altersschwachen Greis; bei einem Jüngling, der Euch Lieder singt, geht's auch noch an. Doch bin ich weder dies noch das. Erspart es Euch!«

Johannas Züge spannten sich. Auch ihre Glieder hatten sich versteift. Nicht lang indes, dann lächelte sie wieder. Sie tat gar nichts dazu: Es lächelte in ihr.

Welf saß dicht neben ihr. Mit einem Arm berührte sie ihn fast. Da streckte sie zwei Finger nach ihm aus und streifte seine Hand. »Ihr wißt es nur noch nicht, doch Ihr begehrt mich, Welf.«

Welf konnte kein Wort sagen. Er war nur noch verblüfft. In Ihrer Stimme war Sirenenklang und eine zweifelsfreie Sicherheit.

Und dann noch dies: Sie ließ sich rücklings fallen in das Moos und zwischen Farne, schob einen Arm unter den Kopf, den andern legte sie wie einen Halbmond neben sich. Ihre Hand war weich und offen, ihre Augen schlossen sich. Das Bein, das angewinkelt war, schien sich kaum merklich zu bewegen.

Welf zögerte. Er wollte nicht ... ganz sicher nicht ... Es war, als würde er gezwungen. Wie von alleine beugte er sich über sie.

Sie fühlte seine Hand auf ihrer Schulter, sie fühlte seinen Atem näher kommen. Ohne ein Glied zu rühren, sagte sie: »Wagt's ja nicht!«

Seine Hand wanderte zu ihrem Hals hinauf, als wolle er ihr

an die Gurgel. Roh umfaßte er ihren Kiefer und drückte ihren Kopf zur Seite. »Wenn ich Euch wollte, hier und jetzt, wie, glaubt Ihr, könntet Ihr mich hindern?«

Weder zuckten ihre Lider, noch öffneten sie sich. Auch hörte sie nicht auf zu lächeln.

Welfs Finger schlossen sich jetzt fester um ihr Kinn. Er lag schon halb auf ihr. »Ohne Eure Getreuen seid Ihr mir ausgeliefert. Wenn ich wollte, könnte ich Euch töten.«

Seine Hand glitt zu ihrem Hals zurück. Ihr Blut pulsierte unter seinen Fingern.

»Ihr habt recht«, entschlüpfte es ihm rauh und heiser. »Es drängt mich mehr, zur Dirne Euch zu machen, als Euch umzubringen.«

Johanna schlug die Augen auf. So nah war Welfs Gesicht dem ihren, daß sie einander nur verschwommen sahen.

Seine Männerhand, groß, braun und kräftig, rieb ihren schmalen, weißen Hals. Sein Atem ging gepreßt.

Auf einmal fing Johanna an zu lachen. Sie lachte laut und glucksend, sie lachte jung und triumphierend.

Welf ließ sie los und fuhr zurück.

Sie lachte weiterhin, als habe er ihr eben das beste Schelmenstück erzählt, von dem sie je gehört hatte. Als sie sich aufsetzte, brach ihr Gelächter ab. »Seht Ihr«, sprach sie mit leisem Spott, »*so* kann ich Euch ernüchtern.«

Hell stand der Vollmond überm Wald. Es war lau, die Luft roch würzig. Die Grillen zirpten laut, in weiter Ferne quakten Frösche, sonst war es still. Die Welt schlief tief. Nur eine schlief noch nicht. Das war die schwarze Trud, sie lief auf eine Lichtung zu.

Bei sich trug sie einen Haselstab, den sie im Augenblick des Sonnenaufgangs von einem jungfräulichen Strauch geschnitten hatte, dann einen Blutstein, der der alten Müllerin gehörte, zwei frisch geweihte Kerzen, zwei Kränzlein ganz aus Eisenkraut, zwei Feuersteine, ein Bündel Weidenholz, Weihrauchersatz und Kampfer.
Als sie den Platz erreichte, wo Welf sich ihrer seinerzeit bedient hatte, entledigte sie sich der schweren Last ihres Gepäcks und schnaufte schwer. Aus Augen, die nur noch Pupillen waren, sah sie sich nach allen Seiten um.
Das Gift der Tollkirsche tat seine Wirkung. Trud war sehr wach, wacher als je vorher in ihrem Leben, und doch seltsam benommen. Ihr deuchte fast, als wäre es nicht sie, die jetzt hier stand, als wär' es eine andre, der sie aus einem Traume zusah.
Doch keine Zeit vertun!
Sie riß Unkraut, Gras und Wurzeln aus dem Boden, bis nur die nackte Erde blieb. Dann zog sie mit dem Blutstein einen Kreis. Ein Dreieck, dessen Spitzen das Rund leicht überragten, malte sie hinein. Darunter ritzte sie dreimal das Kreuzzeichen. Und während sie dies tat, während sie die Kränze aus Eisenkraut in die rechte und die Kerzen in die linke Dreiecksspitze stellte und die Weidenzweige aufeinanderschichtete, murmelte sie in einem fort: »Dich, großer und mächtiger Adonay, Beherrscher aller Geister, flehe ich an, und dich, o Eloim, und dich, Jehova! O großer Adonay: Dir weihe ich meine Seele, mein Herz, meine Eingeweide, meine Hände, meine Beine, meine Seufzer und mein ganzes Sein und Wesen! O großer Adonay, sei mir hilfreich und gnädig! Amen.«
Als sie die Stätte der Beschwörung vorbereitet hatte, schlug

sie aus den Feuersteinen eine Flamme, steckte die Kerzen damit an und entzündete den Stoß aus Weidenholz. Ihre Benommenheit nahm im gleichen Maße zu, wie ihre Klarsicht wuchs. Sie wähnte sich getrennt von ihrem Leib, sie wähnte sich sehr groß und übermächtig.

Gestern hatte sie ein Zicklein für diese Nacht geschlachtet und mit demselben Messer, an dem des Tieres Blut noch klebte, beim ersten Sonnenstrahl den Zauberstab geschnitten. Was die alte Müllerin ihr aufgetragen, hatte sie getan. Das greise Weib, seit eh und je im Bunde mit dem Teufel, wußte um sämtliche Geheimnisse und würde sie nun weitergeben an die Trud, an ihre Schülerin. Vorher, so ging die Mär, könne sie nicht sterben.

Trud hob die Hände hoch zum Himmel und betrat den Kreis. Vor ihr war das Feuer, hinter ihren Füßen schützten sie die Kreuzzeichen vor einem Überfall des Bösen.

»Komm, Satanas, komm!«

Sie warf zerbröseltes Harz und Kampfer in das Feuer, das sie schürte mit dem Haselstab, sehr vorsichtig, damit er nicht verbrannte. Dann streckte sie die Arme und den Stab gen Himmel und entsann sich, was sie so mühsam eingelernt: »Kaiser Luzifer, Fürst und Gebieter rebellischer Geister, ich flehe dich an, deine Wohnstatt zu verlassen, in welchem Teile der Welt sie sich auch befinden möge, hierherzukommen und mit mir zu sprechen! Willst du aber meiner Bitte nicht Gehör schenken, so befehle ich dir und beschwöre ich dich im Namen des großen und dreieinigen Gottes, des Vaters, des Sohnes und des Heiligen Geistes, augenblicklich hier zu erscheinen und mir zu dienen und wahr zu machen, was ich verlange, o erhabener Vater der Lüge! Kommst du nicht gleich, so werde

ich dich zwingen kraft der Macht des großen Adonay, Eloims, Ariels und Jehovas und aller anderen höheren Geister, welche dich wohl bändigen und zum Gehorsam zwingen werden. Erscheine, Luzifer, erscheine! Gehorche, Luzifer, gehorche!«
Trud schloß die Augen. Sie lauschte und war wie im Rausch. Als sie die Augen wieder öffnete, war ihr, als sei hoch über ihr eine Erscheinung auszumachen, doch was sie zu gewahren glaubte, verschwamm und löste sich allmählich auf.
Und so erhob die schwarze Trud zum zweiten Male ihre Stimme: »Ich beschwöre dich, Luzifer, zu erscheinen, ich beschwöre dich bei der Macht des großen Adonay, bei Eloim, bei Ariel und Jehova, bei Agla, Tagla, Mathon, Carios, Almusin, Arios, Membrot, Verios, Pythona …« Hier hielt sie inne. Der nächste Name fiel ihr nicht mehr ein. Sie ließ ihn einfach aus, um fortzufahren: »… bei Cabost, bei Salamandreo, bei Tubot …« Noch allerlei andere Bezeichnungen rief sie in die Nacht, jene mischend, die sie die alte Müllerin gelehrt, und solche, die wie von allein den Weg aus ihrem Munde fanden, gerade so, als erinnere sie sich eines alten Wissens, das nicht gelernt zu werden braucht.
Abermals schloß sie: »Erscheine, Luzifer, erscheine! Gehorche, Luzifer, gehorche!«
Als sie, den Kopf im Nacken, die Lider hochschlug, da sah sie gelbe Augen, die wie Feuerbälle glühten, und schließlich ein Gesicht, kaum zu erkennen.
Trud keuchte: »Ja, du bist es, Luzifer, Fürst der Hölle! Bei deinem Namen schwöre ich dir unverbrüchlich Treue. Ich schwöre, mich dir zu ergeben, ich schwöre, von Stund an deinen Willen zu tun, ich schwöre, dir zu gehören bis ans Ende meiner Tage!«

Die Augen vor ihr, mächtigen Lichtern gleich, starrten sie an. Das Bild begann zu tanzen, es glitt hierhin und dorthin, manchmal verschwand es ganz, um gleich darauf neu zu erstehen.
»Töte ihn!« stieß Trud hervor und entblößte ihre Zähne wie ein Wolf, der eine Beute wittert. »Welf von Richen ist es, den ich tot sehen will. Reiß ihn in Stücke, Luzifer!«
Auf einmal war ihr übel. Ihr Magen wollte sich entleeren. Es war, als drehe sich der Erdenkreis um sie. Der Wald schien erst sie zu umschleichen, danach sie zu umjagen. Die gelben Augen kamen ihr so nah, daß sie zurückschreckte und aus dem Schutzkreis stolperte. Ihr war, als würfen Wellen sie umher, als werde sie von einer Seite zur anderen gebogen, als hebe sich der Boden unter ihren Füßen, um mit ihr sein Spiel zu treiben.
Noch einmal würgte sie hervor: »Luzifer, gehorche! Töte Welf von Richen!«
Dann brach sie ohnmächtig zusammen.

Schwarz stand der Wald vor roten Schlieren. Die Sonne sank hinein. Es roch nach letztem Heu und Spätsommer. Die Nächte wurden bereits kühl. Abendstille legte sich über Burg und Hof. Es brüllte kläglich eine Kuh. Die Magd, die melken lernte, preßte das Euter viel zu hart. Die Zwingerhunde lagen ausgestreckt und gähnten.
Kilian beugte sich beim Brunnen über einen Bottich und wusch sich Hals, Gesicht und Arme. Bei ihm war Trud, die leise mit ihm sprach, wozu er nickte.
Ursula trat aus der Kapelle – sie hatte dort zwei Stunden im Gebet verbracht –, um auszuschauen nach Welf, der zur Jagd

geritten war. Er hatte niemanden mitgenommen. Seit Stunden wurde er zurückerwartet.
Ursula wartete auf ihren Eheherrn ohne Freude, mehr aus beginnender Gewohnheit. Es lag ihm nichts an ihr – sie aber hatte Angst vor ihm. Barsch war er gegen sie, vor allem aber gleichgültig. Aufmerksamkeiten ließ er ihr nicht im geringsten angedeihen. Sie hatte noch kein gutes Wort von ihm bekommen, seit sie auf Richen war. Auch vorher nicht. Denn nicht bei ihr, allein bei ihrem Vater hatte er um sie geworben. Kühl und nüchtern war er gegen sie gewesen. Und dennoch fühlte Ursula: So war er nicht. Grausam fand sie ihn und leidenschaftlich, doch galt ihr weder seine Grausamkeit noch seine Leidenschaft, wofür sie Gott im Himmel dankte. Fast war sie froh darüber, daß ihr Gatte sie nicht liebte, denn seine Liebe hätte sie zermalmt. Welfs Liebe, würde jemals sie entbrennen, war nicht von linder Art, nicht sehnend, warmen Herzens, bereit auch zu verzichten, Welfs Liebe würde lodern einer Flamme gleich, die alles um sich her verbrannte.
Nur zu denken an eine solche Liebe erfüllte Ursula mit Abscheu – mit Neugier aber auch! Bloß einen Zipfel wollte sie davon erhaschen, um zu erfahren, wie sich's anfühlte … Erschreckend über diesen Wunsch, schlug sie dann jedesmal das Kreuz.
Aus der Küche roch's nach Rauchfleisch, das gesotten wurde. Essenszeit. Wo Welf nur blieb?
Ursula, die gute Hausfrau, verbot aufzutragen, bevor ihr Eheherr zurück von seinem Ausflug war.
Derweilen stand Johanna, wie sie's gerne tat, oben auf dem Turm und ließ den sanften Wind in ihren Haaren spielen. Nur um nicht untätig zu sein, hatte sie Stunden damit zugebracht

zu sticken: Kissenbezüge, Hemden, Borten … bloß keinen Müßiggang, bloß keine Zeit, Verlornes zu betrauern!

Sie schüttelte die Hände aus, die ihr ganz starr geworden waren, und spürte, daß sich Wig an ihren Rockschoß klammerte. Er schwatzte Sätze, die sie nicht verstand. »Ja, ja«, war alles, was sie dazu sagte.

Als fern am Waldesrand ein Reiter auszumachen war, dachte sie voller Spott: Nun denn, es kann gegessen werden! Dann aber dünkte sie das Bild vor ihren Augen sonderbar.

Wig streckte seine Arme zu ihr auf. Er wollte hochgehoben werden. Johanna schob ihn fort, legte ihm aber zur Besänftigung die linke Hand auf seine rechte Schulter. Greinend verlangte er, an ihren Hals zu kommen. Johanna tat, als höre sie ihn nicht.

Da kam Welfs Brauner! Doch Welf saß nicht aufrecht im Sattel, er hing vielmehr kopfüber in seines Pferdes Mähne. Der Gaul schien jetzt zu straucheln: Unsicher und behäbig setzte er Huf vor Huf. Dabei schleppte er an keiner schweren Last: Erlegtes Wild war ihm nicht aufgeschnürt.

Als Johanna in den Hof hinunterschaute, war Ursula zum Fallgitter geeilt, wo sie sich an einen Seitenpfosten lehnte, als suche sie nach Halt.

Sie flüsterte: »Da ist etwas passiert!«

Trud und Kilian traten hinter sie. Wer die drei so starr verharren sah, gesellte sich dazu. Bald sammelte sich eine Menschentraube um das Fallgitter.

Das Pferd kam mühsam nur voran, es lahmte, es drohte einzuknicken.

Johanna packte Wig – er war nun schon recht schwer – und ging mit ihm hinunter in den Hof. Abseits der andern blieb sie zwischen Brunnen und Zisterne stehen. Obwohl Wig heftig protestierte, setzte sie ihn ab.

Ursula klagte: »Großer Gott!«

Nur Baldur eilte raschen Schrittes seinem Herrn entgegen. Er faßte in das Zaumzeug, sah hoch zu Welf und sprach mit ihm. Da keine Antwort kam, führte er den Gaul den Wall hinauf. Der Braune brach auf halbem Wege zusammen. Welf rutschte seitwärts in den Staub.

Als wäre jetzt ein Bann gebrochen, stürzten all jene, die eben noch am Tore festgenagelt schienen, zu ihm hin. Wer Beine hatte, der benutzte sie. Ein Mordsgeschrei hub an.

Vier Männer hoben Welf empor, um ihn in den Hof zu tragen, vorbei auch an Johanna, die ihren Augen kaum zu trauen wagte.

Lebte er noch?

Die Kleider hingen ihm zerfetzt am Leib, kein Körperteil schien heil geblieben, über und über war er voller Blut.

Ursula stöhnte: »Oh, mein Gott, mein Gott!« Und jemand rief: »So hole einer doch den Bader!« Ein anderer verlangte: »Auf, die Tür!«

Welf wurde in die Burg gebracht. Da verliefen sich die Gaffer, und Baldur sattelte sein Pferd und ritt ins Dorf hinunter. Im Hof zurück blieben nur Trud und Kilian und Johanna mit dem Kind.

Aus glasigen, entrückten Augen sah Trud Johanna an.

»Die Geister haben mir gehorcht«, stieß sie hervor. Kilian, auf dessen Nase die Dornenspur vom Mitgiftüberfall noch gut und deutlich sichtbar war, schaute nun ebenfalls Johanna ins Gesicht.

»Die Geister?« Wovon war die Rede?

Truds Lächeln schien aus einer andern Welt zu kommen. »Ich hab' sie heute nacht beschworen. Sie hörten mich und dienten mir. Er wird verrecken.«
Kilian knuffte sie in die rechte Seite. Das Kind in ihrem Bauche regte sich. Sie war schon wieder schwanger, jetzt zum viertenmal. Den letzten Knaben hatte sie weit vor der Zeit geboren; nur eine Stunde hatte er gelebt. Davor das Mädchen war gleich tot zur Welt gekommen. Ein Fluch lag wohl auf ihrem Leib.
»Geschwätz!« zischte Johanna. »Deine Geister haben mich zu oft im Stich gelassen! Aberglaube, nichts als Aberglaube!«
»Bis ins Land der Heiden hat die Kraft des Zaubers nicht gereicht«, behauptete Trud trotzig und wieder sehr von dieser Welt. »Das sagt die alte Müllerin, die es ja wissen muß. Es war auch nicht der rechte Zauber.«
»Sagt auch die alte Müllerin, nicht wahr? Wenn nichts passiert, so war es eben nicht der rechte Zauber.«
Trud schürzte die Lippen und starrte ihre schmutzig-schwarzen Füße an. Ihr Bauch war schon so dick, sie sah nur noch die Zehen.
»Es war doch Euer Wille«, flüsterte Kilian und blickte sich im Hofe um, unruhig prüfend, ob auch niemand lauschte.
Tonlos fuhr Johanna auf: »Soll ich auf Hexenwerk vertrauen? Und du, hast du dich zu beklagen?«
Kilian glotzte blöde wie noch nie.
»Hat er dir bloß ein Haar gekrümmt?« befragte ihn Johanna.
Trud murmelte: »Er hat sein Geld ja wieder!«
Da brauste Kilian auf: »Soll ich ihm auch noch dankbar sein?«
Johanna hob gebieterisch die Brauen. »Ich hab' dich immer

gut entlohnt – dich und die andern auch«, erinnerte sie ihn. »Drum halte jetzt dein Schandmaul!«
Nie vorher war sie ähnlich grob mit ihm verfahren. Er öffnete den Mund, er wollte ihr entgegnen, dann überlegte er sich's anders. Er preßte seine Lippen aufeinander und dachte eine Weile nach, bevor er zu Johanna sagte: »Ist er erst tot, ist Richen Euer. Alles wird sein, wie es gewesen ist. Das ist doch, was Ihr wollt: die Burg, das Land, die Höfe! Und Spielleute zuhauf! Auf halbem Weg die Waffen strecken und all die Toten ganz umsonst geopfert: Das kann nicht Euer Ernst sein!«
»Stirbt Welf, dann herrscht die Schayrin, seine Frau!« knurrte Johanna. »Begreifst du nicht: Wär's uns gelungen, seine Mitgift zu erbeuten, hätten wir ausziehn können, uns ein eignes Lehen zu erwerben. Nun: Es ging schief. Es war nicht Gottes Wille.«
»Ihr gebt Euch denn in Schicksalshand?« Vor Fassungslosigkeit erstarrte Kilian. Trud runzelte die Stirn. Was aus der Richenburg, was aus den Ländereien wurde, bekümmerte sie nicht. Einzig, daß Welf ins Gras biß, war ihr wichtig.
»Es ist so, wie es ist«, beschied Johanna beiden, ehe sie Kilian ins Gedächtnis rief: »Ergeht es dir nicht wohl? Bist du nicht freier als so mancher Freie? Was fehlt dir, was begehrst du auf? Und du, Trud, warum blickst du gar so finster? Hat Welf dir denn ein Leid getan, seit er zurück ist aus dem Heiligen Land?«
Trud dachte recht verärgert: noch nicht. Doch was nicht ist, kann werden.
Kilian setzte dazu an, Johanna zu gemahnen, wie sehr sie sich Welfs Tod gewünscht, sie aber fiel ihm rasch ins Wort: »Ich mag jetzt nichts mehr hören!«

So ließ sie Trud und Kilian stehen.
Wig lief ihr in die Halle nach, wo sie auf Luitgard traf, der sie den Knaben übergab. Danach stieg sie hinauf ins Eheschlafgemach, das jetzt Welfs Krankenlager war.
Die Tür stand gänzlich offen. Gesinde drängte sich davor. Ursula, Leonore und eine junge Magd versuchten, Welf seiner Kleider zu entledigen, was hieß, die rotgetränkten Fetzen Stoff von seiner Haut zu lösen. Ursula rief nach heißem Wasser, nach Tüchern, Kampfer und Kamillenblüten, nach einem Messer, nach Johanniskraut.
Johanna schob sich durch die Leibermenge. Es wurde ihr der Eintritt nicht verweigert. Was sie dann sah, war wirklich arg: Welf blutete aus vielen Wunden. Sein rechter Arm war aufgerissen bis aufs rohe Fleisch. Auch in der rechten Schulter, oberhalb der rechten Lende und in beiden Beinen klafften Spalten, aus denen dunkelrotes Blut in Schüben quoll und Laken, Hände und die Kleider derer näßte, die ihm zu helfen suchten.
Welf schwitzte kalten Schweiß vor Schmerz.
»Wölfe«, fing er an zu stammeln, »ein ganzes Rudel … sechs, acht … vielleicht auch zehn … Ich hab' sie nicht gezählt …«
Leonore zog ein Stück von seinem Wams aus seiner Seitenwunde. Sein Gesicht verkrampfte sich zu einer Fratze. Er wollte schreien, er verkniff es sich mit aller Macht. Ein Laut der Unterdrückung war zu hören.
Einer von denen an der Türe flüsterte: »Ameisensaft, das wäre gut.« Ein anderer vermeinte: »Besser sind Würmer. Bei Vollmond aufzulesen, in Brot zu backen, den Saft, der dann entsteht, auf die Wunde träufeln: So muß man's machen!« Ein dritter schlug gar vor: »Erde. Geweihte Erde auf den Leib!«

Und ein vierter: »Nein, Sauerampfer … oder gut verkochte Blutwurzeln!«
Ein altes Weib sprach eine Litanei: »Ich sehe offene Wunden. Durch die heiligen fünf Wunden und das kostbare Blut werden die Wunden wieder gut …«
»Wölfe … um mich her nur noch Wölfe«, keuchte Welf.
Ursula, der beinahe die Knie wegbrachen, so verstörte sie das viele Blut, sagte, so ruhig sie konnte: »Redet nicht, Gemahl! Strengt Euch nicht an!«
Das alte Weib murmelte in einem fort: »Durch die heiligen fünf Wunden und das kostbare Blut …«
Die Bademagd brachte ein Schaff mit heißem Wasser, dazu Leintücher, frisch gewaschen und dennoch eher grau als weiß, eine andre Weibsperson Kampfer, eine dritte Büschel von Sauerampfer, ein kleiner Bub ein Messer. Leonore schob das Messer unters Bett. Dort sollte es den Schmerz zerschneiden. Ursula tauchte eins der Tücher in das Wasser und stöhnte dann: »Wo sind denn die Kamillen?« Vorsichtig und ohne Nutzen umtupfte sie die Wunden. Das ganze Bett war eine rote Lache.
»Ihr müßt den Arm verbinden. Sofort. Sonst verblutet er«, mischte sich Johanna ein.
»Ja«, gab Ursula ihr recht, schaute sie jedoch an, als habe sie sie nicht verstanden.
Johanna trat nun vor. Sie riß die Leintücher in Streifen. Danach begann sie, Welfens Unterarm straff zu verbinden. Welf schrie kurz und abgebrochen, dann drehte er den Kopf zur Seite. Seine Zähne mahlten aufeinander. Es kostete ihn seinen ganzen Willen, nicht loszubrüllen wie ein Stier.
Johanna machte sich beherzt ans Werk. Sie merkte, daß

Welfs Antlitz unter seiner Sonnenbräune so weiß geworden war wie jene Tauben, die Dankward einstmals ihr geschenkt hatte.
»Der Gaul … Er trat in eine Schlinge«, würgte er trocknen Munds hervor.
»Eine Kompresse an die Seite!« befahl Johanna Ursula, die ohne Zögern eins der kleinern Tücher dreifach faltete und ihren Blick erschrocken hob, als sie Johanna sagen hörte: »Er muß sich aufsetzen.«
»Unmöglich«, widersprach ihr Leonore.
Johanna wies die Schayrin an: »Helft mir, Frau Ursula!«
Zusammen stemmten sie Welfs Oberkörper hoch. Sogleich hielt Leonore den Stoffwust an die Schulterwunde, die sich hinabzog bis zur Brust. Die Magd riß hastig Tuchstreifen. Leonore griff einen nach dem anderen, um Welf unter den Achseln zu umwickeln. So wurde die Kompresse fest geschnürt.
»Fester!« zischte Johanna Leonore zu. Welf röchelte, es wurde ihm schon schwarz vor Augen. »Vermaledeit, Frau Leonore! Fester, hört Ihr nicht!«
Ursula, überströmt von Schweiß, flüsterte: »Das hält er doch nicht aus!«
»Hielte er leerzubluten besser aus?« versetzte ihr Johanna ungerührt, bevor sie Leonore anfauchte: »Das ist nicht straff genug! Bindet noch eine Lage! Beeilt Euch, es ist viel zu tun!«
Sie mußte Welf mit allen Kräften halten. So gut sie konnte, half ihr Ursula dabei. Welfs Leib bäumte sich auf und zuckte. Er war nicht länger Herr der eignen Glieder.
»Wilfrevel«, hauchte er, als man ihn wieder in die Kissen

legte. »Die Schlinge ... Sie war ... nicht von mir ... Der Gaul ... trat rein ... Er stürzte, ich mit ihm ... Und ehe ich ... imstande war ... mich zu befreien ...«
Johanna verband ihm schon das linke Bein, worin der Riß viel tiefer klaffte als im rechten, das Ursula behutsamer versorgte.
»Die Wölfe waren ... sofort da ... wie aus dem Nichts erschienen sie ... Dabei ist Wild genug im Wald ... Sonst wagen sie sich nur an Menschen ...« er stöhnte auf »... wenn sie ... am Verhungern sind! Der Gaul entkam ... und ich ihm nach ... die Wölfe hinter mir ... Sie packten mich ...« Atemschöpfend hielt er inne. »Sie packten mich am Arm ... dann an den Beinen ... An jedem Bein hatte ich einen ... Zwei oder drei erschlug ich ... Ich hieb ihnen die Köpfe ab ... Sie waren rasend, waren toll ... Einer verbiß sich ... Er ließ nicht ab von meiner ... Schulter ... Dann, endlich ... Ich bekam den Gaul zu fassen ... Ich schaffte es mit Mühe in den Sattel ... Gott sei Dank ging das Pferd nicht durch ... Es war ja auch ... schlimm zugerichtet ... Ich weiß gar nicht ... wie ich da rausgekommen bin ... Erst als der Wald dann lichter wurde ... blieben sie zurück ... Auf einmal waren sie ... verschwunden ... Es war ein böser Spuk ... ein böser Spuk ...«
Johanna prüfte die Kompresse an der Schulter. Am besten wär's gewesen, den Preßverband hinabzuwickeln bis zur Lendenwunde. Die schien jedoch nicht tief zu sein. Die Haut war nur geritzt, als sei dort eine Klaue, die sich festkrallen wollte, abgeglitten. Johanna legte eine Tuchschicht drauf. Das würde sicher reichen.
Auf einmal faßte Welf nach ihrer Hand. »Habt Ihr damit zu tun?« forschte er schluckend.

Sie sah ihm ins Gesicht, doch zeigte ihre Miene keine Regung. »Legt Euch zurück!« sagte sie ruhig. »Ihr müßt mit Euren Kräften haushalten!«

Seine Hand war kalt und feucht – Johanna zog die ihre fort. In Strömen rann der Schweiß ihm von der Stirn und aus den Achselhöhlen.

»Wolle müssen wir verbrennen«, schlug Leonore vor. »Das wird den Brand verhindern.«

»Bitte, was?« Johanna winkte ab. »Das verpestet nur die Luft und macht das Atmen schwer. Wenn die Wunden schwären, versuchen wir's mit Sauerampfer. Zunächst ist eines wichtig: Er darf auf keinen Fall mehr Blut verlieren. Und die Verbände dürfen nicht mit seinem Fleisch verkleben. Ist der Blutfluß eingedämmt, müssen wir sie wechseln.«

Niemand wagte den geringsten Einwand. Es galt wieder Johannas Wort.

Den Umstehenden befahl sie jetzt: »Hinaus mit euch! Herr Welf braucht Ruhe. Ihr bleibt bei ihm, Frau Ursula, und Ihr auch, Leonore! Deckt ihn gut zu und ruft mich, wenn er fiebert!«

»Aber … er fiebert ja!« schluchzte Ursula, kurz davor, jegliche Selbstbeherrschung einzubüßen.

Zuerst der Kampf um Richen, auf dem Brachland, seither »der Blutacker« genannt, dazu die Toten und die Sterbenden, die Siechen und der Groll derer, die noch lebten, sie mittendrin, dazu verdammt, die Leiden nicht nur zu ertragen, sondern sie zu lindern, Fäulnisgeruch zu atmen, der Eiterpestilenz zu trotzen … Und jetzt noch dies! Weit ging das alles über ihr Vermögen.

»Sein Körper fiebert nicht, nur sein Gemüt«, erwiderte Jo-

hanna, die seine Stirn befühlte, denn, in der Tat: Welfs Zähne klapperten bedenklich.
Johanna wandte sich zum Gehen. Mehr konnte sie nicht tun. So überließ sie Ursula sich selbst und auch der Obhut ihrer Zofe und schritt hinaus. Allein im modrig-finstren Zwischengang, atmete sie mehrmals durch. Dann stieg sie die in Stein gehaune Treppe hinunter in den Palas.
Auf ihren Wink hin wurde ihr Gesottenes gebracht und dazu Kraut und Brot und Eier. Kilian und Bartel setzten sich zu ihr, der Tafelrunde für dies Nachtmahl wieder angehörend. Johanna hätte beinah auf dem Stuhle Platz genommen, doch besann sie sich. Sie schlüpfte in die Bank. Luitgard, auf deren Schoße Wig, zu ihrer Linken, zu ihrer Rechten Kilian, ihr gegenüber Bartel, leerte sie zügig einen Becher Bier und gleich darauf den zweiten. Danach bediente sie sich aus der großen Schüssel. Sie hatte Hunger wie ein Wolf. Das Tischgebet ließ sie zur Überraschung aller aus. Stockend nur floß das Gespräch. Man unterhielt sich flüsternd – was in die Wölfe wohl gefahren war? – und schaute sich nur selten an.
Mitten in die Mahlzeit platzte dann der Bader mit dem Gehilfen an der Seite. Johanna hieß die Tafelnden, das Mahl auf keinen Fall zu unterbrechen. Sie selbst stand auf, um die zwei Ankömmlinge hinauf ins Ehegemach zu führen. Baldur stürzte hinterdrein.
Der Bader warf nur einen Blick auf Welf und suchte Heil im Aderlaß. Leonore wollte schon nach frischem Wasser, einem Messer und einer Schale für den Blutstrahl rufen, da kam Johanna ihr zuvor: »Kein Aderlaß! Mann, seid Ihr toll? Wollt Ihr ihn umbringen? Er hat ja kaum noch einen Tropfen Blut im Leibe!«

»Aber die schlechten Säfte, Frau Johanna! Die schlechten Säfte werden ihn vergiften.«
»Wenn einer schlechte Säfte hat, ist's nicht Herr Welf. Wißt Ihr uns keinen besseren Rat?«
»Habt Ihr die Wunden ausgebrannt?«
Johanna schüttelte den Kopf. »Das bringt den Tod am schnellsten«, sagte sie. »Ich habe viele an gebrannten Wunden sterben sehen.«
Der Bader widersprach: »An ungebrannten sterben noch viel mehr!«
Baldur neigte sich derweilen über Welf und redete ihn an, doch Welf gab keine Antwort. Er schlief, vielleicht war er auch ohnmächtig.
Ohne viel Federlesens verabschiedete Johanna nun den Bader samt Gehilfen: »Wenn Ihr am Ende seid mit Eurem Quacksalbern, so könnt Ihr gehen!«
»Aber …«
»Wollt Ihr verköstigt werden? Dann setzt Euch unten an den Tisch!«
Der Bader, schwer gekränkt in seiner Zunftehre, schielte nach Ursula, die auf der Wandbank kauerte und in den Boden starrte. Ein Beistand war von ihr nicht zu erwarten.
»Wollt Ihr die zwei nach unten wohl geleiten?« weckte Johanna sie aus ihrem Gram. Erstaunt hob Ursula den Kopf. Die Wolfingerin entschied: »Ihr seid erschöpft. Laßt mich bei Eurem Gatten weiterwachen!«
Und wieder fügte sich die Frau aus Schayern. Es kam ihr gar nicht in den Sinn, daß *sie* doch jetzt das Sagen hatte. Leonore aber dachte: Wie? Die Erzfeindin will bei ihm wachen? Gleichviel: Die Zofe wagte nicht, sich aufzulehnen. So blieb

Johanna eine ganze Nacht mit Welf allein. Sie ließ sich heißes Wasser und neue Leinenstreifen bringen, auch Kampfer, Sauerampfer und Kamillen, und schaute von der Wandbank her die meiste Zeit in sein Gesicht. In Abständen, die immer länger wurden, streckte Leonore ihren Kopf zur Tür herein, um nachzufragen, wie sich Welf befand. Der fing um Mitternacht zu fiebern an. Er zitterte am ganzen Leib und suchte sich zu wälzen, doch tat ihm jede Regung weh.
Johanna entfachte zu der einen Kerze, die schon brannte, fünf weitere aus Talg. Des Welfen Brand zu lindern, war sie hier. Also: ans Werk!
Vorsichtig schnitt sie die Verbände auf. Die Wunden bluteten, doch bluteten sie schwach. An ihren Säumen wuchsen Schorfränder – von wegen »schlechte Säfte!« –, getränkt von einer gelblichweißen Flüssigkeit, die mit dem Stoff verkleben wollte und da und dort schon arg verkrustet war.
Johanna löste nun die Tücher, indem sie sie mit warmem Wasser weichte. Die Stellen, die entzündet waren, besprengte sie mit einem Extrakt, den sie gemischt aus Wasser, Kampfer und Kamillenblüten. Darüber breitete sie Sauerampferstengel.
Frische Verbände schnürte sie um Arm und Beine. Welf wachte dabei auf, er stöhnte, sank jedoch zurück in quälend-heißen Schlaf. Über die Schulterwunde, die am tiefsten war, türmte sie neue Leinenlagen, doch sah sie davon ab, sie festzuwickeln. Welfs Schmerzen wären allzu groß gewesen; alleine hätte sie's auch nicht vermocht. Statt dessen legte sie ein Laken so zusammen, daß sie es über seine Brust gespannt, mit beiden Enden unter seinen Rücken schieben konnte. Erneut erwachte er, die Augen fielen ihm jedoch gleich wieder zu.
Ein guter Zauber war das, Trud …

Erst als der Morgen graute, begann Welfs Atem ruhig zu werden.
Johanna, die längst döste, schrak hoch, als sie nach Wasser ihn verlangen hörte. Sie füllte einen Becher aus dem Krug und trat an Welfens Bett. Die Kerzen um das Lager wollten schon erlöschen. Flammen, kurz davor zu sterben, erhellten sein Gesicht. Johanna stützte seinen Kopf mit ihrer linken Hand, und mit der rechten flößte sie ihm Wasser ein.
»Ihr seid wortbrüchig«, preßte Welf hervor, als sie ihn aufdeckte, um nachzusehen, ob neues Blut durch die Verbände sickerte.
Rote Ränder zeichneten sich ab. Erschreckend rot war nur das Laken. Seit Stunden schon lag Welf in seinem Blut. Das Bettuch war ganz steif davon geworden. Sobald es tagte, mußte es gewechselt werden …
Johanna tastete nach Welfens hochgewölbter Brust, zog mit der flachen Hand eine Gerade hinab zu seinem Nabel und fühlte, wie jung und straff sich seine Haut dort spannte. Jedoch: Sie war noch immer kalt und feucht. Johannas Hand hielt inne vor der Schambehaarung, die schwarz sich kräuselte. Seine Männlichkeit betrachtend, stutzte sie. Selbst jetzt, im schlaffen Zustand, sah sie prächtig aus …
Ludowigs Leib war von anderer Beschaffenheit gewesen, gelblich die Farbe, runzelig die Haut, der Brustkorb eingefallen, rippig, der Bauch weichlich und aufgequollen.
Welf beobachtete jene, die ihn pflegte. Johanna spürte es, deckte ihn wieder zu und forschte in Erinnerung seiner Frage: »Wortbrüchig? Ich?«
»Meintet Ihr nicht, daß Ihr keine Hand für mich rühren würdet, wär' ich an Eurer Stelle und wäret Ihr an meiner?«

»Ich bin jetzt nicht an Eurer Stelle.«
»Seid Ihr Euch dessen so gewiß?«
Er hatte sie am Handgelenk gepackt und zog sie näher zu sich her. Sie beugte sich zu ihm hinab, als hoffe sie auf ein Geständnis. Er sah ihr fest in ihre Bernsteinaugen.
»Wenn ich lebe, wünscht Ihr mir den Tod, doch will Gevatter Tod mich holen, so wünscht Ihr, daß ich lebe.«
»Ihr glaubt wohl, mich zu kennen?«
»Ich kenne Euch, Johanna, wie ich mich selber kenne.« Er mußte Atem schöpfen. Dann fügte er hinzu: »Wie's mir mit Euch ergeht, ergeht es Euch mit mir.«
Erhaben lächelnd, entzog sie ihm ihr Handgelenk. »Ihr sprecht im Fieber, Welf. Versucht zu schlafen! In kurzer Zeit wird Eurer Körper wieder beben. Nützt diese Stunde, um Euch zu erholen!«
Sie richtete sich auf und war dabei, sich abzuwenden, als Welf sie nahezu beschwor: »So wahr ich Welf von Richen bin, Johanna: Ihr werdet mich am Leben halten.«

NEUNTES KAPITEL
IM JAHRE DES HERRN

1149

Vier Wochen kämpfte Welf gegen den Tod. Das Fieber kam und ging, es brachte Krämpfe, Schüttelfrost und schauerliche Phantasiegespenster; es zehrte ihn fast auf.

Johanna band ihm täglich seine Wunden neu und gab ihm Zinnkrauttee und stark gebrautes Bier zu trinken. Sie wickelte ihn fest in warme, feuchte Tücher, sie breitete vom Hals bis zu den Zehen Deckenberge über ihn und ließ ihn gründlich schwitzen. Anschließend flößte sie ihm löffelweise heiße Brühe ein, in der Markscheiben schwammen.

Zweimal war Welfens Weib versucht, ihm ihren Beichtiger zu schicken, damit er wenigstens versehen mit den Sakramenten sterbe. Johanna wies sie beide Male ab. »Er wird genesen«, sagte sie zu ihr.

Doch hin und wieder fühlte es auch sie: Es wollte ihn die Kraft verlassen, sich gegen seine Schwäche aufzurichten. »Welf, hört Ihr mich?« bedrängte sie ihn dann. »Ihr braucht jetzt alles, was Ihr habt an Willen! Seid weiterhin der Mann, der Ihr ein Leben lang gewesen! Trotzt dieser Hand, die nach Euch greifen will! Welf, ich beschwör' Euch: trotzt!«

Er sprach in diesen Stunden wirr. Er *konnte* sie nicht hören. Allein, Johanna wußte: er hörte jedes Wort.

Nach neunundzwanzig Tagen sank das Fieber und flackerte nicht wieder auf. Anschließend schlief Welf vierundzwanzig Stunden durch. Danach verlangte er nach fester Nahrung und nach einem Bad.
Johanna ließ ihm Wildschweinbraten bringen und Brot und jenes stammwürzreiche Gagelbier, daß sie um seinetwillen hatte brauen lassen.
»Ein Bad kann ich Euch nicht gestatten«, sagte sie zu Welf. Ursula, Leonore und Luitgard waren auch dabei. »Vollkommen haben Eure Wunden sich noch nicht geschlossen, die Haut darüber ist recht dünn, doch werde ich Euch waschen lassen. Eßt langsam und kaut jeden Bissen mit Bedacht! Euer Magen ist entwöhnt, Eure Verdauung träg geworden.«
Welf nahm das Messer, welches sie ihm reichte, spießte damit die Bratenscheibe auf und sprach so gut gelaunt, daß alle, die zugegen waren, staunten: »Für eine Weile werde ich Euch noch gehorchen müssen.«
Von da an kam er schnell zu neuen Kräften. Johanna behielt recht: Er hatte gute Säfte.
Als er jedoch zum erstenmal versuchte, sein Lager ohne fremde Hilfe zu verlassen, da schwanden ihm beinah die Sinne, ihm wurde schwarz vor Augen. Sein Knappe sah's und lief herbei, um ihn zu stützen. Kaum stand Welf, war er so benommen, daß kalter Schweiß ihm aus den Poren brach. Ihm war, als ob der Boden unter seinen Füßen schwanke, als ob der Raum sich um ihn drehe.
Nach drei, vier Tagen war auch das vorbei.
Johanna war's, die Welf dazu ermunterte, allmählich seine Glieder mehr und mehr zu dehnen, damit die neue Haut, die

spannte und auch juckte, durch hastige Bewegung nicht zu reißen kam. Als er sie daraufhin befragte, woher sie so viel über Wunden und ihre Heilung wisse, erwiderte sie ihm: »Ich weiß nicht viel darüber. Ich denke es mir so.«

Die Tage flossen hin in ruhigem Gleichmaß. Seit Jahren hatte Richen solchen Frieden nicht gekannt. Am frohesten darüber war die Schayrin. Sie suchte immer wieder nach Gelegenheit, Johanna Dank zu sagen. Johanna mied ein solches Wort. Sprach Ursula sie an, so war sie freundlich, aber ohne Wärme. Und Ursula schwand dann der Mut.

Sie zögerte, sich selber zu gestehen, was sie seit langem wußte: Sie fürchtete Johanna. Johanna war wie Welf. In beiden schlummerte die Wildheit eines Löwen, den besser man nicht reizt. Und obendrein: Sich einem Löwen schwach zu zeigen war nicht gut, wie Leonore ständig wiederholte: Weiß er erst, daß er stärker ist, so schlägt er zu. Nur wer den Mut besitzt, ihn anzugreifen, kann seiner sich erwehren.

»Johanna zollt Euch keine Achtung«, wurde Ursula von ihrer Zofe eingeflüstert. »Sie tut, als wäre Richen ganz ihr eigen. Sie ist es, die befiehlt – und Ihr gehorcht! Wie schändlich das doch ist! Ihr müßt sie in die Schranken weisen!«

Ursula seufzte schwer. Sie wälzte diese Überlegung selbst im Kopf, seit Wochen schon. Was ihr jedoch zu handeln nötig schien, das schob sie vor sich her. Wenn mein Gemahl genesen ist, dachte sie still bei sich, werde ich ernstlich mit ihm reden. Doch würde Welf ihr beistehen? Gegen Johanna beistehen? War er nicht dieser Frau zu größtem Dank verpflichtet?

Ursula wog die Sache täglich von neuem ab. Am besten wär' es sicher, Johanna klipp und klar zu sagen: Ich bin die

Burgherrin! Ich entscheide, was zu tun und was zu lassen ist. Ich führe hier die Wirtschaft.

Noch immer war sie mit den Richener Gepflogenheiten kaum vertraut. Sie kannte ihre Bauern nicht, nicht einmal deren Höfe, und Kilian zog es ganz entschieden vor, *Johannas* rechte Hand zu sein, nicht ihre. So setzte Ursula sich eine Frist: Ist Welf erst gänzlich auf den Beinen, ist er der alte wieder, dann rupfe ich das Hühnchen mit Johanna.

Leonore schlug die Hände überm Kopf zusammen. »Dann ist es doch zu spät! Ihr müßt Johanna gleich die Macht entreißen – ehe Herr Welf dazwischengehen kann! Wer weiß, was sonst geschieht? Mag sein, er schlägt sich ganz auf ihre Seite.«

Das fürchtete auch Ursula, die voller Kindestrotz beharrte: »*Ich* bin sein Weib!« Dahinter bebte eine Mädchenseele, die mehr denn je das Kloster sich ersehnte.

Drei Wochen nachdem Welf zum ersten Male sich erhoben hatte, genehmigte Johanna ihm ein Bad. Ursulas Einwänden schenkte sie so viel Beachtung wie Bruder Gisberts Ansicht: »Der Wasserdampf wird ihn sehr schwächen!« – nämlich keine.

Während im Badehaus, einem Verschlag, der an die Küche grenzte, der Zuber vollgeschüttet wurde, auf zwei Kübel kaltes jeweils ein Kübel kochendheißes Wasser, prüfte Johanna, ob die Temperatur denn richtig sei.

Auch Ursula erschien im Bad, wußte jedoch nicht recht, was sie hier sollte. Leonore hatte sie geschickt. Die sah es so: Johanna hatte Ursula Welfs Pflege abgenommen und danach noch viel mehr. Sah's nicht so aus, als würde sie ihr selbst die Ehepflicht noch nehmen?

Ursula waren ihrer Zofe Ängste fremd. An den Pflichten einer Ehefrau lag ihr noch weniger als an denen einer Burgherrin. Und dennoch, Leonore hatte recht! Ließ sie die Sache zu sehr schleifen, würde sie auf Richen nie mehr Bedeutung haben als der Wandteppich, der in der Halle hing. Sie war Beiwerk, sie war Zierde. Niemand bedurfte ihrer. Und so versagte man ihr alle Achtung. Keine Achtung zu genießen bedrückte sie durchaus. Nicht stolzer als jedes andre Weib in ihrer Lage, besaß sie trotzdem den Geschlechterstolz der Schayrer. Eine Schayrin durfte sich von einer Wolfingerin niemals zur Seite schieben lassen!

Da ihr Aufenthalt im Badehaus eine Begründung forderte – so schien's ihr jedenfalls –, sagte sie zu Johanna: »Wenn Ihr hier fertig seid, begebt Euch bitte zu mir in die Frauenkammer!« Ihre Stimme zitterte. Konnte sie's wagen, so zu reden mit Johanna?

Johanna gab ihr keine Antwort und verzog auch keine Miene. Ihr Blick folgte der zierlichen Gestalt, die fluchtartig das Badehaus verließ. Die beiden Mägde, die das Wasser schleppten, grinsten einander an.

Dann brachte Baldur seinen Herrn. Welf stützte sich mit einem Arm auf seines Knappen Schulter, ließ jedoch los, als er Johanna sah.

»Wollt Ihr mir gar beim Bad behilflich sein?« fragte er wie im Scherz.

»Ich will nur sehen, wie Ihr es vertragt. Birthe wird Euch waschen. Seit wann seid Ihr vor mir verlegen?«

Er öffnete den Badeüberwurf – darunter war er nackt – und ließ ihn von den Schultern in Baldurs Hände fallen. Mit einem Achselzucken zu Johanna hin, hob er ein Bein über den Zuberrand. Stiche in der Seite und in der Wade fühlend, verzog er das Gesicht.

»Vielleicht wär' ich weit weniger verlegen, wenn Ihr den Zuber mit mir teilen würdet?« schlug er Johanna vor.

Die lächelte mit milder Nachsicht. Dann maß sie ihn von unten bis nach oben. Die Wunden waren gut verheilt. Geblieben waren rote, dort mehr, da weniger verdickte Ränder. Die größte seiner Narben streckte sich von seiner rechten Schulter über seine rechte Brust. Die Verletzung an der Lende sah nur noch aus wie eine leichte Schramme. Den linken Unterarm dagegen hatte es erwischt. Ganz deutlich war die Stelle auszumachen, wo die Wolfszähne sich verbissen hatten. Unter dem Hautsaum, wo das Fleisch wieder verwachsen war, bewegten sich die Muskeln ohne Not.

Über das linke Bein zog sich ein roter Wulst vom Knöchel bis hinauf zum Knie, wo er, nach oben schmäler werdend, sich nach innen wölbte. Das rechte Bein war fast wie unversehrt, die Narbe kaum als frische zu erkennen.

In den vier Wochen, während derer Welf gefiebert hatte, war er beinah bis auf die Knochen abgemagert. Jedoch Johannas Kur aus Bier, aus Met, aus Fleischscheiben mit Speckrändern, aus Milchbreien mit Hirse oder Gries, aus dicken Linsensuppen, zeitigte ihre Wirkung. Schmaler als früher, war Welf doch kein Gerippe mehr. Die Muskeln spielten fest und übermütig unter seiner Haut. Die vielen schwarzen Haare auf den Beinen, den Unterarmen, um die Brustwarzen: Sie wollten wieder zu ihm passen.

Während er ins Wasser glitt, langsam und vorsichtig, um sich dann wohlig darin auszustrecken und für drei Atemzüge gänzlich abzutauchen, schob ihm die Bademagd ein Brett mit Käse,

Brot und Wein über den Zuberrand. Baldur saß auf einem Hocker an der Tür, als habe er den Auftrag, über seinen Herrn zu wachen.
Birthe ging gleich daran, Welf einzuseifen. Der streckte ihr zuerst den einen, dann den andern Arm entgegen – den linken wagte sie kaum anzufassen – und ließ sich anschließend die Brust, dort, wo sie nicht verletzt war, schrubben.
Johanna schaute zu, als wäre eine Aufsicht nötig.
Plötzlich bemerkte Welf: »Wie es den Anschein hat, geht Eure Herrschaft über mich in nächster Zeit zu Ende.«
»Wie meint Ihr das?«
Baldur, das Kinn in beiden Händen, lauschte neugierig. Die junge Magd verteilte Seifenschaum auf Welfens Brust und spitzte ihre Ohren. Welf griff nach ihrer Hand und quetschte sie. Das Mädchen hielt den Atem an und regte sich nicht mehr.
»Ihr habt mir einen Floh ins Ohr gesetzt, Johanna«, sagte Welf. »Ich glaube gar, er sitzt Euch selbst im Ohr.«
»Was für ein Floh?« Gelassen kam sie näher. Sie blieb an Welfens linker Seite stehen und stützte sich mit beiden Unterarmen auf den Rand des Zubers.
»Habt Ihr mich immer keuschen Sinns berührt, als Ihr mich pflegtet?« fragte Welf.
Sie lachte ungläubig. »Was bildet Ihr Euch ein?«
Sie kannte jede Pore seiner Haut. Sie hatte ihn gewaschen und gesalbt mit frischen Ölen. Jede Sehne, jede Muskelbahn war ihr vertraut. Sie wußte, wie die Kuhle seines Schlüsselbeins sich anfühlte, wie die Gelenke seiner Schultern, seine Oberarme, seine Brust, die Armbeugen, die feste Wölbung zwischen Ellbogen und Handgelenk … Seine Schenkel hatte sie

berührt, seine Lenden, seine Männlichkeit, die sich mehrmals unter ihren Händen aufgerichtet hatte.
»Wißt Ihr, was mich am meisten freut?« wollte sie wissen.
»Ihr werdet es gleich sagen.« Er ließ die Hand der Magd nun los. Die rieb ihn sofort weiter.
»Daß es mir gelungen ist, Euch diesen Floh, wie Ihr es nennt, ins Ohr zu setzen. Und daß Ihr niemals haben werdet, worauf Ihr seither brennt.«
Baldur bohrte sich im Nasenloch und merkte es gar nicht. Die Magd fing an, in Welfens Haar zu wühlen. Welf wie Johanna war es einerlei, daß diese Unterredung Zeugen hatte.
Welf rieb sich mit der Hand die Nase, dann den Stoppelbart. Obwohl sich seine Nasenflügel blähten, so wühlte es in ihm, war jünglingshafter Übermut in seinen Augen.
»Ihr seid recht voreilig, Johanna«, sagte er. »Es kommt der Tag, da könnt Ihr lachen, bis über Eure Wangen Tränen rollen: Es wird Euch nichts mehr helfen.«
»So droht Ihr mir?«
»Nein. Ich geb' Euch ein Versprechen!«
Auf seinem Kopf war Schaum. Er ließ sich tief ins Wasser sinken. Wenig später tauchte er, laut prustend, wieder auf. Er streifte sich mit beiden Händen über sein Gesicht und schob sich dann das nasse Haar zurück. Er war verteufelt guter Laune.
Johanna stützte sich noch immer auf den Zuberrand. »Wie minniglich Ihr Euch zu unterhalten wißt«, sagte sie voller Spott, ehe sich die Linie um ihren Mund verhärtete. »Täuscht Euch nicht, Welf! Wir zwei sind nicht gut Freund. Nichtsdestotrotz habt Ihr mich vor der Schändung und dem Tod bewahrt. Ich hab' es Euch vergolten. Nun sind wir quitt. Und

jetzt, sofern es Euch gelüstet, bedient Euch Birthens. Ich habe mich mit Eurem Weibe zu bereden.«

Und so verließ sie ihn und ging zu Ursula.

Ursula war alleine in der Kemenate. In ihrer Hand hielt sie das Buch mit den Gebeten, die sie auswendig herzusagen wußte. Kaum war Johanna eingetreten, bot sie ihr Platz an auf der Fensterbank.

Johanna hatte sich noch nicht gesetzt, als Ursula begann: »Ich möchte Euch von Herzen danken, Frau Johanna. Ihr seid mir beigestanden, ganz wie eine Schwester.« Hier schluckte sie. »Ich weiß, Ihr haltet mich für schwach …«

Da sie nicht weitersprach, erwiderte Johanna: »Ich halte Euch für unerfahren.«

»Wie dem auch sei«, auf Ursulas Gesicht erschienen rote Flecken, »ich wünschte, wir könnten wahrlich Schwester füreinander sein. Ich lerne Euch verstehen und umgekehrt. Und niemals soll Unfriede herrschen zwischen uns.«

»Es herrscht auch jetzt kein Unfriede«, erwiderte Johanna.

Es war *doch* falsch! dachte sich Ursula, und ihre Finger rieben die Deckel des Gebetbuches. Ganz sicher hätte ich auf Leonore hören sollen!

Neben Johanna saß sie auf der Fensterbank. Johanna schwieg. Ursula lehnte sich zurück, als wäre sie erschöpft. Nach einer Weile holte sie ein Kissen vor, das sie in ihrem Rücken spürte. »Ihr habt dies Muster hier gestickt, nicht wahr?« fing sie von neuem an. »Es ist sehr schön. So meisterliche, feine Stiche zeugen von Geschicklichkeit …«

Während ihr Mund ein Wort nach dem anderen entließ, erschrak sie schon darüber. Sie demütigte sich ja! Sie demütigte sich vor Johanna!

Johanna sprach noch immer nicht.
»Ich … wollte Euch nur meinen Dank bekunden«, stammelte Ursula und fing zu schwitzen an. »Das hab' ich jetzt getan.« Sie senkte ihren Kopf. Die Rechte ums Gebetbuch krallend, knetete sie mit der linken Hand das bunt bestickte Purpurkissen. Feuerrot war ihr Gesicht geworden.
»Ihr seid sehr freundlich«, kam es endlich von Johanna, ehe sie sich erhob. »Doch was ich tat, war Christenpflicht. Daher bedarf es keines Danks. Genießt den Tag, Frau Ursula!«

Anfang November stieg Welf zum ersten Male wieder auf ein Pferd, mit dem er aber nicht zufrieden war, weshalb er mit dem Knappen losritt, um sich auf seinen Höfen nach einem prächtigeren Rosse umzutun. Am Abend kehrte er zurück, erschöpft zwar, aber freudevoll erregt. An seiner Seite ging ein Rappe, vielleicht drei Jahre alt, schnaubend und dampfend und voller Ungestüm, ein Hengst noch obendrein, mit einer federgleichen Zeichnung am linken Hinterbein.
»Wollt Ihr Euch das Genick brechen – zur Abwechslung?« empfing Johanna ihn im Hof.
Welf lachte nur, saß ab mit Schwung, den Schmerz in seinem linken Bein und in der Seite sich verbeißend, und flüsterte ihr zu, denn diese Sätze waren nur für sie bestimmt: »Sobald ich Euch besessen hab', bekommt Ihr von mir einen wunderschönen Schimmel. Ich habe ihn schon ausgesucht. Er ist so weiß, wie Eure Seele schwarz ist.«
Ein Liedchen pfeifend führte er die Pferde an Johanna hochvergnügt vorbei – er hinkte noch ein bißchen – und schob sich dabei ein paar seiner dichten schwarzen Locken aus der Stirn. Abseits stand Bruder Gisbert. Er schürzte seine Lippen. Was

gab es da zu tuscheln mit Johanna? Erst blickte er dem Weibe nach, das in der Burg verschwand, dann Welf, der schon die Stalltür aufzog. Enger und enger wurde der Sünde Schlinge. War Ursula denn blind und taub? Er mußte dringlich mit ihr reden.

Auch Kilian hatte seine Herrin mit Welf im traulichen Gespräch gesehen, so daß die Galle in ihm kochte. Das Weib an sich war wankelmütig, soviel wußte er, doch war Johanna nie »das Weib an sich« für Kilian gewesen. Er kannte sie als Königin, mannhaft und kühn und trotzdem schön, er liebte ihre Hoheit, ihre Würde. Und jetzt?

Sie war zum bloßen Weib herabgesunken! *Ihn* konnte sie nicht täuschen: Sie wünschte Welf nicht länger tot, lebendig wollte sie ihn haben!

In stummem Zorn ballte er beide Fäuste. Verriet sie denn nicht alles, was ihr heilig war, was heilig ihr auf jeden Fall *gewesen*? Verriet sie obendrein nicht die Getreuen, welche für sie gefallen, und jene, die ihr weiterhin ergeben waren?

Der Herbst begann die Bäume zu entlauben. Zugvögel scharten sich um ihre Wipfel, Raben saßen, ihr Gefieder plusternd, zwischen Ackerfurchen, es wurde kalt und ungemütlich. Regen wechselte mit Wind, Wind wechselte mit Regen. Wolkenmassen zogen übers Land und hüllten es in nasse Düsternis. Die Stürme, die nun losgelassen, wirbelten die letzten bunten Blätter fort. Es kam der erste Frost. Die Erde wurde hart.

Immer noch war es Johanna, die überwachte, ob der Zehnte einging, die Kilian schickte, ihn zu holen, würde er nicht von allein gebracht. Es war Johanna, die den Viehstall, baufällig geworden, abreißen und einen neuen an seine Stelle setzen

ließ. Es war Johanna, die von Händlern Stoffe und Gewürze kaufte. Es war Johanna, die in den Wirtschaftshäusern das Geschehen lenkte und anwies, was an welchem Tag zu tun sei. Es war Johanna, die sich mit Welf beriet und gnädig ihm »erlaubte«, nach Martini am Gerichtstag Recht zu sprechen.
»*Ihr* seid sein Weib – *sie* ist die Wittfrau seines Vaters und mehr nicht!« wurde Ursula von ihrem Beichtiger gescholten, und Leonore pflichtete ihm bei: »Es ist an Euch, jetzt einzugreifen.«
Nur drei Mittel kannte Ursula: fasten, weinen, beten. Wohlan: Sie fastete, sie weinte, und sie betete. Johanna aber aß sich satt, sie lachte, und sie sang zur Harfe, sie warf Welf kecke Worte hin.
Da ihr roter Schultermantel in »der Schlacht um Richen« zuschanden geworden war, ließ sie sich einen neuen nähen. Von da an wurde sie »das scharlachrote Weib« genannt, denn diese Farbe trug sie wie ein Wappen, wie ein Banner. Ob Kleid, Kinnbinde, bodenlange Ärmelschleppen, ob Schnabelschuhe, Mäntel, Edelsteine: Was Johanna anlegte, war flammend rot.
»Johanna kleidet sich gar prächtig«, wagte Ursula Welf vorzuhalten. »Und Ihr verwehrt Ihr nichts. Das ist nicht recht.«
»Ich würde auch Euch nichts verwehren, was Euch schmeicheln könnte, doch tragt Ihr lieber Violett und Schwarz und seid mir gar zu heilig«, bekam sie daraufhin zu hören.

Es war die erste Woche im Dezember, als Johanna hinüber nach dem Dorfe ritt, um vorstellig zu werden beim Gewandhändler. Sie gab ihm einen Überwurf in Auftrag, natürlich scharlachrot, besetzt mit Hermelin. Jawohl: mit Hermelin! Gar toll trieb es das scharlachrote Weib auf Richen!

Auf dem Weg zurück zur Burg kam Welf auf seinem neuen Rappen ihr entgegen. Der Rappe rollte mit den Augen und stieg vorn auf, als Welf ihn zügelte. Er war nur schwer zu bändigen und schwerer noch an einen Reiter zu gewöhnen.
»Wo habt Ihr Euch herumgetrieben?« rief Welf Johanna zu.
»Beim alten Meister Benedikt. Er soll mir einen Überwurf besorgen, der Säume haben muß aus Hermelin.«
»Womit?« Welf glaubte, sich verhört zu haben. Das stand ihr gar nicht zu! Das war ein Pelz, nur eines Königs, eines Kaisers würdig. Nicht einmal einem Pfalzgrafen war erlaubt ihn zu tragen. »Nun gut!« Welf lachte, zwei Reihen herrlich weißer Zähne zeigend. »Sollt Ihr haben! Was haltet Ihr von einem Wettstreit?«
»Ich streite gern!«
»Dann hört: Wer zuerst bei der Scheune an dem Grenzstein ist! Wenn ich gewinne, habt Ihr einen Kuß mir zu gewähren. Was wollt Ihr haben, solltet Ihr gewinnen?«
Johanna warf den Kopf zurück. Ihr Hals reckte sich lang und zart und weiß. Sinnend schaute sie empor zum Himmel. »Ich müßte Euer Haupt fordern!« gab sie, prächtig aufgelegt, zurück. »Da Ihr Euch weigern werdet, in den Handel einzuschlagen, fordre ich einen Schwur.«
»Und welchen?« Welf war unendlich guter Dinge.
»Ihr schwört, daß Ihr mich weiterhin auf Richen nach Gutdünken schalten laßt und walten. Ihr sitzt nur zu Gericht, den Rest, den überlaßt Ihr mir. Auch will ich meine Kemenate wiederhaben.«
Er überlegte gar nicht lang. »So soll es sein. Ich kann Euch dies und noch viel mehr versprechen, denn dieser Sieg ist mein. Es gilt! Dann los!«

Er gab die Sporen, sie desgleichen. Sein Hengst war ausgeruhter, wohl auch feuriger als ihre Stute, die sie gleichwohl seit Jahren gut beherrschte. Im Weg war ihr allein der Zeltersattel.
Dennoch gelang es ihr, Welf einzuholen. Sie führte schon, da sprengte er an ihr vorbei, seinen Triumph lauthals verschreiend. Gleich einem Pfeil ließ er sie hinter sich zurück. Nicht lang, dann war sie wieder ihm zur Seite, mehr noch, sie schoß davon. Drei Pferdelängen trennten ihn bereits von ihr. Da peitschte er sein Roß voran.
So ging es hin und her. Es schien, als wollten beide den Ausgang möglichst lange offenhalten.
Johanna war es leicht ums Herz wie lange Zeit nicht mehr. Die Tage des Weins und der Rosen … Ob sie denn wiederkehrten?
Sie langte fast schon an der Scheune an, als Welf ein letztes Mal an ihr vorüberpreschte. Er gewann!
Er zügelte den Gaul und machte ihn, kaum abgestiegen, an einem Holzpflock fest. Keine zwei Atemzüge nach ihm traf Johanna ein. Ihrer Stute frohgemut ins Zaumzeug greifend, keuchte er: »Und jetzt: der Kuß!« Er zog sie aus dem Sattel.
Johanna schnaufte schwer. Sie sträubte sich nur um des Sträubens willen. Und Welf umfaßte sie. Sein Mund suchte den ihren. Sie drehte ihren Kopf zur Seite und drückte ihren Körper von ihm weg. Welf suchte, ihr Genick zu packen. Sie biß ihn in die Hand. Er lachte, und sie lachte auch. Sie spielten miteinander.
Welf drängte sie ans Scheunentor, das dabei quietschend aufging. Während Johanna rückwärts stolperte, die Stute an den Zügeln mit sich ziehend, stieg Heugeruch in ihre Nase …

Hier war mit Dankward sie gewesen. Hier hatte sie ihn an den Topf mit Gold erinnert. Hier hatten sie den Regenbogen leuchten sehen …

Sie klammerte sich an den Zügeln fest. Die Stute wieherte. Johanna wurde schwindelig. Mit aller Wucht, derer sie fähig war, warf sie sich gegen Welf, stieß ihn aus der Scheune und kam mit ihrem Pferde nach.

Über ihren Köpfen flogen Krähen, klageschreiend und in Scharen. Ein Windstoß zerrte an Johannas Nackenzopf und löste feine Fäden.

»Laßt mich!« befahl sie Welf.

»Was habt Ihr denn?« Er spürte wohl, daß ihre Stimmung umgeschlagen war.

Johanna stemmte sich mit beiden Händen gegen ihn. Die Zügel zogen straff. Erschrocken auf der Stelle tretend, schnaubte das Roß und rollte mit den Augen.

Welf wand die Lederseile Johanna aus den Fingern. Sie wich zurück. »Das Spiel ist aus«, gelang es ihr zu sagen. Um ihre Kehle schien sich eine unsichtbare Hand zu legen. Welf umfing sie um die Mitte. »Erst löst Ihr eure Wettschuld ein!«

Sie bog sich weit zurück. Da beugte er sich über sie und küßte sie wie niemals vorher eine Frau. Er hatte überhaupt nicht viel geküßt in seinem Leben.

Johanna gab ihm nach. Ganz schwach hing sie in seinen Armen. Als er den Kopf hob, um sie anzusehen, war alles fort, was er in ihren Augen kannte. Da küßte er sie noch einmal.

Johanna spürte, daß sie sich vergaß. Sie *wollte* gar nicht widerstehen … Und trotzdem raffte sie die Reste ihres Willens auf. Sie wand sich, und sie bäumte sich, doch Welf hielt sie in Armen wie aus Eisen. Wieder trafen seine Lippen ihren

Mund, wieder tat seine Zunge ihr Gewalt. Johanna schaffte es, den Kopf zu wenden und hervorzuwürgen: »Nun aber ist genug!« Welf erwiderte ihr heiser: »Es wird niemals genug sein!« Schon hob er sie empor – sie schien gar kein Gewicht zu haben – und trug sie in die Scheune. Dort legte er sie überraschend sanft ins Heu.

»Lach doch!« zischte er mit fremder, aufgerauhter Stimme und warf zuerst den linken, dann den rechten Handschuh fort. Er öffnete die Fibel ihres Mantels, schälte Johanna aus dem Stoff, fingerte nach einem Spalt in ihrem Kleid, fand keinen und riß die teure Seide und auch das Hemd darunter mit einem Ruck entzwei.

»Lach!« drängte er sie heftig. »Du wolltest mich doch aufhalten mit nichts als einem Lachen!«

Sie wußte selber nicht, weshalb sie sich nicht wehrte. »Wenn Ihr das tut …« Er brannte ihr jetzt heiße Küsse auf den Hals. »Auf ewig wird's auf Euer Seele lasten!«

»Auf Euerer vielleicht!« Grob schloß sich seine Hand um ihre nackte Brust. Er tat ihr weh. Dann sagte er entschlossen: »Auf meiner sicher nicht!« und stülpte ihr den Rock über die Beine, die sie angewinkelt aneinanderpreßte.

Während er schon den Hosengürtel löste, drückte Johanna seinen Kopf empor: »Seht mich an, Welf! Seht mich doch an!« Seine Augen waren schwarze Feuer, sein Atem wehte wie ein Wind aus Süden. »Wenn Ihr mich jetzt zur Dirne macht … dann werde ich Euch töten!«

»Womit du mir auch drohst: Es hilft dir alles nichts, denn gleich gehörst du mir!«

Auf keinen Fall! gellte eine Stimme in Johanna auf.

Welfs Hosenlatz war offen, doch steckten ihm die Enden seines Hemdes zwischen seinen Schenkeln. Während er daran zerrte, ballte Johanna ihre ganze Kraft zusammen. Der Winkel war nicht gut – egal! Hart hieb sie ihm die Faust, in der ein Holzspalt steckte, den sie ertastet hatte, in seine rechte Schulter.

Welf stöhnte auf. Er fiel fast über sie. Er rollte sich zur Seite, wälzte sich. Es zuckte fratzenhaft durch seine Miene.

Johanna richtete sich auf. Sie sah, daß Welf sich krümmte und sich die Schulter hielt.

»Verdammt, verdammt!« kam es ganz atemlos von ihm.

»Habt Euch nicht so!« sagte sie kalt. Sie suchte, ihre aufgerissenen Kleider so zu ordnen, daß sie sich sehen lassen konnte vor der Welt.

Welf wiegte sich zur Seite und nach vorn. Er war doch sonst nicht so empfindlich … Wahrscheinlich war die Schulterwunde aufgeplatzt.

Johanna rutschte zu ihm hin und forderte ihn auf: »Laßt sehen!«

Er schüttelte den Kopf. Sein Antlitz war ganz weiß.

Sie griff nach seiner Linken und löste sie von seiner Schulter. Sein Wams war blutgetränkt.

»Verschwindet!« herrschte er Johanna an. Er wollte sich schon abkehren, da faßte sie nach seinem Arm. Als er sich nicht mehr gegen ihre Hilfe sträubte, riß sie ihm ihrerseits das Wams in Fetzen.

»So weh es tut, so wenig ist es schlimm«, stellte Johanna fest.

»Es geht schon wieder«, sagte Welf, den Tapferen hervorkehrend.

Johanna nahm die Enden seines Wamses und tupfte um die aufgeplatzte Stelle. Über der tiefen Wunde war die Haut gerissen und rot geworden um den Riß herum. Der war jedoch nicht tief und auch nicht lang. Ein Rinnsal Blut lief Welf die Brust hinunter.

Die Schmerzen ließen nach. Erleichtert und zu Atem kommend, lehnte sich Welf zurück. Für einen Herzschlag lang schloß er die Augen. Als er sie wieder öffnete, sah ihn Johanna an.

Dann fühlte er schon ihren Mund auf seiner Brust. Sie küßte ihm die Blutspur von der Haut. Ihre Hände glitten ihm unters Wams und faßten windhauchzart um seine Seiten. Ihre Lippen umkosten seine Brustwarze. Welf merkte gar nicht, daß er aufstöhnte. Er rührte nicht ein Glied – das, das sich rührte, tat es von allein.

Johanna war berauscht vom Duft, der seiner Haut entströmte. Sie wußte nicht mehr, was sie tat. Weich, warm und seidig war es unter ihren Fingern, weich, warm und seidig unter ihrer Zunge, die sich zu seinem Schlüsselbein hinaufgeküßt, die dort verweilte und dann langsam, voll Sanftheit, seinen Hals umschmeichelte. Johanna spürte, wie seine Poren sich zusammenzogen, wie er den Atem anhielt und die Muskeln spannte.

»Johanna!« keuchte Welf. Das war zuviel der Süße, das war nicht länger zu ertragen ... Er packte sie an beiden Schultern und bohrte fragend seinen Blick in sie. Sein Adamsapfel hob und senkte sich.

Halb offen war ihr Mund vor seinem. In ihrem Antlitz lag ein trunkner Ausdruck. Er fand sie schön wie nie ein Weib vorher. Als er sie an sich zog, um sie mit unbeherrschter Gier zu küssen, da schmolz Johanna ihm entgegen. Er drängte sie ins Heu, das unter ihren Leibern knisterte. Es eilte jetzt. Welf spürte, daß er nicht mehr lange Gewalt über sich selber haben würde. Er schob sich über sie. Johanna blieb ganz weich und biegsam und öffnete ihm ihre Schenkel.

Als er sich in sie rammte mit nur einem Stoß, gelang es ihr mit Mühe, einen Schrei zu unterdrücken. Für eine Weile regten sie sich beide nicht.

Johannas Schenkel spannten sich um seine Hüften, und ihre Arme schlangen sich um seinen Rücken. Sie blieben Aug in Auge. Zusammen fingen sie dann an, sich zu bewegen. Johanna stöhnte seinen Namen, er den ihren.

Was sie je trennte, brach, und sie ertranken ineinander.

ZEHNTES KAPITEL
IN DEN JAHREN DES HERRN

1149 UND 1150

Zum Weihnachtsfest, das mit viel Pomp begangen wurde, beschenkte Welf sein Weib mit einem Rosenkranz aus Bernstein und seine Buhlin mit einem strahlend weißen Schimmel, fast ohne Apfelzeichnung.

Beim Festmahl um die Mitternacht rief er Johanna zu: »Und eine Armbrust hab' ich auch für Euch! Und morgen lernt Ihr damit schießen!«

Ursula saß gesenkten Blicks, ganz so wie einst Johanna. Als später Fiedel, Tamburin und Leier zum Tanz aufspielten, zog sie sich in ihr Gemach zurück.

Ja, Musikanten waren wieder auf der Burg! Welf hatte sie von weit her kommen lassen, von Landshut und von Pappenheim und weiß Gott woher noch. Gar prächtig war das Leben jetzt auf Richen.

Prächtig für alle war's – nur nicht für Welfens Weib, das heiße Tränen weinte in Leonores Schoß. So hielt sie's nach der Christnacht, so war's nach Messe und nach Zechgelage.

Und unten, in der Halle, saß Welf in Prunkgewändern, bei ihm Johanna, scharlachrot gewandet, gleich einer Rose, deren Dornen giftig. Man tanzte, scherzte, musizierte. Man lachte, trank den Wein aus Silberkelchen, lauschte dem Sänger, diesem Schelm, der freche, unheilige Reime machte, und spielte Blindekuh.

Der Festlärm drang hinauf bis in die Kemenate. Dort hielten Rat Welfs Weib, die Zofe und der Beichtiger.

»Ihr müßt jetzt endlich einen Mann zur Burg nach Schayern schicken! Zu kommen hat nun Euer Vater oder Euer Oheim, um Eurem Eheherrn Benehmen beizubringen. Das Weib muß weg!« So forderte der Zisterzienser. Sein von Kasteiungen zerfurchtes Antlitz tauchte in den Kerzenschein. Er beugte sich hinab zu Ursula, die vor Leonore kniete und ihren Kopf in deren Schoße barg. »Hört zu, Frau Ursula: Das Weib *muß* weg!«

Leonore strich dem Häufchen Elend, das arg zitterte, über den straff gezognen Scheitel und nickte Bruder Gisbert milde zu. Der aber war nicht zu erweichen.

»Steht auf, Frau Ursula!« Auf solche Weise herrschte er die Richner Burgfrau an. »Ihr könnt nicht länger Kind sein! Der Herr erwartet, daß Ihr seinen Willen tut. Und daß die Richenburg regiert wird von der Kebsin, das will der Herr mit Nachdruck nicht.«

»Vergeßt nicht«, drängte jetzt auch Leonore, wenngleich gütiger, »es ist Eure Mitgift, die Euer Herr Gemahl verpraßt! Der Schimmel, den Eure Rivalin reiten wird, wurde von Eurem Geld bezahlt!«

Ursula schüttelte den Kopf. »Der Schimmel kommt von Welfens eignem Land.«

»Da es sich nicht um einen Zehnten handelt, wurde dem Hof, dem er entstammt, ein Zehnter wohl erlassen. Wenn nicht, so hat Herr Welf den Gaul mit Mitteln aus *Eurem* Heiratsgut erlöst«, knurrte der Beichtiger, der unerbittlich blieb.

»Seht Euch doch bloß die Kleider seiner Buhlin an! Tragt *Ihr* denn soviel Schmuck? Habt *Ihr* drei Goldreife an jedem Arm und Ringe mehr als Finger? Rafft Euch jetzt auf, Frau Ursula!«

Die Angesprochne schluchzte: »Das kann ich nicht!«

»Allerorten gibt es Kebsweiber und Konkubinen«, setzte Leonore mit der Weisheit ihrer vierzig Jahre auseinander. »Euer Vater hat sie, Euer Oheim hat sie, Euer Bruder hat sie, alle Mannsleut' haben sie, wenn sie's sich leisten können. Es ist den Frauen auferlegt, damit zu leben. Aber ein Mann, der sich Weiber hält – andre Weiber! –, hat sie seit alters her als Nebenfrauen zu behandeln. Soll er Vergnügen bei den Mägden suchen und eine Friedelin zu seiner linken Hand verwöhnen: Nie darf der Rang des angetrauten Weibs nur angetastet werden! Erkennt: Euer Geschlecht ist von weit edlerer Geburt als das der Richener. Welf *muß* Euch ehren. Doch im Gegenteil: Ihr lebt in Schmach. Beleidigungen sind's zuhauf, die Ihr erleiden müßt.«

Bruder Gisbert nickte. Unter den weiten Kuttenärmeln verschränkte er die Arme. Kalt war es in der Kemenate. Da das Weihnachtsfest im Palas feierlich begangen wurde, war die Frauenkammer unbeheizt geblieben. Niemand hatte mit Ursulas Flucht gerechnet.

Draußen fiel Schnee. Über dem Land lag eine dicke, weiße Decke. Ursula weinte ohne Unterlaß. Sie klammerte sich fest an Leonores dürren Schenkel. Sie wollte das nicht hören. Sie wollte nichts als fort von hier. Sie wollte in ein Kloster.

»Ihr könnt Herrn Welf nicht weiterhin gewähren lassen«, fing Bruder Gisbert wieder an. »Das seid Ihr Euch, das seid Ihr Eurem Hause schuldig.«

»Was soll ich tun?« stöhnte Ursula, die ihre wunden Knie kaum noch spürte, so oft warf sie sich nieder.

»Ihr müßt nach Schayern einen Boten senden und mit ihm einen Brief, von Eurer eignen Hand geschrieben. Herr Welf darf nichts davon erfahren. Euer Vater soll dann Männer schicken, die Euch den Treueid leisten. Sollte Herr Welf den Wink nicht gleich verstehen, so droht Ihr ihm mit Krieg. Er kann's nicht wagen, gegen ein Schayrer Aufgebot zu kämpfen. Der Wolfinger drüben auf der Prettelsburg wird ihm ganz sicher nicht zu Hilfe eilen. Herr Welf kann bloß sich selbst und seinen Knappen bieten. Mit Frau Johannas zwei Getreuen hat er im ganzen nur drei Mann. Er ist nicht in der Lage, sich zu wehren. Er *muß* sich beugen. Bringt ihm das bei! Es ist an Euch!«

Jetzt straffte Ursula den Rumpf. Obwohl sie auf den Knien blieb, färbte Abscheu ihre Augen dunkel. »Ihr verlangt von mir, meinen Gatten zu befehden? Gehorsam hab' ich ihm gelobt! Bei Gott, ich brech' ihm nicht die Treue, Bruder Gisbert!«

»Hält er sie Euch?« fragte Leonore ungebührlich scharf.

Ursula gab daraufhin zur Antwort: »Wer dich auf die rechte Wange schlägt, dem halte auch die linke hin!«

»Aug um Auge, Zahn um Zahn«, widersprach der Beichtiger, der langsam ungehalten wurde.

»Das Alte Testament wurde von Jesus Christus aufgehoben, wo es barbarisch war!« Ursulas Stimme klang jetzt sehr entschieden. »›Du sollst nicht töten!‹ lautet ein Gebot. Ein andres heißt: ›Liebe deinen Nächsten wie dich selbst!‹«

Bruder Gisbert vermochte kaum, an sich zu halten. Er haßte theologische Debatten mit Weibern und mit Kindern. »›Ich

bin nicht gekommen, den Frieden zu bringen, sondern das Schwert!‹« zitierte er nun seinerseits die Bibel.
»Damit ist nicht das Schwert gemeint, das sich erhebt, um Land, Besitz und Macht sich zu erobern. Die Stelle, die Euch von den Lippen kam, spornt an, sich für das Christentum zu schlagen – nicht für die Welt.«
Unter den Kuttenärmeln ballte Bruder Gisbert beide Fäuste. Sie war nicht in der Lage, Welf das kleinste Widerwort zu geben, doch scheute sie sich nicht, ihn, ihren Beichtiger, beständig zu belehren. Er war der Meinung, es gezieme keiner Frau, »gelehrt« zu sein. Vermochte sie zu lesen, so maßte sie sich auch schon an, die Bibel selbständig zu deuten. Dem Weibervolk gehörte – unter Androhung, lebendig andernfalls verbrannt zu werden – verboten, das Lateinische zu lernen. Die Hand verlieren sollte jede Tochter Evas, die ein Buch aufschlug. Der Vorgang einmal wiederholt, dann wär's mit Aufschlagen vorbei.
Daß jedes Übel nur vom Weibe kam, zeigte drastisch, was auf der Richenburg geschah. Der heilige Paulus hatte schon verlangt: Wer sich des Weibes nicht enthalten könne, solle heiraten, um größren Sünden vorzubeugen; doch sei die ehelose Keuschheit auf alle Fälle vorzuziehen.
Bruder Gisbert war sich sicher und wurde es von Tag zu Tag mehr, daß alles Gottlose beim Weib begann und endete. Keiner, der einmal nur ein Weib berührte, konnte des Himmelreiches würdig sein. Wie sehr, so stellte sich daher die Frage, war in der Folge dann der Mann verhaftet in der Sünde, wenn Gott ihn mit der Unabdingbarkeit des Weibes strafte, das ihn gebar und das beschaffen gleich den Fröschen war, feucht-kalt nämlich – der Mann dagegen warm und trocken –, das jeden

Monat unrein wurde, das so voll Schmutz war, daß es bluten mußte, um frei zu werden von dem Unrat, der in ihm gedieh? Bruder Gisbert war gewiß: Die Kirche fehlte schwer, wenn sie die Hexerei als Aberglauben abtat, denn jede Lust war Hexenwerk. Doch war dies schon ein anderes Kapitel. Und noch ein andres war's, wenn Bruder Gisbert die Göttlichkeit in mancher Weisung seiner Kirche zu bezweifeln wagte. Der Teufel steckte überall, sogar im frömmsten Mann, womöglich gar im Papst.

Jedoch in diesem Weibe hier, in Ursula, stak Weichlichkeit vor allem anderen. Rechthaberisch war sie allein aus Angst. Der Teufel war gewitzt. Wo er mit Gier und Sinnenlust die Seelen nicht erbeutete, da machte er sie schlaff und kraftlos, um ihnen einzuflüstern, daß Gott, dem Herrn, am besten noch zu dienen sei mit Trägheit, die dann Sanftmut hieß, mit ewigem Verzeihen, das nichts als Schwäche war.

»Störrisch seid Ihr, Frau Ursula!« Seines Amtes Schwergewicht in diesen Vorwurf legend, stellte sich Bruder Gisbert vor sie hin und ließ den Rosenkranz, der ihm am Ärmel hing, vor und zurück baumeln. »Euer Starrsinn wird Euch noch ein Strick! Hört nicht auf Eure Furcht, hört endlich auf die Stimme Eures Blutes, die Euch verbietet, so zu zaudern.«

Schlecht formuliert, fürwahr, erkannte Bruder Gisbert. War die Stimme des Blutes nicht auch die Stimme von Brunst und Haß und Habgier? Wie dem auch sei: Der Beichtiger erwog nicht einmal, sich zu korrigieren. Keine Blöße vor Ursula – schon gar nicht eine solche! Ohnehin war mit des Blutes Stimme kein Schaden bei ihr anzurichten.

»Bitte, Bruder Gisbert«, mahnte Leonore, »Ihr quält Frau Ursula.«

Bis Leonore, lange die Zofe von Ursulas verstorbner Mutter, sich an die, der es fortan zu dienen galt, gewöhnt hatte, waren viele Monate ins Land gezogen. Inzwischen war sie ihr sehr zugetan. Ursula war ihr lieb geworden wie ein Kind, nicht wie die hohe Frau, zu der das Leben sie verfügt hatte.
Im wesentlichen stimmte Leonore überein mit Bruder Gisbert. Sosehr sie dazu neigte, Ursula zu ermahnen und ihr den Weg zu weisen, so sehr tat ihr das Mädchen leid. Ein Mädchen, das war Ursula geblieben.
Ursula war geboren für ein Leben hinter Klostermauern, für Abgeschiedenheit, Kontemplation und Träumerei. Das spürte Leonore. Doch so ein Leben war ihrer Herrin nicht beschieden. Sie mußte dieser Welt und allen ihren Stürmen sich entgegenstellen – und schwankte schon im lauen Frühlingswind. Sie brauchte keinen Mann. Sie brauchte eine Mutter. Sie brauchte zudem Trost von oben. Gott, dem Himmelsvater, wollte sie sich weihen, nicht ihrem weltlichen Geschick, das ihr gebot zu denken, zu handeln und zu streben.
Und nun war ausgerechnet eine Feindin wie Johanna ihr gesandt, ein Weltkind, wie kein andres je gelebt, so alt wie sie und doch in allen Schlichen wohlerfahren, ein Weib in jeder Pore – und dennoch fast ein Mann. Was konnte Gisbert da bewirken? Als Mann der Kirche, Mann des Wortes vermochte er entfernt nicht zu erfühlen, wie bange Ursula das Herz im Leibe schlug: wie einem neugeborenen Kätzchen, das böse Menschen in den Fluß geworfen haben.
Bruder Gisbert, der Debatte müde, fragte jetzt: »Werdet Ihr einen Mann nach Schayern schicken?«
Nichts wie hinaus aus diesem Weiberzimmer! Es zog ihn mächtig in die kleine Zelle, in jene Kammer neben der Ka-

pelle, in die gerade eine Pritsche paßte, dazu ein Tisch und eine schmale Bank. Er sehnte sich, mit seinem Gott allein zu sein. Er wollte sich zur Nacht noch geißeln und dann bis in die frühen Morgenstunden traumlos schlafen, um frisch und seinem Herrn wohlgefällig die Messe nach dem ersten Hahnenschrei zu lesen.

Leonore legte ihre Hände um Ursulas Gesicht und suchte ihren Blick. »Ein Brief, mehr wird doch nicht von Euch verlangt. Das kostet Euch nur eine Stunde«, sprach sie im Sinn des Zisterziensers, den sie gleichwohl nicht leiden konnte, mehr noch, der als Person ein Greuel für sie war und der trotzdem, wenngleich aus anderen Motiven, das vorgeschlagen hatte, was sie selbst für richtig hielt.

Ursula nickte bloß, zu müde, um sich aufzulehnen. Sie war gewohnt, den Willen dessen zu erfüllen, in wessen Hand sie war.

»J R« – »Johanna Regina«, Johanna Königin, hatte Welf, der selber weder lesen noch schreiben konnte, auf die Decke sticken lassen. Samt Sattel war sie beigegeben jenem Schimmel, den er Johanna als Weihnachtsgabe – doch eher noch als Morgengabe – schenkte, wie versprochen. Der Sattel war, dies sei vermerkt, ein Männersitz. Johanna las die Buchstaben, ehe sie am Tag nach Heiligabend, die eigne Armbrust kühn geschultert, mit Welf zur Jagd ausritt.

»Wie ist das zu verstehen?« fragte sie Welf, indem sie ihre Fingerspitzen über die Initialen gleiten ließ, die gülden schimmerten.

»Wie es da steht.« Welf lachte. »Die Königin von Richen bist du. *Meine* Königin.«

»Dann bist du wohl mein König?«
»Dein einziger auf ewig!«
Ursula und Leonore beobachteten des Welf und der Johanna Auszug vom Kemenatenfenster aus. Auch Kilian und Bartel waren Zeugen. Die ganze Burg sah zu.
Seine Hure ist sie, dachte Kilian, von wegen Königin! Die Augen werden ihr darüber schon noch aufgehen!
Vorerst gingen Johanna die Augen nur darüber auf, daß sie's mit einem Mann zu tun hatte, der äußerst eifersüchtig war. Welf, von solcher Pein bisher verschont geblieben – es war ihm nie ein Weib viel wert gewesen –, befragte sie ständig: »Und hast du das mit andern auch getan? Und hat mein Vater dir tatsächlich keine Lust bereitet? Und dieser Sänger, mit dem Jahre in Verdacht du standest, hast du ihn wirklich nie erhört? Und das Gerücht, du seist auch Dankward beigelegen: Ist es nur ein Gerücht? Du liebtest Dankward, dessen bin ich sicher, du liebtest ihn als Bruder, doch liebtest du ihn ebenso als Mann?«
Sobald er Dankwards Namen wagte in den Mund zu nehmen, spürte Johanna einen kalten Hauch. Hatte sie ihren Bruder nicht geliebt wie keinen andern Menschen? Das war nicht zu vergessen. Und zu vergessen war auch nicht sein Tod, wie und warum er hatte sterben müssen …
Nichtsdestotrotz: Jetzt wollte sie vergessen! Wollüstigeres Vergessen als in Welfens Armen gab es nirgends auf der Welt. Jetzt keine Rechenschaft! Der Zeitpunkt würde kommen, da Rechenschaft verlangt sein würde, doch war er noch nicht da.
Johanna brannte. Allein Welf vermochte diesen Feuersturm zu zünden und zu löschen. Welf, der sich jedes Weib genommen, wie er ein Hühnerbein vom Bratenrumpfe riß, war sei-

ner Gier zur Gänze ausgeliefert. Mit Haut und Haaren wollte er Johanna haben. Sie war wie er, er war wie sie. Wenn er des Nachts sich mit ihr wälzte, gelang's ihm oft nicht mehr zu unterscheiden, was sie empfand und was er selber fühlte. Und: Seine Lust war wertlos ohne ihre. Auch das war neu für ihn, bestürzend neu, denn ihre Glut entfachte tausendfach die seine. Im Rausch der Sinne war sie ganz und gar sein eigen. Das war es, was er wollte: Ihm sollte sie gehören, ihm allein!

Er sah ihr an den Augen an, wenn sie nach ihm verlangte. Es sprachen aber nicht allein ihre Augen, es sprachen ihre Hände, ihre Lippen, es sprach ihr ganzer Leib.

Sie koste nicht mit kühl-geübter Kunst, wie er's von Bademägden und von Dirnen kannte, sie tat es lüstern und mit fieberheißem Blut. Und sie entzückte sich an seinem ganzen Körper wie keine Frau vor ihr. Gern drückte sie ihn rücklings in die Kissen und wanderte mit Mund und Zunge seine geheimsten Stellen ab. Allüberall war seine Haut bestimmt für ihre Lust. Nie hätte er geahnt, wie sehr sein Hals, sein Ohr war zu erregen, wieviel Empfindlichkeit in seinen Achselhöhlen wohnte, welch Wonneschauer ihn durchrieseln würden, wenn eine Zunge seine Brustwarzen umspielte. Von einer Süße, unerträglich, war die Spur, die ihre Lippen über seine Lenden zogen. Sie brauchte sein Geschlecht nicht einmal zu berühren: Es stand zum Platzen prall.

Johanna zwang ihn zum Genuß, indem sie ihm gebot, ganz still zu liegen, nichts zu tun, sich auch nicht zu bewegen. Und welch ein Wahnsinn, nah am Schmerz, wenn ihre Lippen seine Männlichkeit umfingen und an ihr saugten, bis er sich ergoß. Er hatte vorher nicht gewußt, wie man die eigne Lust verlängert; Johanna brachte es ihm bei.

»Hast du das auch mit anderen getan?« keuchte er oft, wenn es vorüber.
Johanna lachte und verneinte.
Von selber hatte all die raffinierten Spiele sie ersonnen? Keiner, der solcherart Geheimnis sie gelehrt? Welf zweifelte, und seine Zweifel nagten.
Er sagte auch zu ihr: »Wenn ich dich je mit einem anderen ertappe, so töte ich euch beide.«
Wachsam war er bei jedem, der einen Blick ihr gab. Nicht einmal das Gesinde nahm er aus. Er spürte wohl, daß Kilian seiner Herrin zugetaner war, als sich's geziemte. Und all die Sänger und Vaganten: Sie schmachteten Johanna an, Johanna *seine* Königin! Ein Dorn im Fleisch war ihm die Eifersucht und zugleich auch ein Kitzel. Wer immer seine Buhlin heiß begehrte: Ihm allein gehörte sie.
Wenn sie ihn auf sich zog, um seine Lanze zu empfangen, war er ihr König und ihr Herr. Wenn er sie stieß und stieß, bis nur Begehren sie noch war, vermochte er ihr alles zu entlocken, was er hören wollte. Sie hätte ihm sogar den Mond versprochen. Das Wörtchen »bitte« kam ihr leicht vom Mund, wenn ihre Sinnenleidenschaft sie ganz beherrschte, doch rächte sie sich manches Mal, indem sie ihrerseits ihn zwang zu bitten.
Ihr Körper war der erste, den er näher sich besah. Er hatte vorher nichts gewußt von den Geheimnissen der Weiber. Sie waren ihm ganz einerlei gewesen. Da war ein Loch, das er benutzte, und eine Brust, die er gern drückte: aus und vorbei! Jetzt suchte seine Zunge eine Grotte, die besser schmeckte als der Wein vom Rhein. Da waren Lippen, die sich teilten, darunter neue Lippen, rosafarben und wie Rosenblätter, in Wol-

lust rasch sich rötend. Und dort, wo sie zusammentrafen, war ein Punkt, gleich einer kleinen Kugel, hart und schwellend, der, wenn er ihn berührte, Johanna fast vergehen ließ.
Wenn ihre Spalte unter seinem Mund pulsierte, schob Welf sich über sie und rammte sein Geschlecht in ihren heißen Schlund. Er füllte sie ganz aus. Das war es, was Johanna überwältigte: daß sie ihn groß und hart und beinah schmerzhaft spürte. Es war nicht wie mit Ludowig, der viel zu alt für sie gewesen.
Ein wonniges Erschaudern war ihr das Gefühl der eignen Schwäche. Johanna hatte solches nie erlebt. Nie hätte sie geglaubt, daß sie's genießen könnte, sich unter einen fremden Willen zu ergeben, mehr noch: zu spüren, wie dieser Wille auf sie überging, bis er zu ihrem Trachten wurde, bis alles Wollen ineinanderfloß.
Es war dies Wechselspiel, das sie so ohne Maß erregte: Welf zu gebieten, so, als wäre er ihr Sklave, um hernach sein Geschöpf zu sein, ohnmächtig ausgeliefert zärtlichsten Berührungen – und einer ungeheuren Kraft. Welf liebte es, sie bei den Knien unterzuhaken und sie mit einem harten Ruck an sich zu ziehen, ganz so, als wolle er sich ihrer bloß bedienen. Johanna lernte voll Erstaunen die Lust am Überlassenkönnen. Welf lernte von Johanna, sich länger zu beherrschen. Er konnte auf ihr sein und heiser mit ihr reden. Er konnte in ihr sein und kurz davor und innehalten und sich abermals bewegen. Er konnte sich in sie ergießen und in ihr bleiben, um von neuem steif zu werden.
Längst schliefen sie in einem Bett im Eheschlafgemach. Er war hier schon mit Ursula gelegen, doch hatte Ursula, die jetzt zusammen mit der Zofe in Welfs alter Kammer Unterschlupf

gefunden, nichts von sich selbst zurückgelassen: keinen Geruch, kein Sinnen und kein Trachten, kein Begehren.
Johanna schlief bei Welf, als wäre sie sein Weib. Er schien sich nichts dabei zu denken. Sie dachte wohl darüber nach, doch war's nicht so, daß sie sich schämte. Es wußte ohnehin ein jeder auf der Burg, daß Welf ihr beilag in den Nächten.
Manchmal geschah's am frühen Morgen, da schlief sie noch, daß Welf sich zwischen ihre Beine legte, um unverzüglich in sie einzudringen. Wenn sie ihn in sich fühlte und erwachte, dann war es wieder da, dieses Gefühl der Hörigkeit.
»Bist du ganz mein?« befragte er sie jedesmal, und sie bejahte seufzend.
Wenn sie sich nach den letzten Zuckungen zur Seite drehte, was sie am Anfang häufig tat, und Welf von hinten sie umarmte, dann lag er wach und fragte sich: Ist sie jetzt auch noch mein? Er hatte Zweifel. Johanna aber nicht. Sie wußte, daß Welf ihr gehörte.
Fast jeden Morgen staunte Welf, wenn er dem Schlaf entstieg. Er meinte, nur geträumt zu haben, doch war Johanna da. Sie lag vergraben in den Federkissen, zerzaust das Haar, mit Flecken auf der Haut, die seine Leidenschaft ihr zugefügt, und ihre nackte Schulter, das erste, was er meistens von ihr sah, war zart und weiß wie Elfenbein.
Ihr ganzer Leib war ihm ein Kunstwerk jetzt. Sie hatte Brüste, klein, hoch angesetzt, so fest und doch so weich, und eine Haut, die war wie Samt, und eine Taille, die in runde Hüften überging, dazwischen eine Wölbung, gleichfalls warm und weich, auf die er nach der Lust den Kopf gern legte, und Schenkel, nicht ganz schlank, fast üppig, und dreieckige Knie und stramme Waden … Bis hin zum Becken war sie ach so

zierlich, danach war sie gerundet und gedrungen. Doch ihre Knöchel und ihr Rist: ein Wunder aller Feinheit. Und ihre mittlern Zehen waren länger als die großen und ihre Füße fest und wohlgeformt wie ihre Hände … Es war unmöglich, sie nur anzuschauen, ohne sie anzufassen.

Der Winter war recht mild in diesem Jahr, die Nächte aber wurden trotzdem kalt. Mit seinem Körper wärmte Welf Johanna in den Schlaf.

Die beiden Schayrer Männer, die weiterhin auf Richen weilten, wurden von Ursula in diesen Tagen losgeschickt mit einem Brief. Der Brief war ihr diktiert von Bruder Gisbert. Sein Inhalt: rasch neue Männer auf die Richenburg, am besten zehn – mehr wären nicht von Schaden –, um Welf in Schach zu halten und ihn der Kebsin zu entreißen, die über ihn und Richen herrschte und Ursula vollständig unterjochte. Das Kebsweib war – dies sei betont – die Wittfrau Ludowigs, die so erbittert gegen Welf einst Krieg geführt. Ein Wahnsinn müsse in ihr toben. Er habe auch Herrn Welf, der ganz in ihrer Hand, erfaßt. Verbürgt sei sie die Tochter einer Zauberin, eines Weibs mit schrundigem Gesicht und Buckel, das nicht mehr lebe, selbst auch nicht schön, doch Herrin über Welf von Richen und damit über seine Güter.

So stand's im Brief.

Welf lüpfte beide Brauen, als die letzten Schayrer in Richtung Heimat zogen. Doch Bruder Gisbert sagte zur Beruhigung: Richen bedürfe dieser Männer nicht, sie seien überflüssig.

»Sei nicht so dumm!« vernahm Welf von Johanna. »Die Schayrer werden sich nicht ducken. Hat Ursula auch keinen Plan, so hat der Pfaffe zwei. Er trachtet nach der Macht auf Richen. Da ist ihm jedes Mittel recht. Ein Spielball nur ist

Ursula in seiner Hand. Wie konntest du die Schayrer gehen lassen?«

Welf winkte ab. Was tat das ihm? Er wollte nicht belästigt werden mit allzu ernsten Dingen. Worauf kam es denn an? Er hatte jetzt ein Weib zur Lust, er hatte Musikanten auf der Burg, er trank den besten Wein und gab das Geld mit vollen Händen aus. Er hatte einen Zipfel des Paradieses sich erhascht, da suchte nun Johanna nach Weiberart mit ihm zu zanken? Wie denn! Sollte er die Keiferin nicht zu beruhigen wissen?

Aber Johanna, die Scharlachrote, hatte nach der Schlacht im Bett gleich wieder einen klaren Kopf und drang in Welf: »Du verstehst die Zeichen nicht zu deuten. Es gibt Ärger mit den Schayrern. Trommle Leute dir zusammen! Wirb dir Recken! Rüste dich!« Sie sagte ebenso: »Kauf dich von deinem Weibe frei! Schick Ursula ins Kloster! Das ist es, was sie will. Und wir zwei wollen's auch.«

Da seufzte Welf. Johannas Ehrgeiz war ihm manchmal eine Last.

Es kam das Osterfest. Johanna fühlte sich schon schwanger und sah an Ursulas geschwollnem Leib: Auch er trug eine Frucht, viel länger schon.

»Wem willst du deinen Namen geben?« fragte Johanna Welf, der ihr erwiderte: »Dem Sohne meiner Königin.«

Das war ihr aber nicht genug. Selbst wenn sie einen Sohn gebar, der Welf getauft nach seinem Vater, er hätte keine Rechte. Sie sann und sann und wußte keinen Rat.

Welf tat, als merke er es nicht, und das verstimmte sie. Denn Welf vermeinte, das Leben sei ein Fest, gegeben ihm zu Ehren. Nie war er frohern Muts gewesen. Zwei Kinder wuchsen ihm in zwei verschiednen Leibern als Zeugnis seiner Manneskraft. Wenn damit sich nicht prahlen ließ! Seit er Johanna Nacht für Nacht besaß, hatte er Ursula nicht mehr erkannt. Jetzt, da sein Eheweib in guter Hoffnung war, kam ihm die Eingebung: Sie ist nicht unansehnlich. Vermutlich ist sie sogar hübsch. Und dient sie mir nicht zum Genuß, so kann sie meine Bälger tragen: in jedem Jahre eins. Wie der Gedanke ihn ergötzte! – Doch erst einmal das Osterfest!

Ursula wagte vorzuschlagen, sich mit dem ganzen Hof in Richburg vorzuzeigen und dort die Messe zu besuchen. Warum auch nicht? Nun, da die Dörfer mehr und mehr zu Städten wurden und mit der Stadturkunde das Stadtrecht auch erhielten, war es nur gut, den Fuß in Richburg in der Tür zu halten. Stadtluft macht ja bekanntlich frei. Frei von der Burg und frei vom Burgherrn, frei auch von Abgaben und Hörigkeit. Dies galt's zu unterbinden. Je unzufriedener das niedre Volk, desto größer das Verlangen nach einer Stadtverordnung. Ein Schultheiß ging geradewegs noch an, doch nicht, um Richburg von Burg Richen abzutrennen, sondern um des Burgherrn Willen zu vollstrecken.

Ein Kleeblatt war sich darin einig, ein Kleeblatt, das es sonst nicht gab: Welf, Johanna und auch Ursula, die geleitet war von Bruder Gisbert, strebten danach, die alte Ordnung zu erhalten.

So zog man denn zu Pferde und in der Sänfte am Ostermorgen ein im Dorf. Alles, was zwei Beine hatte, war schon versammelt um den Marktplatzbrunnen. Es war ein schöner Tag Anfang April. Die Winde wehten winterkühl, die Sonne lachte hell, und erstes Grün sproß an den Zweigen.

Der Troß hielt auf die Kirche zu. Voran ritt Welf, an seiner Seite Baldur und hinter ihnen, ganz in Scharlach, Richens Königin. Ihr Schimmel, an den Paßgang noch nicht recht gewöhnt – sie ritt ja meist im Herrensitz –, versuchte mehrfach auszubrechen. Sie fiel sehr auf: das Roß so weiß wie Schnee, der Mantel rot wie Blut, das Haar so braun wie Haselnüsse. Ihr nach folgte die Sänfte, die Ursula und Leonore trug. Daneben saß der Zisterzienser auf seinem Gaul. Hinter ihm kamen Kilian und Bartel, und ihnen schloß sich das Gesinde an.

Totenstille in ganz Richburg! Wer den Wegrand säumte, senkte seinen Kopf. Keiner rief: Vivat! Man war vielleicht beschämt. Johanna, einstmals Herrin von ganz Richen, hatte sich erniedrigt zu Welfs Dirne.

Der Zug stand vor der Kirche still, die wahrhaft klobig allem trotzte, was geschah. Welf half, ritterlich, wie sich's geziemte, seinem Weibe aus der buntbemalten Sänfte. Er selber schritt sogleich der Kirche zu und eilte durchs Portal. Ihm folgte Ursula, an ihrer Seite ging Johanna.

Die zwei Frauen erreichten gleichzeitig die Schwelle. Die Tür war viel zu eng für beide. Keine wollte der anderen den Vortritt lassen. So standen sie einander Aug in Auge gegenüber. Es war Johanna, die zu lächeln anfing, während Ursula mit den Tränen kämpfte.

Lange verharrten sie. Keine erzwang sich die Entscheidung. Dann ertrug es Ursula nicht länger, daß Bernsteinaugen sie verspotteten. Sie lehnte ihren schwangern Leib zurück und ließ Johanna an sich vorbeistolzieren.

Nach der Messe wiederholte sich das Ringen: Welf ging voran. Hinter ihm setzten Weib und Buhlschaft Seite an Seite

Fuß vor Fuß. Vor dem Portal, vor der bewußten Schwelle, verhielten beide ihren Schritt. Da spielte um Johannas Mund ein Lächeln, blanke Überheblichkeit. Ursula war dem Weinen nah. Sie durfte jetzt nicht weichen! Während des Gottesdienstes hatte Bruder Gisbert auf sie eingeflüstert ohne Unterlaß. Hinter den beiden Frauen reckten sich die Hälse. Das dauerte noch länger als vorhin!

Johanna raunte: »Seht, da oben!«

Ursula hob den Blick und suchte, was ihr da gezeigt. Im nämlichen Moment glitt die Rivalin flugs an ihr vorbei.

Und Welf half seiner Kebsin auf den Schimmel, nicht aber seinem Weib zurück in ihre Sänfte.

Das war ein dunkler Tag für Schayern. Das war ein Tag, der nach Vergeltung schrie.

ELFTES KAPITEL
IM JAHRE DES HERRN

1150

Johanna wälzte sich durch schlechte Träume. Sie wachte nicht, und sie schlief auch nicht. Ihre Gedanken wurden Bilder, die Bilder kehrten um sich in Gedanken. Sie glaubte, nicht ein Auge zuzutun. Erst als der Morgen graute, ertrank sie in der eignen Müdigkeit. Sie sank in tiefen Schlaf und fiel in einen Abgrund.

Da fand sie wieder sich auf einem Acker, endlos weit, den Horizont berührend. Der Himmel war ganz schwarz vor dräuend-dichten Wolken. Weich fühlte es sich unter ihren Füßen an. Sie stand auf einer glitschig-kalten Masse. Das waren Schlangen, die sich wanden und einander überkrochen. Und dann begann es arg zu regnen. Der Regen war aus Blut. Und eine Stimme schrie laut ihren Namen, und diese Stimme war nur Angst und Schrecken. Es war die Stimme Dankwards, die sie rief. Und plötzlich stand sie nicht mehr selbst im Blutgewitter unterm schwarzen Himmel inmitten einer Schlangenbrut, sondern ihr toter Bruder, der nach ihr schrie und schrie und schrie …

Schweißgebadet fuhr Johanna aus den Kissen. Wild blickte sie im Kreis. Um sie herum war Dämmergrau. Sie atmete, als wäre viele Meilen sie gerannt, als wäre sie dem Tod und seiner

Schippe gerade noch entkommen, und jeder Herzschlag wollte ihr die Brust zerreißen.
Welf lag dicht neben ihr, bis zum Nabel aufgedeckt, die Arme ausgestreckt und angewinkelt, das Kinn fast an der Schulter. Er schlief, schön wie in Stein gehauen, aller Gerechten Schlaf. Aller Gerechten Schlaf … Johannas Unterlippe zitterte. Sie rückte ab von Welf, zog beide Beine an und zerrte an der Bettdecke, um sich darunter zu verstecken bis zum Hals. Dabei entblößte sie Welfs rechten Fuß. Im Schlaf bewegte er sich träg der Wärme nach, so daß Johanna ihn erneut bedeckte, damit er ihr nicht gar zu nahe kam.
So saß sie kauernd bis zum Sonnenaufgang, bis Welf sich regte und erwachte. Sie wollte weinen, konnte aber nicht, und weil ihr keine Tränen kamen, suchte sie Zuflucht in dem alten Haß. Irgendwo draußen irrte Dankward. Er war noch da, getrennt von seinem Leib, doch nicht getrennt vom Sein. Er war verzweifelt, einsam, beinah wahnsinnig. *Sie* half ihm nicht, sie konnte ihm nicht helfen. Schier brach es ihr das Herz. Wenn sie auch alles zu ertragen meinte: das nicht! Lieber selbst tot als Dankward inmitten solcher Finsternis!
In ihrer Not fing sie zu beten an: Herr im Himmel, bitte, hilf ihm, hilf Dankward, meinem Bruder! Schicke mir die sieben Plagen, doch erlöse ihn … Enger und enger wurde es dabei in ihrer Kehle, doch sie weinte nicht. Dafür entsann sie sich des Bruders, wie er gewesen war, wie jung, wie sanft, wie zärtlich, und sie erinnerte das trauliche Gefühl in seiner Gegenwart. Und dann gedachte sie des Feuers, das sie jetzt verbrannte, und für die Dauer dreier Atemzüge lang wünschte sie inniglich, Welf wäre tot und Dankward noch am Leben.
Welf war die Mittagssonne und die Sommerhitze, war Pau-

kenschlag und Kräftespiel, gezückte Klinge und ein Tanz auf glühendheißen Kohlen.
Dankward war weiches Abendlicht und Frühlingswehen, war froher Schellenklang und Seelenfrieden, war Heimat und Sich-Wiegen zu einer zarten Melodei.
Wenn sie den Kopf doch nur an Dankwards Schulter lehnen könnte, um dann zu spüren, daß sie behütet war, daß sie sich vor nichts fürchten mußte und daß sie nichts bedrohte!
Atem holen wollte sie, verschnaufen, doch war sie selber daran schuld, daß sie's nicht konnte. Sie hätte Dankward schützen müssen. Statt dessen hatte sie ihn in den Tod geschickt. Sie war's gewesen, sie allein! Als ihr das aufging, plötzlich und mit Brachialgewalt, war ihr, als fiele ihre Seele tausend Klafter tief, als risse sie ihr ganzes Sein hinab in ewige Verdammnis.
Schwer schluckend wandte sie den Blick nach Welf, der immer noch ruhig atmete, so sehr im Einklang mit sich selber und der Welt, als sei er nicht einmal mit Erbsünde beladen, als habe er niemals gegessen von verbotner Frucht, als kenne er nicht Kampf und Blut und Tod.
Johanna war ganz fassungslos. Dann wuchs ihr Haß auf Welf, inbrünstig, fast wie ehedem. Johanna hielt sich fest an diesem Haß: Es war das einzige, was sie jetzt hatte, das einzige, woran sie sich festklammern konnte, das einzige, das sie davor bewahrte, zu verschmachten in der Dunkelheit, die in ihr keimte. Besser Welf zu hassen als sich selbst!
Als er anfing, sich zu regen, als er wohlig seufzte und sich streckte, als er sich auf sie rollte und und sich in sie wühlte, begriff sie ihre Eingekerkertheit, begriff sie, daß sie Welf den Schlüssel zum Gefängnis, das sie um sich fühlte, selbst ausgehändigt hatte.

Welf beschlief sie, noch kaum wach, erst langsam, dann von Stoß zu Stoß den Schlaf eintauschend gegen Morgenkraft, und die, die ihn empfing, drehte den Kopf zur Seite. Sie spürte einen heißen Mund an ihrer Halsbeuge und blieb gleich einem Steine kalt.

Welf wurde dessen nicht gewahr. Er konnte noch nicht denken, geschweige denn beobachten.

Und als der Tag begann, belegte der ihn derart mit Beschlag, daß ihm Johannas Kühle gar nicht auffiel, denn: Die Schayrer kamen!

Ihnen voran ritt Sigismund, der Oheim Ursulas, ihm nach ein Troß, bestehend aus vier Rittern und zwei Knappen.

Der Wächter auf dem Turm, ein neuer Mann mit Namen Blasius, schrie es hinunter in den Hof: »Ein Reiterzug! Mit sechsen an der Zahl!« Nicht sehr geübt im Rechnen, verbesserte er sich: »Nein, es sind sieben!«

Es war zur Mittagsstunde. Schnell füllte sich der Hof. Welf hetzte hoch zum Turm, Johanna rasch ihm nach. Seite an Seite schauten sie nach dem Trosse aus, der sich allmählich näherte. Als die Wappenfarben auf den Satteldecken zu erkennen waren, sagte Blasius: »Schayrer. Frau Ursula erwartet sie seit Tagen.«

Hart packte Welf den Mann am Wams. »Und warum weiß ich nichts davon?«

Der Wächter, seit drei Wochen auf der Richenburg und gänzlich unerfahren, schluckte. »Es ging nur das Gerücht … Es ist ja nichts gewiß gewesen … nur so Geschwätz …«

»Was für Geschwätz?«

Johanna kam dem Jüngling jetzt zuvor: »Ursula wird Schützenhilfe angefordert haben. Die beiden letzten ihres Hoch-

zeitszuges dienten ihr als Boten. Erinnere dich, Welf: Ich habe dich gewarnt.«
Welf ließ den Wächter los und starrte wieder in die Ferne.
»Prophezeite ich dir nicht, sie würden kommen?« bohrte Johanna nach.
Welf überlegte: Wie sie jetzt empfangen?
An seiner Statt entschied Johanna: »Laß die Falltür heben, begrüße sie, lade sie ein zu bleiben, gib ihnen gar ein Fest! Wenn du dich setzt, so neben Ursula! Nimm sie zurück ins Schlafgemach, strafe sie aller Klagen Lügen, bevorzuge sie mir, mißachte mich! Dann werden sie bald wieder ziehen. Flink, Welf! Triff die Verfügungen! Sie sind gleich da!«
Welf gab Johanna einen Blick, der prüfte und der staunte. Den Schwanz einziehen? Den Rücken vor den Schayrern beugen? Ein Kniefall gar? Wollte Johanna *dazu* raten, sie, die Königliche?
Indes: Wolf zauderte nicht lang. Schnellen Schritts den Turm verlassend, brüllte er in alle Richtungen Befehle. Johanna ging ihm nach. Sie suchte Trud.
Als sie sie fand, trug sie Trud auf, ihr das Gelaß überm Verlies zu richten und aus dem Eheschlafgemach zu schaffen, was ihr allein gehörte. Da Trud entsetzt nur gaffte, brauste Johanna auf: »So spute dich!«
Während auf der Burg von Richen durcheinanderlief, was kreuchte und was fleuchte, um jene Zustände zu schaffen, die Welf zu sehen wünschte, stand Ursula reglos im Hof und wußte nicht, was tun.
Leonore und der Zisterzienser eilten herbei und redeten recht heftig auf sie ein.
»Das soll ein Schauspiel werden!« fauchte Bruder Gisbert.

»Doch damit kommt er uns nicht durch, der krumme Hund!«
»Gleich gilt's, Gericht zu sitzen über ihn! Wartet's nur ab, Frau Ursula, Ihr seid am Zug!«
Ursula fühlte nichts außer Beklommenheit und mehr noch: Angst.
Kaum ritt der Troß im Hofe ein, war Welf schon neben seinem Weib, um seinen Arm zu reichen. »Kommt, Ursula, laßt Eure Leute uns begrüßen!«
Ursula sah sich nach Johanna um. Johanna stand mit Luitgard, die den Knaben trug, am Brunnen, zu ihren Seiten Kilian und Bartel, dahinter Trud, und machte keine Anstalten, sich irgendwie hervorzutun.
Im Troßführer den Oheim zu erkennen konnte Ursula nicht trösten. Seit jeher fürchtete sie ihn. Er war ein harter Mann, der einer derben Sprache sich bediente und gotteslästerlich zu fluchen wußte, wenn er beim Spiel verlor.
»Mein Oheim, was für eine Überraschung, Euch auf der Richenburg zu sehen! Seid uns willkommen!«
Sigismund saß weiterhin zu Pferde und blickte sich im Hofe um. Welf schlug ihm vor: »Sitzt ab und folgt uns in den Palas! Euch zu Gast zu haben ist uns eine hohe Ehre!«
»Ich danke Euch, Herr Welf, und dir auch, Ursula.« Noch immer stieg er nicht vom Gaul. Seine Augen suchten nach dem »Weib«. Er fand es in Johanna, die scharlachrot gewandet war wie stets und leicht an dieser Pracht erkennbar. Obwohl sie seinen strengen Blick erwiderte, war ihrer Miene keine Regung abzulesen.
Als Sigismund sich aus dem Sattel schwang und der Rest des Trosses seinem Beispiel folgte, dachte Ursula: Unter vier

Augen muß ich's ihm bekunden. Vor all den Leuten geht das nicht.

Vorläufig ging es überhaupt nicht.

Welf ließ den Gästen auftragen und die Vaganten ihre Künste zeigen. Er gab sich gutgelaunt und hocherfreut und bot gleich ein Turnier an.

Von dem Empfang, so herzlich und so wohlgesonnen, verblüfft, fiel Sigismund nichts andres ein, als das Spiel mitzuspielen. Nur lächerlich wär's ihm erschienen, Erklärungen zu fordern. Erklärungen wofür?

Dafür, daß Welf sein Weib so ehrte, wie es Sitte war? Daß der Gemahl seiner Gemahlin stets zur Seite saß, in einem Bette mit ihr schlief, sie schwanger gehen ließ und sie gebieten hieß übers Gesinde?

Nun gut: Die Weisungen, die Ursula erteilte, klangen zaghaft, ganz so, als wäre sie nicht recht geübt darin, sie auszusprechen. Und Welf ermunterte sie allzu oft: »Nun, Ursula, laßt bringen … laßt sagen … laßt bereitstellen …«

Das »Weib« saß auch am Tisch, doch hielt es sich zurück. Ludowigs Wittfrau redete nicht viel, und wenn, so setzte sie die Worte gut und wohlplaziert. Sie gab sich liebreich und bescheiden. Sie zupfte auch die Harfe, doch befahl sie nicht.

Vielleicht war alles halb so wild? Elendes Pfaffenwerk!

Nicht riechen konnte Sigismund den Beichtiger von Ursula. Ein kalter Zerberus war das, so ohne Blut und Leben. Er fürchtete die Sünde, ehe sie begann … Und was auch, wenn? Wenn Welf Johanna beilag, war das seine Sache. Solange er sein Weib sein Weib sein ließ und Ursula in dieser Stellung gut erhielt, konnte er stopfen, wen er wollte. Da richtete auch Bruder Gisberts weltverachtend-keuscher Sinn nichts aus.

So feierte auf Richen man ein Fest. Es gab auch ein Turnier, drei Tage nach der Schayrer Männer Ankunft. Es fand – der Hof war viel zu eng dafür – auf freiem Felde statt. Für neugieriges Publikum, von nahen Burgen angereist, wurden drei Reihen Bänke in der Sonne aufgestellt.
Welf ritt nur für sein Weib. Das Tuch, das er zur eilig hingezimmerten Tribüne schwenkte, trug seiner Dame Farben, Gelb und Blau, wie auch das Schayrer Wappen, das obendrein ein Einhorn, auf den Hinterbeinen stehend, zierte.
Johanna, Ursula zur Seite sitzend, lächelte fein und klatschte Welfens Siegen Beifall. Für sie kämpften zwei fremde Ritter, denen sie voller Huld den Kopf entgegenneigte.
Welf holte Mann um Mann vom Pferd. Die Lust am Wettstreit färbte sein Gesicht. Es war ein Tag, wie besser nicht zu wünschen.
»Welch Komödiantenstück das ist!« geiferte Bruder Gisbert, wenn Welf vom Roß zu Ursula sich beugte, damit sie seine Wange küsse.
Des Nachts suchte der Zisterzienser Herrn Sigismund in dessen Kammer auf. Es schliefen dort auch noch ein Knappe und ein Junker, der demnächst Ritter werden sollte. Bruder Gisbert wähnte Welf, sein Weib und auch Johanna schlafend.
»Was Eures Bruders Tochter Euch nicht zu gestehen wagt, muß ich Euch hinterbringen«, flüsterte er in des Schayrers Ohr. »Herr Welf liegt Frau Johanna bei und zwingt sein Weib – Euer Geschwisterkind – an ihrer Zofe Seite in seinem Ledigengelaß die Nächte zu verbringen.«
Dem nicht genug: Der Zisterzienser sprach sich so in Rage, während er die Verhältnisse auf Richen schilderte, daß Sigis-

mund ihn wiederholt ermahnte: »Bruder Gisbert, nicht so laut!«
»Was wollt Ihr tun?« forschte der Beichtiger am Ende seiner zornigen Tirade. »Warten, bis Ihr Verdächtiges bemerkt? Dann wartet Ihr Euch dumm und blöde! Solange Ihr auf Richen weilt, dauert auch diese Posse!«
Herr Sigismund war müde und vom Wein betrunken, und Bruder Gisbert war ihm unbequem. So sagte er ihm nur: »Ich werde mir Herrn Welf zur Brust schon nehmen. Doch laßt mich ruhen jetzt. Ich wünsch' Euch eine gute Nacht!«
Johanna, wach in ihrem Bett, vernahm nicht, wie der Mönch in seine Zelle huschte; statt dessen hörte sie ein Pochen an der Tür. »Ich bin's!« Welfs Stimme drängte. »Mach auf, Johanna! Laß mich ein!«
Der Herr von Richen an der Türe seiner Metze! Zudem: Wie dachte er sich das? Luitgard schlief neben ihr – und auch ihr Sohn.
Die Zofe setzte sich nun gleichfalls auf. »Er wird die ganze Burg aufwecken«, raunte sie.
Das Kind zwischen den Frauen schlief, den Daumen fest im Munde.
»Herrgott, Johanna, hast du keine Ohren?« zischte Welf. »Mach mir sofort die Türe auf!«
Johanna aber dachte nicht daran, den Schlüssel im Schloß umzudrehen. Aufrecht kniete sie im Bett und wartete, bis Welf zurückschlich in das Eheschlafgemach.
Am nächsten Tag geriet die Burg erneut in Aufruhr. Der Wächter rief vom Turm: »Da kommen sieben Reiter!«
Man sah's mit großem Staunen: Heran ritt Markgraf Ruodlieb mit sechs von seinen Mannen.

»Was will denn der?« entfuhr es Welf.
Herr Sigismund, der um die Fehde wußte, griff sich sofort ans Schwert. Sollte er sich schlagen müssen für den Richener? Die Vorstellung mißfiel ihm sehr.
Es sammelten sich hoch am Turme um den Wächter Welf, der Schayrer Abgesandte, Ursula, Leonore, Luitgard mit Wig am Busen und schließlich auch Johanna. Die Sonne brannte kräftig, es ging schon auf Johanni zu, und doch bedeckte der Mantel mit dem Hermelinbesatz Johannas Leib.
Die Männer, die da näher rückten, waren nicht geharnischt. Nur Schwerter hingen ihnen an den Seiten.
Mitten auf dem Blutacker brachte Ruodlieb sein Roß zum Stehen und schrie zum Turm hinauf: »Welf, laßt mich ein! Ich komme nicht, um Euch zum Kampf zu fordern. Ich weiß, daß Ihr aus Schayern Gäste habt. Ich komme einzig und allein, um Zwiesprache zu halten mit Johanna, meiner Schwester.«
Welf sah Johanna an, Johanna Welf. Sie zuckte mit den Achseln und war ahnungslos. Was konnte Ruodlieb noch von ihr wollen?
»Wozu führt Ihr dann all die Männer mit?« brüllte Welf zu ihm hinunter.
»Weiß ich, ob Ihr nicht versuchen werdet, mich zu überwältigen, bin ich bei Euch im Hof?«
Welf schob die Unterlippe vor, als müsse er die Antwort auf Wahrheit oder Lüge prüfen. Egal, welchen Behufs: Wäre *er* zur Prettelsburg geritten, so sicher nicht allein. Das gab den Ausschlag. Dennoch versäumte er nicht vorzufühlen: »Was wollt Ihr von Johanna?«
»Das hab' ich ihr, nicht Euch zu sagen!« Ruodlieb zog sein Schwert und stieß es in die Erde, wo es steckenblieb und nach-

vibrierte. »Zum Zeichen meiner friedfertigen Absicht entwaffne ich mich selbst. Seid nicht so feige, Welf! Öffnet das Gitter!«

»Hoch die Falltür!« rief Welf dem Torwart zu.

»Seid Ihr nicht unvorsichtig?« raunte Sigismund.

Welf hatte sich jedoch schon abgewandt und eilte in den Hof hinunter. Alle andern hasteten ihm nach.

Ruodliebs Einzug in die Burg vollzog sich würdevoll und langsam. Seine Männer folgten in geringem Abstand. Unmöglich wäre es gewesen, sich im Hof zu schlagen, es drängte sich hier alles: die Burgbesatzung, der Besuch aus Schayern und mittendrin der Prettelsburger Troß.

Ruodlieb saß ab, wogegen seine Leute im Sattel blieben, bereit, ihn gegen jeden Angriff zu verteidigen.

Johanna schritt auf ihren Bruder zu. »Ruodlieb«, sagte sie. »Du hier?«

Sein Blick, kalt und neugierig zugleich, wanderte über ihr Gesicht, ehe er ihr erwiderte: »Schaff uns Gelegenheit, unter vier Augen ein Gespräch zu haben!«

Welf beäugte erst den ungebetnen Gast und dann Johanna voller Argwohn.

»Ihr könnt Johanna sprechen«, sagte er, »aber in meinem Beisein. Kommt mit! Wir reden in der Halle!«

Bruder Gisbert fixierte Sigismund. Hier ging doch etwas vor! Warum, um alles in der Welt, schritt der Schayrer immer noch nicht ein?

Nun: Sigismund runzelte nur die Stirn, als Ruodlieb mit seiner Schwester nach Welf ins Hallendunkel eintauchte. Die schwere Tür sank knarzend hinter ihnen zu.

Da durch die Fensterspalte nur wenig Licht hereinfiel in den

Saal und einzig eine Fackel brannte, steckte Welf fünf Tafelkerzen an: Festbeleuchtung.
Johanna wickelte sich enger in ihren Scharlachmantel, es war, als friere sie, und fragte: »Also, Bruder, was ist dein Begehr?«
Alle standen, keiner setzte sich. Welf stemmte sich die Hände in die Seiten.
»Ihr könnt ruhig hören, was ich vorzutragen habe«, wandte sich Ruodlieb zunächst an ihn. »Nun, Johanna, ich komme als ein Brautwerber. Der Graf von Burgberg will dich ehelichen.«
Welf stieß geringschätzig den Atem aus. Er winkte ab, er tat belustigt, er setzte sich selbstsicher auf den Herrenstuhl.
Spöttisch hob Johanna ihre Brauen. »Deshalb bist du mit deinen Männern hergeritten? Ich muß mich wundern, Ruodlieb. Habe ich dir nicht vor über einem Jahr gesagt, daß ich den Burgberger nicht haben will? Vom Regen in die Traufe hieße das zu kommen. Gib dir nicht weiter Mühe, ich bin auch heute nicht zu zwingen!«
Während Welf selbstgefällig grinste, zog sich Ruodlieb gemächlich, als sei er in Gedanken, die Handschuhe von seinen Fingern. Dann setzte er sich an den Tisch zu Welf.
Dem sagte er: »Wenn Ihr gescheit seid, dann paktiert Ihr jetzt mit mir. Feindschaft mit mir *und* mit der Sippe Eures Weibes könnt ihr Euch nicht leisten. Und du, Johanna, höre: Du hast die Wahl. Du kannst dich ehrbar machen oder von diesem da die Metze bleiben.« Er gab Welf einen ausdruckslosen Blick. »Ich komme als dein Freund und nicht, um dir Gewalt zu tun. Wenn du den Handel ausschlägst, ist er für alle Zeiten ausgeschlagen. Und ich bin deiner ledig. Ich habe dann um deinetwillen aufgeboten, was in meiner Macht stand.«
»Um meinetwillen? Das soll ich dir glauben? Du handelst

immer nur in *deinem* Sinn! Was trägt dir diese Hochzeit ein?«

Und wieder grinste Welf. So einfach hatte er sich das gedacht, der feine Wolfinger, und nun kam es ganz anders …

»Ja«, mischte er sich ein, »sprecht lieber vom Gewinn, auf den Ihr spechtet! Was hat der Burgberger Euch zugesagt, wenn Ihr ihm Eure Schwester zuführt?«

Ruodlieb schüttelte gereizt den Kopf. »Ich habe nicht gesagt, der Handel komme mir ganz ungelegen. Das nennt sich, zwei Frösche packen mit nur einer Hand. Überlege gut, Johanna!«

»Die Sache bringt dir einen neuen Bund und eine Wasserstelle«, erwiderte Johanna unbeeindruckt. »Der Unterlauf der Zusam ist in Burgbergischer Hand. Ich sehe nur zu gut, was *du* gewinnst. Und ich? Ich werde einem alten Manne angetraut, der mehr erwachsene Söhne hat als Haare auf dem Kopf.« Jetzt schaute sie Welf an. »Mir ist der eine hier auf Richen schon genug.« Welf feixte, kurz davor, in triumphales Lachen auszubrechen, dagegen blieb Johanna ernst. Sie schloß: »Nein, Ruodlieb, das wär' kein guter Tausch.«

»Wär's wohl auch nicht.« Überaus behaglich streckte Ruodlieb die Beine unterm Tisch. Er beschloß, die beste Karte noch zurückzuhalten. »Noch weißt du nicht das Wesentliche. Zuerst ein anderes: Wie lange, glaubt Ihr, trägt Euch Eure Brunst? Für Euch, Welf, hat die Sache Hand und Fuß – das heißt, wenn Euch die Schayrer nicht zu sehr zu Leibe rücken. Doch du, Johanna, was geschieht mit dir, wenn Welf genug hat, wenn er deiner überdrüssig, wenn er sich eine neue Bettgenossin nimmt? Dann bist du nichts als eine ausgediente Kebse. Und wenn sich das herumspricht überall im Land, wird keiner mehr mich schicken, um um dich zu freien. Man wird bedauern dich und dich vergessen. Kein Hahn wird nach dir krähen, wenn du auf der Richenburg verwelkst.«

Johanna stand am Tischende. Sie gab sich einen höchst gelaßnen Anschein, doch stieß ihr jedes Wort des Bruders tief ins Herz.

Welf, der die Angelegenheit zum Abschluß bringen wollte, sagte: »Ich glaub', Ihr mühet Euch umsonst. Habt Ihr noch mehr zu predigen?«

Von draußen drang Gewirr von Stimmen und Gelächter in den Palas. Die Prettelsburger Mannen bekamen Wein und Brot, die Mägde kreischten unter allzu derben Griffen. Die Schayrer hatten sich dazugesellt. Man lagerte im Gras und auf der Erde unter blauem Himmel, man tauschte Neuigkeiten aus, man brach das Brot und trank den Wein, fast feierte man dieses Treffen.

Drinnen, im Saal, bei Kerzenlicht und Fackelschein, war's kalt und still.

Ruodlieb ließ seine Rede wirken. Nach einer Weile sagte er zu seiner Schwester: »Du bist ein Schandfleck für den Stamm der Wolfinger. Du hurst mit unserm ärgsten Feind. Von Treue weißt du nichts. Daß du sie mir und deinem eigenen Geschlecht nicht hältst, ist schlimm genug, doch daß du Dankwards Tod vor lauter Wollust ganz vergessen hast, vor allem, *wie* er starb, das schändet dich viel mehr, als Welf dich jemals schänden kann.«

Auf diese Sätze hatte sie gewartet, wohl wissend, daß sie fallen würden. Als der Hieb nun auf sie niederfuhr, da zuckte sie zusammen. Es kostete sie viel, das Haupt nicht tief beschämt zu senken. Und doch war sie erleichtert: Das Furchtbarste war ausgesprochen.

Daß sie Ruodlieb keinen Gegenschlag versetzte, erstaunte Welf. Mit keinem Wort verwies sie ihren Bruder in die Schranken, mit keiner Silbe wusch sie sich selbst rein. Ganz starr stand sie am Tisch und stierte in die Flammen auf dem Bronzehalter. Und alles Wehrhafte, das ihr sonst eigen war, schien von ihr abgetropft gleich Wachs von einer Kerze.

»Dies nur, damit du weißt, daß ich dich tief verachte«, kam es von Ruodlieb, der es genoß, ihr solches an den Kopf zu werfen. Er schmeckte seinen Worten nach, dann fuhr er sich mit einem Finger über den Narbenwulst am Kinn, um anschließend die Hände auf den abgelegten Handschuhen zu falten, Johanna immerzu beobachtend wie eine Katze eine Maus.

»Ihr seid sehr anmaßend«, bemerkte Welf, der seinerseits Johanna nicht aus den Augen ließ. »Doch wen Ihr achtet oder nicht, das steht nicht zur Debatte. Ihr trachtet, Eure Schwester zu vermählen mit dem Burgberger. Sie antwortet Euch: nein. Damit ist alles wohl gesagt.«

»Das ist es nicht.« Auf Ruodliebs Gesicht erschien ein kaltes Lächeln. Er gab es zuerst Welf und dann Johanna. »Nun, Schwester, Welf hat recht, es steht nicht zur Debatte, ob ich dich verachte. Bei allem, was geschehen ist, steh' ich dir trotzdem noch in Bruderpflicht. Und diese such' ich heute zu erfüllen. Darum noch eins: Ich spreche nicht im Namen des alten Grafen von Burgberg. Der ist seit Ostern tot und längst begraben. Ich werbe für den jungen, seinen Sohn – für *einen* seiner Söhne und nicht für den geringsten, sondern für den, der seines Vaters Platz besetzt hat, für Aribon, den ältesten. Er ist verwitwet, seit Dreikönig, sein Weib starb ihm im Wochenbett, das Kind kam tot zur Welt wie alle andern vorher auch. Er hat noch keinen Erben in die Welt gesetzt, doch könnte er ihn mit dir zeugen. So wärst du wieder Burgherrin, und *das*, Schwesterherz, ist ein Geschenk, wie es der Himmel kein zweites Mal dir machen wird.«

Johanna sog den Atem ein und stieß ihn langsam wieder aus.

Nun war's an Welf, die Narben unter seinem schwarzen Stoppelbart zu reiben.

»Herrin auf Burgberg«, sagte sich Johanna vor. »Das rückt die Sache in ein andres Licht.«

Welf hörte auf, sich übers Kinn zu streichen. Vernahm er recht? Ganz ohne nachzudenken, herrschte er sie an: »Johanna, du bist mein!«

Ruodlieb lachte laut und roh. Was er da angezettelt hatte, schien ihn teuflisch zu ergötzen.

Welfs Nasenflügel blähten sich und fingen an zu beben. Johanna sah von ihm zu Ruodlieb und dann zu ihm zurück. In ihren Augen war es kalt geworden.

»Nun gut, so ist es zu erwägen«, beschied sie ihrem Bruder.

»Gar nichts ist zu erwägen!« Welf schnellte hoch und stürzte auf Johanna zu. Mit beiden Händen packte er sie an den Schultern, um sie zu schütteln, bis ihr die Haare aus dem Samtband quollen. »Hast du denn nicht gehört, Johanna: Du bist mein! Ich lasse dich nicht gehen! Schon gar nicht, um eines andern Mannes Weib zu werden. Du willst ja gar nicht fort! Mich willst du, nicht den Burgberger – und ist er noch so jung und reich!«

»Und wenn ich dich tatsächlich wollte?« In ihrer Stimme war ein feiner Klang von Eisen. »Ich kann dich doch nicht haben! Du bist mit Ursula vermählt. Was glaubst du, wie es mir ge-

fällt, sie hofhalten zu lassen? Was, wenn die Komödie durchgestanden ist? Was, wenn die Schayrer gehen? Sie werden wiederkommen, darauf ist Verlaß! Mein Bruder hat ganz recht: Hier bin ich einzig deine Metze. Aribon zur Seite kann ich Herrin sein.«
Ihr Bernsteinblick war wie gefroren, von einer Härte mehr als Gold: so wie Granit. Da zeigte sie sich wieder die Johanna, die die Füchsin war.
»Du bist auf Richen Herrin stets gewesen!« fuhr Welf sie an. »Und sind die Schayrer fort, so wirst du's wieder sein! Darauf die Hand: Sind sie erst abgezogen, so kehren sie nicht wieder. Dafür sorge ich!«
Johanna drehte langsam ihren Kopf, zuerst nach rechts und dann nach links. Welf rüttelte an ihr, noch fester als vorhin. Durch Kleid und Mantel spürte sie, wie seine Finger sich in ihr verkrallten.
»Ja, hast du den Verstand verloren?« schrie Welf sie an. »Was ist mit dir geschehen? Hast du nicht alles für uns zwei vergessen, was dir je teuer war? Kannst du ein Wort der Klage führen gegen mich, seit wir uns angehören? Hat je ein Mann sich mehr verstrickt als ich? Nicht zur Metze hab' ich dich erniedrigt: Zu meiner Königin erhoben hab' ich dich! Ja, hat's denn eine größre Liebe je auf dieser Welt gegeben?« Gleich einem Speere bohrte sich sein Blick in sie.
Noch immer sah sie ihn hart an, noch immer wurden ihre Schultern hart umfaßt von seinen Händen. Plötzlich glitt ein Lächeln, boshaft, hämend, über ihr Gesicht.
»Liebe«, sagte sie voller Geringschätzung. Dann schüttelte sie Welfens Hände ab. Sein Griff war schwach geworden unter ihrem Hohn. »Nennst du das Liebe, was wir miteinander

treiben? Das Wort dafür ist Brunst. Mein Bruder hat es richtig ausgewählt.«
Welf wich vor ihr zurück. Er brachte keinen Ton hervor. Statt dessen starrte er sie an wie ein Gespenst, das seinen Geist verwirrte.
Ruodlieb betrachtete die Streitenden mit gallebittrer Freude.
»Mag sein, daß *du* geliebt hast«, trieb Johanna den Pfeil, der giftig war, noch tiefer Welf ins Fleisch. »So ging die Rechnung auf – *meine* Rechnung. Eben dahin wollte ich dich bringen. Was bist du für ein Narr! Hast du denn wirklich nicht gemerkt, daß ich nur eines wollte: Dankward an dir rächen? Schmerz solltest du erleiden, Welf, so wie ich Schmerz erlitt, als Anselm meinen Bruder – für dich! – tötete, und alle Zeit danach. Also: Liebe mich! Nur zu! Ich liebe nicht. Ich heirate den Aribon von Burgberg!«
»Ja, bist du denn der Satan selbst?« Wolfszähne schienen sich in seiner Seele zu verbeißen. Dann brüllte er: »Natürlich liebst du mich!«
Ruodlieb stand auf. Er gab sich recht gelangweilt, obwohl er ebendies nicht war. »Ihr hattet nie sehr viel Verstand«, sagte er Welf. »Und was Ihr davon hattet, das rutschte Euch beizeiten in den Hodensack. Seht, wie es ist: Johanna hat Euch übertölpelt.«
Mit einer Selbstgefälligkeit, die ihresgleichen suchte, zog Ruodlieb sich erst den einen, dann den andern Handschuh an. Er war bereit zu gehen. Er wartete allein auf die Schwester, die triumphierend Welf ins Antlitz starrte.
Mit atemloser Heftigkeit riß Welf Johanna an sich. »Zum Henker, Weib!« brauste er auf. »Was ich dir bin, ist mir ganz einerlei. Es zählt, was du mir bist. Wenn du's bis jetzt noch

nicht begriffen hast, begreif es heute für den Rest des Lebens: Du bist *mein eigen*! Mir gehörst du, mir allein! Kein andrer Mann nach mir wird je von sich behaupten können, er habe dich besessen. Kein Aribon von Burgberg, kein König und kein Kaiser.« Er stieß sie von sich fort, nur um erneut nach ihr zu fassen. Er drehte sie in seinem Arm, er preßte ihr die Rechte auf den Leib und drückte mit der Linken ihr Kinn seitlich empor. Ihr Bruder schritt nicht ein. Geruhsam schob er sich das weiche Handschuhleder bis zu den Fingerwurzeln. »Gebärdet Euch nicht wie der Narr, für den Euch meine Schwester und ich halten«, sagte er belustigt. »Wart Ihr auch nie gescheit, so doch ein ganzer Mann. Bewahrt Euch diesen Ruf, macht Euch nicht lächerlich!«

In keiner Weise suchte sich Johanna gegen Welfs Umklammerung zu wehren. Sie verharrte regungslos, während ihr Buhle ihren Bruder wissen ließ: »Nun, Herr Markgraf, noch kennt Ihr nur die halbe Wahrheit. Das ist's, was Euch so siegessicher macht. Denn lächerlich seid *Ihr*, *ich* bin es nicht. Fragt Euch beizeiten, wie Ihr unserm edlen Bräutigam die Hörner schmackhaft machen wollt, die er schon vor der Ehe trägt!«

Mit einem Ruck riß er Johannas Mantel auf. Darunter wölbte sich ein praller Bauch. Sie war im sechsten Monat.

Ruodlieb erstarrte. Schwungvoll, als wolle er enteilen, warf er die Enden seines Überwurfes hinter sich. »Es ist nicht so, Herr Welf, daß ich Euch unterschätzte«, sagte er mit kaum verhaltener Erregung, »dich überschätzte ich, Johanna. Vermeintest du im Ernst, ein Burgberger, irgendein Mann von Rang würde dich samt des Richner Bastards haben wollen? Bist du denn gar so dumm?«

Johanna machte sich von Welfens Armen frei und schloß den Mantel wieder über ihrem Leib. »Da gibt es Mittel und auch Wege«, erklärte sie. »Ob mich der Burgberger sofort bekommt oder bis Kirchweih zuwartet: Was macht das aus? Ist das Balg da, so geht's mich nichts mehr an.«
»Und ich soll dir den Burgberger so lange hinhalten, bis du geboren hast? Verdammt, Johanna, wie ihm das begreiflich machen? Und überdies: Es spricht sich doch herum!« Zur Seite blickend, zwang sich Ruodlieb zu überlegen. Als er sich über alle Konsequenzen klargeworden war, versicherte er seiner Schwester: »Ich weiß von nichts. Ich habe nicht gesehen, was dieser Mantel hier verbirgt. Und Welf hat nichts verlauten lassen. Doch nehm' ich dich nicht mit. Nicht so – nicht dick gemacht von diesem geilen Bock. Das ist jetzt deine Sache. Vielleicht hast du ja Glück, vielleicht gelingt's, den Burgberger bis in den Herbst am ausgestreckten Arm zu halten. Vielleicht wird dieser Bastard auch dein Strick. Wir werden es erleben.«
Vor Welf sich spöttisch neigend, sagte Ruodlieb zum Abschied: »Es war mir ein Vergnügen, Welf von Richen! Ich wünsch' Euch eine schöne Zeit! Schmort gut in jenem Höllenfeuer, das meine Schwester für Euch ist und sein wird!«

So kam es auch: Johanna war die Hölle nun für Welf. Und gute Miene mußte er in einem fort den Schayrern machen, die wissen wollten, was geschehen war, was Ruodlieb auf Richen zu erlangen suchte, was seiner Schwester er bestellen ließ. Die ganze Burg wußte Johanna guter Hoffnung. Den Schayrern war die Nachricht lang schon zugetragen. Und Bruder Gisbert gab nicht auf zu geifern und zu hetzen.
So war's für Sigismund nicht leicht, sich zu entscheiden:

Heimkehren und berichten, daß alles seine, wenngleich fehlerhafte, Ordnung habe. Sollte er es auf diese Weise handhaben? Oder bleiben, um auf der Hut zu sein und auf den Fall zu warten, den Bruder Gisbert ihm verhieß, daß nämlich Welf der Posse müde wurde, daß er, gedrängt gar von Johanna, sich seine Maske abriß?

Sigismund fand: Viel Lärm um nichts! Ein Bastard mehr auf dieser Welt und Welf der Vater: Darum das Gewese? Und überdies: Der Welf war recht nach dem Geschmack des Schayrers. Und Ursula war nichts als eine Weibsperson von kindischem Gebaren und dazu arm an Geist und Leben, und Bruder Gisbert, der bigotte Pfaffe, taugte zu nichts außer zum Ränkeschmieden.

Doch hatte Sigismund den Auftrag seines Bruders zu erfüllen, zu prüfen, ob Ursula in Ehren war auf Richen. Zudem: Wie es tatsächlich sich verhielt mit Welfens Kebse, das wußte Sigismund durchaus nicht zu durchschauen.

So blieb er denn. Da er sich unwohl dabei fühlte, gab er sich spendabel, denn schließlich mußte die Burg Richen nun sieben Esser mehr versorgen. Daß er mit seinen Männern nicht eben wohlgelitten war, stellte ihn keineswegs vor Rätsel.

Seit dem Besuch des Wolfingers war Welf in Grübelei verfallen. Sein Lachen klang jetzt hohl. Dahin war seine Lust am Spiel und am Gelage. Sein Frohsinn war ein aufgesetzter.

Und in der Tat: Johannas Pfeil steckte in seiner Brust und war nicht auszureißen. So ging auch er ihr aus dem Weg. Daß sie recht oft mit Trud zusammensaß, gefiel ihm nicht, doch wagte er es nicht, ihr irgend etwas zu verbieten. Er durfte nicht vergessen: Je auffälliger er sich benahm gegen Johanna, desto länger würden die Schayrer ihm im Nacken sitzen bleiben.

Johanna schickte Trud zur alten Müllerin, die Tränke für sie braute, gar furchtbar stinkendes Gebräu aus Spinneneiern und aus Krötenfüßen. Das, welches schließlich Wirkung tat, bestand aus folgendem: Sade, was Selleriewurzeln hieß, dazu Fenchel, Liebstöckel und Petersilie, Rainfarn und Beifuß, angesetzt in heißem Wein, dazu ein Tropfen Blut von einer Sau, die in der Nacht zuvor geferkelt hatte.

Johanna nahm auch Bäder, so heiß, daß sie ihr die Besinnung raubten. Anschließend brannte ihre Haut wie Feuer über Stunden.

Und so geschah es dann: Die Frucht ging ab, ein Kind schon, groß wie eine Männerfaust, mit Fingern, Zehen, riesenhaften Augen und einem Kopf vom selben Ausmaß wie der Leib, der einem Halbmond gleich gebogen war und wächsern weiß, durchsichtig fast; man sah blutrote Adern. Johanna lag in Sturzwehen, die keine Viertelstunde dauerten. Dann war's vollbracht. Sie selber dachte, noch im eigenen Schweiß: Es war gar nicht das Mittel, es war allein mein ungeheurer Wille. Man hatte aus dem Badehause sie getragen, während sie gellend schrie. Ein jeder hatte gleich gewußt: Sie war es endlich losgeworden. Weshalb sie Trud zur Müllerin geschickt, war keinem ein Geheimnis.

Als Welf von seiner Buhlin Tat erfuhr, begab er eilends sich an ihre Seite. Sie lag auf frischem Stroh auf einem blütenweißen Laken in dem Gelaß, darunter sich das Burgverlies befand.

»Wird sie leben?« befragte Welf, innehaltend an der Tür, die treue Luitgard.

»Um Euretwillen, ja!« bekam er da zu hören. »Sie stirbt Euch jetzt nicht weg. Das hieße unterliegen.«

Als Welf dann in die Kammer trat, sah er Johanna müde lächeln. Er näherte sich ihrem Bett, fiel davor auf die Knie und strich ihr eine Haarsträhne aus ihrem Antlitz, das weiß war wie der Schnee, so weiß, als wäre jeder Tropfen Blut aus ihm gewichen.
»Mein Gott, Johanna!« Er sprach mit einer Stimme ohne Ton, damit ihn all die Tränen, die ihm in der Kehle saßen, nicht übermannen konnten. »Weißt du denn nicht, daß du mir nicht entkommst?«
Johanna hauchte, als habe sie ihn nicht verstanden: »Die Gesellschaft ... dort im Palas ... Sie werden dich vermissen ... Mach dich nicht verdächtig, Welf ... So wirst du sie nie los, die Schayrer!«
»Was sind mir jetzt die Schayrer?« Er würgte und er schluckte. »Vergiß sie, vergiß Richen, einmal nur, darum bitt' ich dich.«
Er schob die Hände unter ihre Achseln, um ihren Körper, der leicht wie eine Feder war, an seine Brust zu ziehen, und senkte sein Gesicht in ihre Halsbeuge. Ganz matt hing sie in seinen lebensstarken Armen.
»Richen sind wir«, flüsterte Johanna.
»So gibt es niemals Frieden zwischen uns?«
»Frieden?« Ein leises Lachen perlte in sein Ohr. Er fühlte ihre Hand in seinen Haaren. Was er schon lange ahnte, sprach sie aus: »Wir sind dazu geboren, uns aneinander zu versündigen. So niedrig kann gar kein Verbrechen sein, daß wir es nicht begehen müßten.«

ZWÖLFTES KAPITEL
IM JAHRE DES HERRN

1150

Acht Tage nach Johanni zogen die Schayrer ab. Welf beschloß, ein Fest zu geben. Er war jetzt wieder frei auf Richen – frei zu tun, was ihm beliebte.

So ging er denn zu seinem Weib und sagte: »Ich vermute, daß Ihr erleichtert seid zu hören, was ich nun verfüge: Ich mute Euch nicht länger zu, das Bett mit mir zu teilen. Jede Nacht, die Ihr mit mir verbringen müßt, ist Euch ein Opfer. Ich erlöse Euch. Kehrt zurück zu Eurer Zofe, ergeht Euch in Gebeten und wagt ja nicht, noch einmal einen Brief zur Schayernburg zu senden! Und wehe Euch, Ihr wagt es doch! Es soll Euch schlecht ergehen auf der Richenburg! Denkt stets daran: Es gibt hier ein Verlies, wo jeder Ungehorsam Beugung findet!«

Ursula rutschte vor ihm auf den Knien, umfaßte mit den Armen seine Beine und winselte zu ihm empor: »Was immer Ihr gebietet, soll geschehen, denn Euer Wille ist der meine. Tut, was Ihr wollt, doch ehret mich als Euer Weib! Ihr könnt mich nicht aus Eurem Schlafgemach verstoßen!«

»Verstoßen?« Welf lachte laut. »Ich bin Euch doch nur zu Gefallen damit! Und jetzt steht auf und faßt Euch wieder! Da kommt ja Bruder Gisbert! Weint an ihn hin und nicht an

mich!« So ließ er sie auf Knien liegen und schrie Johannas Namen.
Johanna weilte auf dem Turm und rief zu ihm hinunter: »Hier bin ich! Brüll nicht so, ich habe gute Ohren!«
Und lachend, lauter noch als eben, erdröhnte Welfens Stimme: »Ich komme schon!«
Ein Sommer flammte überm Land, wie's keinen schönern je gegeben hatte. Es war ein Sommer voller Saft und Kraft. Die Sonne sengte heiß, das Korn stand hoch und voll, es roch nach Heu und Rosenblüten, und auf den Wiesen wurde Gras geschnitten und aufgetürmt zu Haufen. Vögel jagten sich durch blendendhelles Blau. Am Waldrand blähte sich der Auerhahn, ein Kuckuck schrie. Aus Baumwipfeln, aus Nestern ohne Zahl piepste die junge Brut. Es summte und es surrte um die Bienenstöcke. Ameisen wuselten in ihren Hügeln. Das Vieh lag träg im Schatten und käute wieder voll Behagen. Die Walderdbeeren schmeckten süß. Himbeersträucher beugten sich unter der Früchte Last. Der Holunder reifte voll und schwarz. Schlehen und Johannisbeeren wuchsen, Jasmin und Königskerzen. Es wucherten die Schafgarben, die Brennesseln, die Gänseblümchen, auch Löwenzahn und Margeriten. In den Auen drängten sich die Storchenschnäbel. Des Bärenbaches Ränder leuchteten dunkelrot: ein Blutströpfchen neben dem anderen! Kornblumen, blauer als der Himmel, und roter Klatschmohn säumten alle Felder. Es war ein Sprießen und Gedeihen, es war Verschwendung, Pracht und Fülle, es war, als wolle sich die Welt in einem ungeheuren Rausch verschenken.
Ganz außer Atem, so war er gerannt, erreichte Welf den Turm. Johanna stand in einem leichten Kleide ohne Ärmel-

schleppen, sehr eng genäht, mit einem Gürtel, der von der Taille hinab zur Hüfte führte, gänzlich in Scharlachrot im Sommerwehen und hielt sich eine Hand über die Augen, als sie sich umdrehte nach Welf.

»Ursula packt! Sie zieht zu Leonore!« Schon faßte er nach ihr, schon brannte er ihr einen ungestümen Kuß zwischen die Lippen. »Es wird sein, wie ich es dir versprochen habe: Die Schayrer bleiben fort! Richen ist unser!«

Johanna füllte Wein in einen Becher und reichte Welf den Trunk. »Du bist recht überschwenglich«, meinte sie.

»Überschwenglich?« Welf griff nicht nach dem Becher, er faßte um Johannas Mitte. Er hob sie hoch und wirbelte mit ihr im Kreis. Er hatte sie längst abgesetzt, als seine Hände ihre Taille immer noch umfingen. »Mich kannst du doch nicht täuschen!« Er lachte jung und strahlend. »Es freut auch dich, daß wir die fremden Herren vom Halse haben. Was immer du orakeln magst: Jetzt kehrt das Glück zu uns zurück.«

Johanna rückte von ihm ab.

»Schau nicht so streng!« Übermütig zwickte Welf sie in den Allerwertesten. »Genieß den Tag, die Sonne und die Aussicht, ab heute wieder ganz du selbst zu sein!«

»Ich soll ich selber sein?« Sie leerte jetzt den Becher, den Welf verschmäht hatte. »Du sperrst mich ein!« warf sie ihm vor. »Ich bin deine Gefangene! Seit Wochen untersagst du mir, mein Pferd bloß zu bewegen. Ich habe ganz vergessen, wie man reitet.«

»Ich konnte dich nicht fortlassen.« Welfs gute Laune blieb vollkommen ungetrübt. »Du wärst, ohne zu zögern, zu Ruodlieb hinübergaloppiert, um ihn zu fragen, ob Aribon von Burgberg noch zu haben ist.«

»So wirst du mich mein Leben lang gefangenhalten?«
»Führ dich nicht selber hinters Licht! Du hast jetzt, was du willst.«
»Dünkt dich das so? Soweit ich weiß, hat Aribon noch keine andere zu seinem Weib gemacht.«
»Du wirst nicht fliehen!« Welf war das Leben selbst, so jung, so voller Kraft, mit heißem Blut, mitreißend, sorgenlos und unbesiegbar.
»Weshalb denn nicht?« fragte Johanna.
»Küßt eine Frau den Mann, dem sie entfliehen will, so inbrünstig, wie du es letzte Nacht getan? Du bist mir zwar entwischt, aber die Nacht, die kommt, ist unser, meine Süße!«
»Küßte ich dich so heiß?«
»Heißer noch!«
Sie füllte abermals mit Wein den Becher, nippte daran und ging um Welf herum. »Küßte ich dich vielleicht, als wär's das letzte Mal?«
Welf widersprach: »Das war kein Kuß zum Abschied, das war ein Kuß, als fingen wir neu an.«
Er wollte nach Johanna langen, doch die sprang wieselflink zur Seite.
»Wenn es dich so nach einem Ritt verlangt, dann reite doch mit mir!« rief Welf. Sich dieses Hintersinns erfreuend über alle Maßen, versprach er ihr: »Heute abend, wenn wir feiern, wenn du wieder Königin auf Richen bist, wird dir die Hinwendung zu deinem Aribon vergehen. Denn weißt du, meine unvergleichliche Johanna: Von mir kannst du genauso wenig lassen wie von Richen.«
Es gelang ihm, Johanna wieder zu umfangen. Der Wein schwappte in Wellen über den Becherrand. Obwohl Johanna

ihren Kopf zur Seite wandte, trafen Welfs Lippen ihren Mund. Welf drängte sie an eine Mauer und küßte sie verlangend, bis sie den Becher fallen ließ. Der polterte zu Boden und rollte über Steinquader und Rillen, bis er in einer Ecke liegenblieb.

Johanna spürte, wie Welfens hart gewordenes Geschlecht sich gegen ihren Schoß preßte. Für einen Augenblick ergab sie sich dem wollüstigen Schwall, der von ihm überlief auf sie. Als er sich von ihr löste, sagte sie:

»Du deutest alle Zeichen falsch.«

Dann schwang sie sich zwischen den Zinnen auf eine Mauerbrüstung und ließ die Beine baumeln.

Welf nahm sich einen neuen Becher, goß den Rest vom Krug hinein und prostete ihr zu, bevor er trank. »Auf uns beide!« rief er zwischen großen Schlucken. »Und heute nacht gehörst du mir!«

Heute nacht bist du schon tot, dachte Johanna mit einem starren Lächeln.

Bereits am Nachmittag wurden in der Küche alle Künste aufgeboten, um sich zu rüsten für das Fest, das Welf zu feiern wünschte. Ein Wildschwein wurde auf den Spieß gesteckt und über schwachem Feuer sorgfältig gedreht. Man rupfte Hühner, füllte eine Gans mit Brät, buk Pfefferkuchen, walkte Rosennudeln, knackte die letzten Winternüsse, um sie mit Honig zu glasieren, und stellte Erdbeeren in einer Schüssel in die pralle Sonne, damit sie letzte Süße zogen.

Alle sollten heute abend Wein bekommen, sogar der Krüppel, der nicht gehen konnte und Weidenkörbe flocht den lieben langen Tag.

Derweil lag Ursula auf Knien in der Burgkapelle und flehte Gott um seine Gnade an. Denn Bruder Gisbert drang in sie seit Morgengrauen: den Oheim rasch zurückbeordern! Dann würde er schon sehen, was auf Richen ruchbar wurde, kaum hatte er's verlassen.

So kam der Abend näher. Die Sonne sank durch rosenfarbne Schleier in den Wald, das Licht erlosch, die Mücken tanzten Ringelreihen. Dämmerung spreizte ihre Flügel, Rehe ästen vor dem Forst, kühl dehnten sich die Schatten, und tiefer Friede schmiegte sich ins Land.

Welf nahm ein Bad, er sang und pfiff, und während er sich Hals und Achseln seifte, verstummte auch der letzte Dengelschlag.

Nach Welf begab Johanna sich ins Badehaus. Obwohl er zu ihr wollte, ließ sie ihn nicht ein. Luitgard und Trud sahen sie in Gedanken.

»Ist Euch nicht wohl?« fragte die Zofe mehrfach, erhielt aber beständig die Erwiderung: »Doch, ausgesprochen wohl.« Johanna ließ sich prächtig für den Abend ausstaffieren. Das Kleid war scharlachrot, die Hängeärmel waren weit und lang, die Taille war eng und straff gegürtet; scharlachrot war auch der Seidenmantel mit den Brokatbordüren. Aus Gold war das Schapel mit roten und mit grünen Steinen, mit Gold bezogen ebenfalls die Fibel und die geschwungenen Beschläge am samtbespannten Ledergürtel. In dichten Wellen fiel Johannas Haar, haselnußbraun, durchsetzt mit hellen Sommerfäden, hinab bis zu den Ellbogen.

»Wie schön Ihr seid!« pries Luitgard sie.

Ursula zog es vor, nicht an dem Feste teilzunehmen. Wieso sich diese Schmach antun? Was man da feierte, das war *ihr*

Niedergang. Das »Weib« würde an Welfens Seite sitzen. Es war wie ehedem, es war, als wäre Sigismund nie hier gewesen. Bruder Gisbert bedrängte Ursula, sich wenigstens für eine Stunde oder zwei im Palas aufzuhalten. »Wenn er Euch beleidigt, so tretet ihm entgegen! Seid nicht so zaghaft, strafft den Rücken, hebt das Haupt!« Die alte Litanei. Würde das nie ein Ende haben? Ursula war so müde. Doch Bruder Gisbert überließ sie nicht der Müdigkeit, und Leonore riet ihr ebenfalls: »Zeigt endlich, wer Ihr seid!«

So saß auch Ursula am reich gedeckten Tisch, während ihr Eheherr die Rückkehr zu den alten Zeiten feierte. Sie saß zu seiner Rechten, Johanna ihm zur Linken, an seiner Herzensseite. Johanna war's auch wieder, die das Gesinde lenkte, die aufzutragen hieß und abzuräumen.

Doch seltsam: Freute sie sich nicht? Sie war so steif, sie sah kaum auf, sie lachte nicht.

An Welf vorbei schielte Ursula immer wieder nach Johanna, und stets erblickte sie die gleiche Unfrohheit.

Welf schwamm in Hochgefühlen, dagegen seine Buhlschaft ... Jetzt zeigte sie ein Lächeln, das erste dieses Abends. Es war wie aufgemalt.

Als die Musikanten zum Tanze aufspielten, zog Welf Johanna hoch. Indes: Sie tanzte nicht, sie hob nur ihre Arme und die Beine, sie setzte Schritt vor Schritt, sie neigte sich, sie drehte sich im Kreise, doch tat sie's ohne Schwung und Leben.

Ursula zerliefen sämtliche Gedanken. Sie trank so viel wie nie vorher, um taub zu werden gegen alles. Und Gott sei Dank, sie mußte wenigstens nicht tanzen. Ihr Leib war jetzt so dick, daß er schier platzte. Längst war sie über ihre Zeit, doch regte sich das Kind noch immer nicht in ihrem Bauch.

Wie dem auch sei: Die Faxenmacher zeigten ihre Kunststücke, sie warfen Bälle und auch Stöcke, der eine drei, der andre vier, und stießen gegenseitig sich in ihre Hinterbacken und balgten sich zu mehreren am Boden. Wer's sah, der wollte sich vor Lachen kugeln. Die Sänger und die Musikanten spielten sich in Hitze, einander meisterlich zu übertreffen war ihr Ziel. Schon weit vor Mitternacht war alles auf Burg Richen stockbetrunken.

Und keinem fiel es auf in dem Tumult – nicht Ursula und auch nicht Bruder Gisbert –, daß Trud recht spät noch Silberkelche brachte. Es waren ihrer zwei. Den einen stellte sie vor Welf, den andern vor Johanna. Die Kelche waren Herrschaftszeichen. Wer aus ihnen trank, der hatte zu gebieten.

Trud, erneut von einem toten Kind entbunden – erst vor fünf Tagen war es ihr geschehen –, hatte dunkle Ringe unter ihren Augen. Sie schenkte ein, sehr langsam, dann ging sie wieder. Johanna hob den Kelch, der vor ihr stand, und prostete Welf zu. Sie kamen grad vom Tanz, sie waren beide außer Atem.

Welf nahm den Kelch – er war sehr durstig – und schrie ins Wogen all der Stimmen: »Ich trinke jetzt auf meine Königin Johanna!«

Nicht alle sahen zu ihm hin, es war zu später Stunde. Die einen schnarchten schon entlang der Wand, die andern tändelten mit Weibspersonen, und wieder andre ließen Würfel fallen.

Ursula wurde blaß. Erst jetzt erkannte sie die Kelche. In Bruder Gisberts Miene war Erbitterung.

Johanna schaute Welf ins Angesicht, als wolle sie ihn bannen. Welf hatte schon die Lippen am Pokal, als er ihn wieder sinken ließ, Johannas Hand ergriff und küßte. Nicht lange

mehr, dann war sie wieder sein und keuchte, was er hören wollte …
Johanna netzte sich mit Wein die Zunge, doch gaben ihre Augen Welf nicht frei. Als er erneut den Kelch zu seinem Munde hob, vergaß sie gar zu atmen. Da lachte er ihr zu, als wäre er mit ihr verschworen. Es krampfte sich in ihr. Sie mühte sich zu einem Lächeln, das ihr zur Maske wurde. So trink doch endlich! Trink!
Ihr war der Mund ganz trocken.
Welf lehnte schon den Kopf zurück. Gleich würde er ihn kippen, den Pokal … Jetzt! Jetzt geschah's! …
Johanna schnellte vor, riß ihren Arm empor und schlug mit Wucht den Kelch aus Welfens Hand. Der Silberbecher klapperte zu Boden, und plötzlich wurde es ganz still im Saal. Trud schaute Kilian an, der Trud. Endgültig war's verloren!
Bruder Gisbert stieß sich von der Bank, doch konnte er im ersten Augenblick nichts sagen. Ursula hielt sich an Leonore fest. Und dann, es klang wie eine Geisterstimme, fing Wig recht dünn zu weinen an. Man hörte nichts als dieses Greinen eines Kindes.
Alle starrten nach Johanna und nach Welf.
Johanna schnaufte schwer. Sie konnte kein Wort sagen. Welf regte nicht ein Glied. Es dauerte, bis er begriff, was ihm da widerfahren war. Dann sagte er: »Das ist nicht wahr.«
Johanna schluckte, ehe sie gestand: »Doch, es ist wahr.« So standen sie, zu Salzsäulen erstarrt, mit Blicken, die sich nicht bewegten.
Plötzlich hob Welf den nächsten Weinkrug hoch und warf ihn an die Wand. Er war aus Ton und brach in Stücke.

Bruder Gisbert lag es auf der Zunge, laut zu rufen: Werft ins Verlies diese Verbrecherin! Doch kam er nicht dazu.
Welf sprang schon vor. Mit der Linken packte er Johanna, mit der Rechten schlug er sie. Sie stolperte zur Seite, Welf riß sie schnell herum und gab ihr eine Schelle nach der anderen.
»Was wirst du *noch* versuchen!« schrie er außer sich, ehe er seine Kebsin mit aller Kraft zum Tisch hin schleuderte. Holzgeschirr und Tongefäße, der zweite Kelch: Alles donnerte zu Boden. Auch Johanna fiel, doch stand sie sofort wieder auf und schrie zurück: »Es tut mir leid. *Wie* leid's mir tut, das wirst du nie erfahren!«
Welf bellte: »Fast hätt' es dir zu spät erst leid getan!«
Johannas Augen waren dunkel wie Palisanderholz geworden. »Das tut mir ja so leid«, kam es ganz ruhig von ihr. »Ich wünschte, ich hätte dich den Schierlingsbecher leeren lassen!«
Welf schaute ungläubig in ihr Gesicht. Niemand sprach, keiner wagte auch nur, laut zu atmen. Selbst Bruder Gisbert, vorhin so entschlossen aufgesprungen, veränderte kein Jota seine Haltung.
Tonlos sagte Welf: »Was du kannst, kann ich auch.« Dann schrie er: »Wache!«
Schon war Johanna von zwei Mann umstellt, und Welf befahl: »Hinunter mit ihr ins Verlies, zu Wasser und zu Brot! Und morgen früh hängt sie am Seil!«

Johanna lag auf altem Stroh. Sie lag in Seidenkleid und Scharlachmantel. Der Boden war sehr kalt. Um ihre linke Fessel schloß sich eine Eisenkette, festgemacht an einer schweren Kugel.
Vor ihr hatte eine Eierdiebin vier Wochen auf demselben

Stroh geschlafen. Die Schüssel mit dem Deckel, gewährt einzig Johanna und bestimmt, die Notdurft zu verrichten, hatte die Diebin nicht gehabt. Es roch nach Kot und nach Urin. Hin und wieder hörte man es rascheln. Das waren Mäuse, keine Ratten – Gott sei Dank!

Johanna wachte auf, als Licht in ihren Kerker fiel. Es drang durch einen Schlitz unter der Decke und gab den Blick auf gelbe Hühnerbeine frei. Auch durch das Gitter über ihrem Kopf fielen helle Streifen. Dort oben war jenes Gelaß, in dem sie tagelang in Agonie gelegen hatte – damals, nach der Schlacht draußen auf dem Blutacker.

Es war noch früh am Morgen. Zum zweiten Male krähte nun der Hahn. Sonst blieb es still im Hof.

Johanna schrak aus jenem Traum, der immer gleich verlief, aus dem heraus ihr Bruder nach ihr rief. Jedesmal reichte der Acker, über den er stolperte, bis hin zum Horizont, jedesmal stand er auf dem Gezücht von Schlangen, jedesmal färbten Wolken den gesamten Himmel schwarz, jedesmal regnete es Blut.

Johanna wußte gut: Das war kein Traum. Es war genauso, wie sie's sah: Seit er tot war, hetzte Dankward über diesen Acker, der kein Ende hatte, seit er tot war, lief er über Schlangen, seit er tot war, kannte er nur diesen wolkenschwarzen Himmel, seit er tot war, strömte Blut auf ihn herab.

Das war seine Hölle. Vielleicht war es auch nur das Fegefeuer, aus dem der Herr am Jüngsten Tage ihn erretten würde. *Ihretwegen* war er dort! Um ihretwillen litt er diese Qualen! Um ihretwillen hatte er zum Schwert gegriffen! »Du sollst nicht töten!« hieß es in der Bibel. Als ihr der Traum noch neu gewesen, hatte sie für ihres Bruders Seele viel gebetet. Sie betete nicht mehr. Gott hörte sie ja nicht. Und hörte er sie doch, so hörte er nicht hin. Sollte er aber hinhören, berührte ihn ihr Flehen nicht. Sie waren ihm nichts wert, ihre Gebete. Gott ließ Dankward schmachten, seit Monaten schon, seit über einem Jahr. Er würde ihn noch weiter schmachten lassen, denn war er nicht ein Gott der Rache, ein Gott bar jeder Gnade, bar jeden Mitgefühls, ein Gott, der zürnte und der zugab: »Glaubet nicht, ich sei gekommen, Frieden auf die Erde zu bringen, sondern das Schwert ...?« Ein Gott, der drohte: »Ich bin gekommen, den Menschen zu entzweien mit seinem Vater und die Tochter mit der Mutter ...« Daß dieser Gott auch Zwietracht säte zwischen Mann und Weib, konnte Johanna nicht verwundern. Bei diesem Gott suchte sie keine Zuflucht mehr. »Wer nicht mit mir ist, der ist gegen mich«, hatte er entschieden. So war sie eben gegen ihn.

Daß er *sie* ins Unglück stürzte, das verstand sie. Sie hatte schwere Schuld auf sich geladen. Unschuldig schuldig aber war ihr Bruder. Reinen Herzens hatte er getötet. Und Gott verschloß sich seiner Not. Das konnte Johanna weder hinnehmen noch gar verzeihen. Das *wollte* sie nicht hinnehmen, verzeihen noch viel weniger!

Gott war ihr fremd geworden. Vielleicht war er ihr immer fremd gewesen, und jetzt erst ging's ihr auf. Mehr noch: Sie war Gott feind, seit sie begriffen hatte, daß sie zum Teufel betete, wenn sie sie selber war. Und da sie, ohne es zu wissen, ihr halbes Leben lang den Teufel angebetet hatte, betete Johanna nun wissentlich und voller Inbrunst zu Luzifer, dem Höllenfürsten: »Mach Welf den Garaus, ersticke seine Lebensflamme, schaff ihn mir aus dem Weg! Vernichte *ihn*, damit *ich* atmen kann! Es reicht die Luft nicht für uns beide.«

Was hatte Welf gesagt? »Hat je ein Mann sich mehr verstrickt mit einem Weib?« Hatte denn je ein Weib sich mehr verstrickt mit einem Mann? Unlösbar waren sie verkettet. Allein der Tod konnte die Fesseln auseinanderschneiden.
Es war ihr nicht gelungen, Welf zu töten. Sie war vor dieser Tat zurückgeschreckt. Jetzt würde er versuchen, sich *ihrer* zu entledigen.
Während Johanna sich im Stroh aufsetzte, um sich mit gespreizten Fingern die Haare zu entwirren, dachte sie: Falsch war es, ihn zu schonen. Doch hatte sie ihn denn *geschont*?
Keine Überlegung, eine tiefinnere Regung war es gewesen, unbeherrschbar wie der Drang im Darm, als sie ihm den Pokal entrissen hatte. Sie hatte es gar nicht gewollt … Oder doch? Hatte sie Welf willentlich gerettet?
Am Scheitelpunkte ihres Lebens angelangt, an dem Moment, der zählte wie kein anderer, da war sie schwach gewesen. Dieser Moment würde nicht wiederkehren. Er war vertan, für alle Zeit vertan. Wie hatte das geschehen können? Johanna dämmerte die Wahrheit: Worauf's im Leben ankam, war, sich zu entscheiden. Kein Mensch ist frei in seinem Wollen, dachte sie und rieb den letzten Schlaf aus ihren Augen, er ist nur frei in den Entscheidungen.
Während der Wille einfach *ist*, nicht lenkbar, nicht zu ändern, nicht herbeizuführen und auch nicht aufzulösen, ein Trieb aus tiefster Seele, so kommt jede Entscheidung einer Wahl gleich: Sie kann dem Willen dienen, sich diesem unterwerfen, eins mit ihm werden – oder sich dagegenstemmen, sich erheben. Zwischen Willen und Ausführung kann sich einzig die Entscheidung schieben. Auf sie allein kommt es an.
Johanna hatte sich entschieden. Ihr Wille war gewesen, Welf

zu töten. Am Ende hatte sie es nicht vermocht. Wille und Entscheidung waren nicht verschmolzen. Welf lebte noch. Johanna sah es so: Sie war sich selber unterlegen.

Während Johanna, im Stroh kauernd, dem Tag und allen seinen Strafen entgegenfürchtete, ging Welf wie ein gefangnes Tier in seinem Schlafgemache auf und ab. Auch er war wach seit Morgengrauen. Er hatte schlecht geschlafen und schlechter noch geträumt, er hatte auch geweint. Vom eignen Schluchzen war er aufgewacht. Das Streckseil, dachte er und machte große Schritte, ich habe ihr das Streckseil angedroht. Doch während er die ganze Nacht hindurch danach gegiert hatte, Johanna Leiden zuzufügen, kaum in der Lage zu erwarten, sie an den Handgelenken aufgehängt zu sehen, war ihm nun schal zumute.

Sie schlug ihn; er schlug sie. Sie schlug zurück, danach schlug er sie wieder. So ging es fort, so würde es bis an das Ende aller Tage gehen. Waren sie beide nicht mehr bei Verstand? Waren sie wahnsinnig und merkten es nur nicht? Waren sie gar besessen von Dämonen?

Welf setzte sich aufs Bett und legte sich die Stirn in beide Hände. Er wünschte, einen langen Traum gehabt zu haben, aus dem er gleich erwachen würde. Als dann jedoch sein Knappe, der vom Morgenessen kam, an seine Tür klopfte, da war ihm klar, daß es nun galt zu handeln. Er träumte nicht. Es war schon heller Tag.

Johanna, die fast seine Mörderin geworden war, lag unten im Verlies. Sie jetzt zu schonen hieße, sich ihr für alle Zeiten untertan zu machen. Es hieße ferner, zum Gespött zu werden vor allen seinen Hörigen und den Bewohnern seiner Burg. Es

hieße selbstverständlich auch, der Macht entsagen. Und ebendarum ging es ja: um die Macht auf Richen.
Tatsächlich? Ging es darum – und um nichts anderes? War so das Leben?
Welf saß bewegungslos. Nur seine Augen zuckten schnell und unruhig. Ja, schrie da eine Stimme tief aus seinem Innern, um die Macht auf Richen, einzig darum entbrennt hier jeder Hader! Und eine andre Stimme sprach so matt zu ihm, daß er sie kaum vernahm, doch ahnte er, daß er sich vor der eignen Schwäche mehr fürchtete als vor Johannas Stärke. So stieß er sich vom Bett, stürmte aus dem Gemach und eilte nach dem Halbturm.
»Blasius!« schrie er unterwegs. »Baldur! Her mit Euch!« Zu seinem Staunen fand er Ursula in dem Gelaß, das zum Verliese führte. Niemand war an ihrer Seite, nicht Bruder Gisbert, auch nicht Leonore. Sie trug ein schwarzes Tuchgewand, mehr Nonnentracht als Kleid, das ihren schwangern Leib verbarg, und eine breite Flügelhaube, genauso schwarz, und eine Gebende aus weißem Leinen unterm Kinn.
»Welf«, fing sie an zu sprechen, »Ihr versündigt Euch!«
»Das Gitter hoch!« befahl Welf seinem Knappen und dem Wächter. Dennoch hielt ihn etwas davon ab, sich gleich von seinem Weibe abzukehren. Neugierig forschte er in Ursulas blaß-weichem Mädchenantlitz. Dann fragte er herausfordernd: »Fürbitten für Johanna, Euere Rivalin?«
»Für einen andern Menschen spreche ich.« In ihren wasserblauen Augen schwammen Tränen, die nicht überliefen. »In des Kindes Namen, das ich für Euch trage: Begnadigt Frau Johanna, wie sie Euch begnadigt hat!«
Welf schüttelte den Kopf, sich wundernd mehr als ablehnend.

»Ich versteh' Euch nicht«, gestand er. »Und Ihr versteht Euch selbst nicht. Ihr dient ganz einem fremden Willen, den Ihr Gott nennt, doch wißt Ihr nichts von Gott und auch nichts von der Welt. Weint nicht, teure Gemahlin, geht in die Kapelle und sucht Euch zu beruhigen! Doch seid mir nicht im Weg!«

Ursula, kurz davor, auf ihre Knie zu fallen, wie sie es dauernd tat, begriff: Was immer sie bezweckte, war umsonst. Ihr Gott war nicht Welfs Gott, und ihre Seele war so fern der seinen, daß eine Brücke nicht zu schlagen war.

Da floh sie von ihm fort. Sie floh in die Kapelle und sank vor den Altar. Heiße Tränen vergoß sie dort um ihre Widersacherin, um jeden Menschen, dem je ein Haar gekrümmt, um Jörg, den toten Junker, am meisten um sich selbst, die sie gezwungen war, in einer Welt zu leben, die nichts als Grauen barg.

»Die Leiter!« rief indessen Welf. Sofort schob Blasius das Sprossenwerk hinunter durch die Bodenöffnung. So stiegen sie hinab: voran Welf, dann Baldur, schließlich der junge Wächter.

Im Hof versammelte sich eine Menge Volk. Nie war auf Richen je gefoltert worden! Mann knüpfte an den Galgen, und man köpfte, man schlug die Hand ab, auch den Fuß, man hieb zehn Streiche mit der Peitsche, man sperrte ein und gab nur Wasser und einen Kanten Brot, doch war es nicht der Brauch zu peinigen.

»Mehr Licht!« verlangte Welf. Blasius hastete die Leiter wieder hoch, um Fackeln für den Herrn zu holen.

Johanna, aufrecht kniend im Stroh, sah Welf aus haßerfüllten Augen an. Allein ihr Haß stand ihr jetzt zum Gebrauch, allein mit Haß vermochte sie sich gegen Welf zu wappnen.

»Du hast das letzte Mal dich gegen mich erhoben!« versicherte ihr Welf. Er langte nach den Seilen, die angemodert in der Ecke lagen. »Und wenn es sein muß, mach' ich dich zum Krüppel. Bis ich von dir höre ›Ich gebe auf!‹ wirst keiner Gnade du teilhaftig werden. Und dann, Johanna, wenn ich mit dir fertig bin, dann schick' ich dich auf Nimmerwiedersehen in ein fernes Kloster, wo du verdörren kannst.«
Johanna stand nun auf. Unter ihren Schnabelschuhen raschelte das Stroh, die Eisenkette rasselte.
»Du wagst es, mich, die Tochter eines Wolfingers, der Folter preiszugeben?« Er würde es, er mußte es auch tun. Das wußte sie. Doch glauben konnte sie es nicht.
Blasius kehrte schnaufend wieder. Fünf Fackeln trug er bei sich, eine brannte schon. Er steckte sie auf Eisenhalter an der Wand, entzündete sie alle, doch unternahm er's nicht, Johanna anzusehen. Es wurde hell im finsteren Verlies.
»Eine Wolfingerin bist du gewesen«, nahm Welf den Faden wieder auf. Gleichmut klang aus seiner Stimme, indes: Der Adamsapfel hüpfte ihm verdächtig. »Du bist nichts andres mehr als meine Dirne. ›Des Richners Hure‹, so wirst du genannt. Bald wird man überall im Lande Kunde davon haben. Aus ist's mit dir, Johanna.«
Schon warf er Blasius die Seile zu. Der fing sie auf und blieb erschrocken stehn. War dies jetzt der Befehl? Hilfeheischend sah er sich nach Baldur um, der nur die Achseln hob und wieder senkte.
»Wenn Ruodlieb erfährt, daß du mich strecken läßt, so bist du deines Lebens nicht mehr sicher«, drohte Johanna, der allmählich aufging, was es hieß, für Stunden, vielleicht Tage, aufgehängt zu sein an einem Seil.

»Überschätze Ruodliebs Bruderliebe nicht!« sagte Welf verächtlich.
»Ruodlieb wird mich zu rächen wissen!« zischte Johanna, die unwillkürlich Zuflucht im hintersten Winkel des Verlieses suchte und die Kette scheppernd mit sich riß.
»Du verkennst ihn, deinen Bruder.« Welf verzog die Miene zu einem Lächeln, das mehr Lauern war. »Wenn er tatsächlich kommt mit seinen Leuten, sei es, um dich zu rächen, sei es, um so zu tun, als liege ihm daran, dich zu befreien, so kommt er doch nicht deinetwegen. Er kommt – vorausgesetzt, er hört von deiner Lage, und auch vorausgesetzt, daß er in Stimmung ist –, um Richen, Land und Leute, an sich zu reißen, denn er rafft recht gern. Und ebenso wie du will er die Burg und alles, was dazugehört. Du selbst, Johanna, bist ihm nicht mehr als das Schwarze unter seinem Nagel, ärger noch: Du bist für ihn, was dir die Kugel ist am Bein. Nicht zu vergessen: Gelegentlich kannst du ihm nützlich sein. Doch einerlei! Noch ist er ja nicht da – falls er je kommt. Blasius, binde sie!«
Entsetzt schielte Johanna nach dem Haken an der Decke. Blasius rührte nicht ein Bein vom Fleck. Verzweifelt schaute er nach Welf. Der sagte zu Johanna: »Womöglich bist du freiwillig bereit, Verzicht zu leisten?«
Das klang ja fast, als wolle er sie bitten nachzugeben. Sie spürte, daß er zauderte. Ihr und sich selbst suchte er Aufschub zu gewähren. Er strebte diese Prozedur nicht an, er war jedoch bereit, sie zu vollziehen, wenn es nicht anders ging.
»Worauf verzichten?« fragte ihn Johanna. Sie scheute ebenfalls davor zurück, ihre Entscheidung endgültig zu machen.
»Auf Ansprüche, die du nicht hast. Auf Richen.« Er fixierte sie wie eine Katze, die ein Mauseloch beobachtet.

»Und wenn ich dir verspreche zu verzichten: Glaubst du mir?« Sie hatte Angst jetzt, das durchaus, es war ihr kein Spaziergang. Neben den vielen Mäusen gab es *eine* Ratte hier im Kerker: Das war sie selbst, der's kalt durch alle Knochen kroch.

»Ich glaube dir kein Wort, so wie du mir nicht glaubst«, erwiderte ihr Welf. »Doch mußt du nicht ans Seil, wenn du beeidest, dich heute noch ins Weihenberger Kloster zu begeben. Als Novizin und für alle Zeit. Sehr weit weg von hier.«

Da brach Johanna laut in Lachen aus. Draußen, vor dem Lichtschlitz, hub ein Raunen an.

»Ich – eine Braut des Herrn? Bist du denn noch gescheit? Los, Welf, binde mich! Ehe ich ins Kloster gehe, hänge ich mit Wonne hier an diesem Haken!«

»Wie's dir beliebt!« Um seine Kiefer war der hartgespannte Zug, den sie gut kannte. »Baldur! Blasius! Hängt sie hinauf!«

Der Knappe und der Wächter, beide arg beklommen, der Wächter sogar hasenherzig, näherten sich Johanna, die mit dem Rücken schon die Wand berührte. Kaum schrie sie auf, da packte Baldur sie, und Blasius schnürte ihre Handgelenke aneinander. Ein Strick noch untendurch und der verknotet – Welf selber löste ihren Fuß vom Eisen –, dann hoch mit ihr – die Schergen schwangen sich auf Holzkisten – und festgezurrt!

Johanna kreischte, ohne es zu wollen. Und hing.

Schultern und Arme schmerzten sie sofort. Sosehr sie aber mit den Beinen strampelte, es half ihr nichts. Ihre Sohlen fanden keinen Widerstand. Sie verlor bloß ihren rechten Schuh. Ihr Körper hing nur an den Handgelenken. Es zog ihr mächtig in den Achselhöhlen.

Auf Welfs Gesicht war jetzt ein höchst zufriedner Ausdruck. Die Beine ihr mit Bleigewichten zu beschweren vergaß er offenbar – oder wünschte er, so weit gar nicht zu gehen?

»Da hängst du, bis du nachgibst«, sagte er. »Und wenn es Tage dauert, so ist es deine Schuld! Doch vorher sei so freundlich, mir eines zu verraten: Was hast du dir von meinem Tod erhofft?«

Da ihm Johanna keine Antwort gab – wie würde das bloß werden, hier stundenlang zu baumeln, wenn sie schon jetzt ein jedes Glied an ihrem Leibe spürte –, bohrte Welf: »Sogar wenn kein Verdacht auf dich gefallen wäre, was unwahrscheinlich ist, so wäre Richen doch an Ursula gegangen und an ihr ungebornes Kind. Es wäre Schayrer Besitz geworden.«

»Das kann schon sein.« Johanna suchte, den Haken mit den Händen zu umfassen. Womöglich schuf es ihr Erleichterung, wenn sie sich daran hochzog. Sie versuchte es vergeblich, es strengte sie bloß an. Indes: Sie hätte sich den Kopf gestoßen, wenn's ihr gelungen wäre. Der Haken war sehr kurz.

»Wer weiß, ob Ursula das Kindbett übersteht«, preßte sie durch die Zähne. »Vielleicht wären die Schayrer *meine* Lehensherrn geworden. Mich zu verdächtigen heißt nicht, mich auch zu überführen. Wie immer es gekommen wäre: Du hast mich eingesperrt gleich einer Tagediebin. Du ließest mich nicht reiten und nicht jagen. Du wachtest gut, daß ich mich nicht entfernte von der Burg. Ich war ein Hund im Zwinger. Wärest du tot gewesen, so hätt' ich meine Hand dem Aribon von Burgberg geben können.«

Ein jedes Wort verlangte von Johanna Kraft. Kraft verlangte es allein zu hängen. Wie lange hing sie schon? Noch keine zwanzig Atemzüge sicherlich …

Gegen die Türken habe ich gekämpft, entsann sich Welf, ich habe Ruodlieb bezwungen, ich bin dem Wolfsrudel entkommen und hab' es später auch erlegt … Und nur Johanna weiß ich nicht zu brechen!

»Wenn ich dich abschnitte, Johanna«, fing er plötzlich an, sprach aber nicht zu Ende.

»Was wäre dann?«

»Du würdest es erneut versuchen, was? Du willst mir tatsächlich ans Leben.«

»Das ist so sicher wie das Amen in der Kirche, Welf! Nur so kann's enden: mit deinem oder meinem Tod. Merk dir das gut!«

Sie ist des Wahnsinns Beute, dachte Welf. Wie das nur kam? Ganz wie aus heiterm Himmel. Sprach man nicht auch davon, daß ihre Mutter irr geworden war und daraufhin zugrunde gegangen auf jämmerlichste Weise?

Es riß ihn nahezu zur Leiter hin. Nur raus hier, nur hinaus ins Freie, an die frische Luft …

»So büße denn!« schrie er, als er schon oben war, bevor er endgültig entfloh.

Doch Welf fand keine Ruhe dieser Tage. Er aß und trank und stopfte eine Magd, doch merkte er nicht, daß er aß und trank und hurte. Er litt genauso wie ein Hund, denn alles, was Johanna litt, das litt auch er.

Mal um Mal stieg er zu ihr hinab. Sie baumelte gleich einer leeren Hülle an dem Haken, war weißgrün im Gesicht und schien zu schlafen. Der Kopf hing ihr meist vornüber. Sie sah aus wie tot. Welf reichte ihr zu trinken. Zuerst schluckte sie voller Gier, was in dem Becher war, dann spuckte sie Welf an, und Leben regte sich in ihrem Antlitz.

Des Nachts ließ Welf sie abnehmen. Wenn ihre Arme niederbrachen, stöhnte sie auf vor Schmerz. Man warf sie dann ins Stroh und stellte Brot und Wasser neben sie. Kaum tagte es, ließ Welf sie wieder hängen. Von Morgendämmerung zu Morgendämmerung geschah es so. Fünfmal ging die Sonne auf, fünfmal ging sie unter.

Es war die Zeit, da Ursula gebar. Johanna hing am Strick, und Ursula fiel in die Wehen.

Wenn Welf Johanna fragte: »Gibst du nun endlich nach?«, spie diese ihm entgegen: »Nein!«

Johanna gab nicht nach, und Ursula gelang es nicht, das Kind zur Welt zu bringen.

Welf schlief nicht mehr, sosehr er's auch versuchte. Und statt die Magd zu nageln, schlug er sie. Er ließ sich nicht einmal rasieren, er trug den Bart wie einen Schild. Sein Körper wurde matt und täglich schmaler, und seine Augen glühten wie im Fieber.

Johanna hing am Haken und spuckte auf ihn nieder. »Und wenn ich dabei sterbe!« keuchte sie. »*Du* beugst mich nicht!«

Da Ursula den zweiten Tag nun im Gebärstuhl saß und nicht vermochte, sich das neue Leben aus dem Leib zu pressen, spendete Bruder Gisbert ihr die Letzte Ölung. Dann schickte Leonore er zu Welf, damit er seinem Weib zur Seite säße, doch Welf kam nicht.

Denn Welf stieg wieder ins Verlies hinab, wo nun Johanna seit fünf Tagen darbte. Außer dem Wasser und dem Brot hatte sie nichts genossen seit jenem Fest, als Welf beinahe Gift getrunken. Bisweilen fiel sie jetzt in Agonie.

»Johanna?« fragte Welf am fünften Tag. »Hörst du mich?«

Trockenen Munds entglitt es ihr: »Ich höre dich.«

Er war mit ihr allein. Sie öffnete die Augen und schloß sie sogleich wieder. Ihre Lippen waren aufgesprungen, rauh und blutleer, ihre Haare wie ein Filz. Das scharlachrote Kleid schlotterte ihr fremd am Leibe, es war beschmutzt und auch zerrissen, die Schuhe hatte sie verloren, und ihre Knöchel waren angeschwollen.

»Gibst du denn immer noch nicht nach?« So drängte Welf, der sich nicht mehr gebadet und auch die Kleider nicht gewechselt hatte, seit Johanna hing. Er war fast ebenso zerlumpt wie sie. Vom vielen Wein, von Nächten ohne Schlaf waren seine Augen blutig unterlaufen.

»Nein«, flüsterte Johanna.

Wenn sie bei Klarheit war, sagte sie sich immer wieder vor: Ich bin die Burgherrin Johanna und halte stand! An diesem Satz hielt sie sich fest. Er führte sie ins Dämmerland, sie sah sich reiten, jagen, Trosse überfallen, sie sah sich feiern und Gericht abhalten. Nur so war's zu ertragen. Zuweilen sah sie aber auch, wie sie sich mit Welf wälzte, doch statt sich zu verlieren in dem Wollustbilderschwall, erschrak sie, denn sie hörte Dankward nach sich rufen. Dann war sie wieder im Verlies, hing an dem gottverdammten Haken und hatte einen Leib, der nichts als Schmerzen war.

Welf trat jetzt vor sie ihn und faßte sie mit beiden Armen um die Schenkel, als wolle er sie stützen.

»Seit du hier hängst, liegt Ursula in Wehen«, sprach er in ihren Rock. »Wenn sie nun stirbt ...« Er hob den Kopf. »Wirst du mein Weib, Johanna?«

Er dachte schon, sie habe nicht verstanden. Dann lachte sie, wie von weit her, ganz unwirklich und heiser.

Welf ließ sie los. Er zog ein Messer aus der Hose und erklomm die Kisten. Johanna um die Mitte fassend, schnitt er sie ab. Sie fiel ihm stöhnend an die Brust. Vorsichtig trug er sie zum Strohhaufen, vorsichtig legte er sie auf ihm nieder. Johanna wimmerte. In ihren Schultern war ein Stechen, als würden beide Arme ihr vom Leib getrennt.

»Was ist, wenn Ursula nicht überlebt?« flüsterte ihr Welf ins Ohr.

Fast lautlos gab sie ihm zur Antwort: »Dann bist du Wittiber.«

Welf füllte abgestandenes Wasser aus dem Krug in einen Becher und flößte es Johanna ein. Da er schneller kippte, als sie trinken konnte, lief's ihr in Schwällen über Kinn und Hals.

»Werde mein Weib!« bekniete er sie wieder.

Johanna mühte sich hervorzubringen: »Der Wahnsinn hat dich in den Klauen.«

»Mag sein, daß er von dir auf mich gekommen ist. Es ist ein Ausweg! Der einzige! Werde mein Weib, Johanna!«

»Die Kirche wird uns niemals ihren Segen geben«, entfloh es ihrem Mund. »Ich habe deinem Vater beigelegen. Das gilt als Ehehindernis. Wir sind nun wie verwandt. Nie wird's uns zugestanden werden …«

»Wir fragen doch nicht lang!«

Johanna stammelte: »Und Ursula … Noch lebt sie … Du vergißt dich … Und sie vergißt du auch …«

Heftig fiel ihr Welf ins Wort: »Man könnte nachhelfen!«

Er küßte sie. Er war jetzt wie besessen. Er wollte sie und keine andere. Erregung schoß ihm in die Lenden. Schon lag er zwischen ihren Beinen. Johanna lächelte und schloß dabei die Augen. Wie tot hing sie in seinen Armen.

Welf stülpte ihren Rock hinauf. Gier hatte ihn gepackt. Er mußte sie jetzt haben, hier und gleich! Er wollte sich schon in sie stoßen, als er sie sagen hörte: »Selbst wenn es dir gelänge, aus mir die Deinige zu machen: Ich trachtete dir dennoch nach dem Leben!« Das war ein Kübel Wasser über seine Glut. Mit einem Ruck riß er sich hoch und stützte sich, dazwischen ihr Gesicht, auf seine Hände. Fassungslos sah er auf sie herab: Es war ihr Ernst.

Da wünschte er mit Inbrunst, sie wäre tot und er mit ihr. Und er erwog, sie zu erwürgen.

Seine Gedanken lesend wie ein Buch, flüsterte ihm Johanna zu: »Tu's, Welf! Mach jetzt ein Ende! Töte mich! Du hast doch keine Wahl!«

Welf, nach kurzem Stocken, schlug sie auf die rechte und danach auf die linke Wange. Wieder und wieder tat er das. Und während er sie schlug, schrie er nach Baldur und nach Blasius. Der Knappe kam, doch ihm zur Seite war ein andrer Wächter. Blasius drückte sich.

Auf Welfs Befehl wurde Johanna von neuem aufgehängt. Welf brüllte wie von Sinnen: »Die Geißel her!« Er selber riß Johanna das Kleid im Rücken auf. Dann faßte er die Peitsche, die er mit aller Kraft auf ihre nackte Haut herniedersausen ließ. Johanna jaulte auf gleich einem angestochnen Tier. Und Welf schlug wieder zu und wieder. Erst nach dem neunten Male ließ er die Geißel fallen und flüchtete die Leiter hoch.

Auf Richen hieß es nun: Der Herr ist uns verrückt geworden. Welf irrlichterte durch die Burg, erschreckte, wen er traf, und sprach in Stammelworten, nicht in Sätzen.

Und dann gebar sein Weib. Ursula brachte eine Tochter auf die Welt, die atmete und lebte. Die Wöchnerin fiel nach den Wehen in eine tiefe Ohnmacht.

Luitgard kniete neben Leonore in der Burgkapelle, und jede betete für ihrer Herrin Leben.
Johanna hing den sechsten Tag am Haken. Ihr Rücken war jetzt blutverschmiert. Die aufgeplatzten Striemen begannen gelb zu eitern. Von einer Schwäche sank sie in die andere. Sie war kaum ansprechbar. Und Welf kam jede Stunde, um sie anzuflehen: »Ein Wort nur! Eines nur, Johanna!«
Doch gab sie ihm nicht nach. Sie sagte dieses Wort nicht, das er hören wollte.
Am siebten Tage endlich nahm Welf sie dann vom Haken. Sie fiel ihm, tot mehr als lebendig, in die Arme. Daß er jetzt weinte, konnte sie nicht sehen. Sie brachte ihre Augen nicht mehr auf. Jede Berührung tat ihr weh. Als er sie umfaßte, um sie emporzuheben, brannte ihr Rücken unter seinem Griff.
»Gibst du nicht nach, so tue ich's«, entrang sich's heiser seiner Kehle. Er schleppte sie die Leiter hoch und fühlte, wie ihre Lippen seine Wange streiften.

DREIZEHNTES KAPITEL
IM JAHRE DES HERRN

1150

Drei Tage lag Johanna im Gelaß überm Verlies bäuchlings auf einem Bett. Luitgard und Trud pflegten vereint die Wunden, die ihr Welf geschlagen hatte. Die Peitsche hatte ihre Haut zerrissen, das Fleisch darunter war entzündet.

Während Johanna von der Geißelung genas, genas auch Ursula von ihrer Niederkunft. Im selben Maße, wie die eine sich erholte, erholte sich die andere.

Welf war mehr auf der Jagd als auf der Burg, doch was er da erlegte, war kaum der Rede wert. Zwei Hasen und ein Rehkitz brachte er von seinen Ausritten zurück, sonst nichts. Er jagte weniger, er sann vielmehr. Soviel er aber sann, so wenig fand er Ruhe. Vergessen fand er nicht und nicht Erlösung, er fand auch nicht Versöhnung mit sich und mit Johanna.

Ehe er am Morgen fortritt, betrat er jedesmal für ein paar Höflichkeiten die Wochenkammer seines Weibes, nie aber kam er zu Johanna ins Gelaß.

Sobald Johanna nach Welf fragte, beschied ihr Luitgard, daß er im Walde sei. Johanna hörte auf, nach ihm zu fragen. Sie schlief. Oft taumelte sie durch das Zwielicht zwischen Schlaf und Wachen. Es kamen Träume und vergingen. Ein Bild zog sie ins andere.

Manchmal wurde ihr von ihrer Zofe Brühe eingeflößt. Zudem gab man ihr warme Milch mit Honig zur Kräftigung. Feste Nahrung wollte sie nicht zu sich nehmen.
Am vierten Tage saß sie aufrecht, die Decke zwischen ihren Beinen und vor die Brust gehalten, im Bett, als Luitgard das Gelaß betrat. Sofort verlangte sie nach einem Zuber, um sich darin zu waschen.
»Ihr müßt noch liegen«, wurde sie ermahnt, doch sie bestand auf ihrem Wunsch.
Dagegen Ursula, die auf nichts bestand: Sie starrte hoch zum Steingewölbe und konnte nicht begreifen, daß sie nach allem, was sie erlitten hatte, noch am Leben war. Sie hing nicht mehr am Leben, dieser Bürde. Sie hing nicht an den Tagen, die da vor ihr lagen. Sie hing nicht an den Menschen, die sie still umsorgten. Sie hing nicht am Besitz, Ursache allen Übels. Sie hing nicht an dem Mann, der einer anderen verfallen war, noch an dem neugeborenen Kind. Sie hing nicht einmal mehr an Gott. Es war ihr einerlei, ob sie denn lebte oder starb.
Wenn Welf sie aufsuchte in ihrer Kammer, zwang sie sich, seinen dahergesagten Wendungen zu antworten und zu ertragen, daß er da war. Sein Anblick war ihr schrecklich. Er betrank sich jede Nacht, er rasierte sich noch immer nicht, er war ungewaschen, er wechselte niemals die Kleidung, er stank erbärmlich und glich mehr einem bösen Geist als einem Mann aus Fleisch und Blut.
Als er aber hörte, daß Johanna sich erhoben hatte, nahm er ein Bad im Fluß. Wieder zurück auf seiner Burg, schlüpfte er in ein frisches Hemd, ein neues Wams, in andre Beingewänder, in einen saubern Umhang. Danach ließ er von Baldur sich den Bart abnehmen. Einzig seine unterlaufnen Augen be-

zeugten weiterhin das Elend, das ihm in den Knochen saß. Keinesfalls wollte er Johanna gegenübertreten wie einer, der in die Knie gebrochen war. Niemals! Und hätte sie dreimal gewonnen!

Ehe er Johanna traf, traf er jedoch den Mann, der um sie freite. Es kam Besuch nach Richen. Es kam Graf Aribon von Burgberg in Begleitung dreier Männer, einer davon sein Bruder Rutger.

»Wir haben bei Herrn Ruodlieb nach Frau Johanna uns erkundigt und dann gehört, daß sie sich auf der Richenburg befindet«, begann denn Aribon, kaum daß er Welf im Hofe gegenüberstand. »Herr Ruodlieb zog vor, nicht mitzureiten. Es heißt, er wird von Euch nicht gern gesehen. Nichtsdestotrotz, erlaubt mir, Frau Johanna meine Aufwartung zu machen! Wie wir erfahren haben, ist sie in Eurer Munt, Herr Welf. Entbietet Ihr uns Eure Gastfreundschaft?«

Welf, viel zu überrascht, um mehr als diese Überraschung zu gewahren, erwiderte: »Ihr seid willkommen hier! Ob Ihr Frau Johanna sehen könnt, ist weniger gewiß, denn sie ist krank.«

»Wie krank?« Mißtrauen zuckte über das Gesicht des Burgbergers. Noch ein Versuch mit einem kranken Weibe? Schon die erste Ehe hatte er mit einer Siechenden geschlossen. Sie war ihm weggestorben. Was er nun brauchte, war ein Weib mit roten Wangen und mit runden Hüften, ein Weib, von dem er Söhne sich erhoffen konnte.

»Es geht mir wieder gut«, sagte auf einmal eine Stimme hinter Welf. »Ich hatte wohl etwas genossen, das mir nicht bekam.«

Welf drehte sich schnell um. Auch Aribon und Rutger wie die beiden Junker, allesamt mit den Händen noch am Zaumzeug ihrer Pferde, maßen Johanna neugierig.

Welf hatte einen trocknen Mund. Johanna sah an ihm vorbei. Sie betrachtete die Ankömmlinge freundlich und hielt erst Rutger für den Freienden, denn der machte den Eindruck, der Ältere zu sein. Er hatte scharfe Furchen um den Mund, ein hageres Gesicht, desgleichen eine hagere Gestalt, die dennoch sehnig und nicht schwächlich war. Um seinen Kopf stand hellblond nur ein Halbrund Haare, die wie Marienfäden in der Luft wehten.
Ehe sie ihm die Hand darbot, trat der richtige Bewerber vor, fiel auf ein Knie und küßte ihre Fingerspitzen. »Meine Dame, ganz der Eure«, sagte Aribon und schielte von unten zu Johanna hoch, wie um zu prüfen, ob ihr Wohlwollen ihm winkte. Auch er war blond, wenngleich mehr von der matten Farbe des Hafers als von Weizen. Sein Haar war voll und dicht, zudem war er recht groß – nicht so wie Welf, doch größer als die meisten um ihn her –, und gut gewachsen war er noch dazu. Wäre er nicht so blaß gewesen, hätte man durchaus von ihm sagen können, er sei ein schöner Mann. Das jedenfalls befand Johanna. Was sie störte, war der Ölglanz seiner Haut. Er schwitzte mehr, als es der sicher schwüle Tag gebot.
»Graf Aribon, es ist mir eine Ehre, Euch hier auf Richen zu empfangen«, begrüßte sie ihn schließlich.
Aribon stand wieder auf. Das also war Johanna, die Frau, von der man sprach bis weit ins Land hinein, das »scharlachrote Weib«, das die Lanze schwang und in dem Rufe stand, den Männern den Verstand zu rauben, die sie bloß erblickten.
Nun ja: Ihr Kleid war scharlachrot, doch war sie viel zu mager, um Wollust zu erregen, und ihr Gesicht war weniger als Mittelmaß: zu schmal der Mund, zu groß und schräg die Nase,

dazu der viel zu tiefe Ansatz ihres viel zu dunklen Haars. Blond sei sie, hatte man zu ihm gesagt, von Schlupflidern dagegen hatte man geschwiegen. Und bleich war sie! Von strotzender Gesundheit keine Spur, auch nicht von Amazonenwildheit … Gelind gesagt: Der Burgberger war schwer enttäuscht. Doch zeigte er es nicht, denn er war handelseinig mit Ruodlieb. Der hatte eine schöne Mitgift für Johanna ausgesetzt.
Was tat's? Die, die er sich in Landshut auserkoren hatte, ein hübsches Ding mit sprudeligem Wesen, war erst dreizehn Jahre alt. So, wie Johanna aussah, würde er sie schnell unter die Erde bringen. Machte sie ihn zum Wittiber, blieb ihm die kleine Wildkatze erhalten. Dann auf ein drittes!
»Ich lasse Euch ein Bad bereiten«, sagte Johanna mit einem kleinen Lächeln. »Ihr und Eure Männer wollt Euch sicherlich erfrischen. Unsere Mägde werden Euch erfreuen mit kalten Güssen. Des Abends setzen wir uns an die Tafel und besprechen uns. Trud, sorg dafür, daß den Herren Wein, Brot und Käse ins Badehaus gebracht werden! Und laß die Zuber füllen!«
Von Hoheit ist sie, dachte Aribon, das wenigstens war nicht gelogen, und zu befehlen weiß sie auch. Nicht einmal schlägt sie ihre Wimpern nieder. Die fürchtet nichts, nicht Tod und auch nicht Teufel. Ob ihre Kühnheit denn zum Vorteil ihr gereiche, wagte er anzuzweifeln.
Ohne nur einen Blick auf Welf zu werfen, ging Johanna zum Portal. Sie schritt nur langsam aus, denn noch war sie recht schwach, doch hielt ihr Haupt sie hoch erhoben.
»Ein kühles Bad, das wird mir sicher guttun«, meinte Aribon und wischte sich mit einer Hand über die Stirn, die schweißfeucht war.

Welf blieb den ganzen Tag in Unruhe. Er zeigte sich nicht mehr, er ritt zum Fluß und setzte sich auf einen Baumstumpf, um dumpf in sich hineinzubrüten. Als er zurückkam, schien er guter Laune. Er war es nicht, er tat nur so.

Obwohl ein Festmahl anbefohlen war, ließ die rechte Stimmung auf sich warten. Man briet und buk und richtete den Gästen Nachtlager auf frischem Stroh und tat es leise, mit Bedacht, fast feierlich.

Dann kam der Abend.

Ursula hütete das Wochenbett. Es wunderte die Herren von Burgberg daher wenig, daß Johanna der Burgfrau Pflichten übernahm. Zwei Musikanten und ein Possenreißer waren noch auf Richen, doch ihre Lieder klangen schal wie ihre Scherze. Es mangelte an Freudigkeit.

Der Burgberger ist nicht gesund, erkannte Welf, der sehr um höfliches Geplänkel rang und seine Gäste auch nach Neuigkeiten aushorchte, die ihn in keiner Weise interessierten. So aber war es Brauch.

Auch Johanna beobachtete Aribon: Er ist wohl ansehnlich, doch nicht bei Kräften. Nun schwitzt er ja schon wieder! Und blaß ist er, noch blasser als am Nachmittag. Sein Bruder Rutger, die hagere Gestalt mit wehend-blondem Haarkranz, war munterer und sprach recht viel, desgleichen auch sein Junker, ein Schelm von einem Kerl, der viele Späße machte, mehr als der Possenreißer, was hilfreich war an diesem Abend.

Wenn Welfens und Johannas Blick einander kreuzten, geschah es beiläufig. Johannas Miene gab kein Jota dessen preis, wie's um sie stand, und Welf benahm sich so beherrscht, daß die, die jahrelang ihn kannten, sich kaum zu fassen wußten.

Schließlich – es war noch gar nicht spät –, trank Aribon Jo-

hanna zu und sagte laut und klar vernehmlich: »Ich bin gekommen, Euch zu freien, Frau Johanna. Ich hab' Euch vorher nie gesehen, doch Ihr gefallt mir gut. Bei Eurem Bruder hab' ich mich um Euch beworben, und Ruodlieb befand mich Eurer würdig. Erst gestern allerdings tat er mir kund, daß über Euch der Sohn Eures verstorbenen Gemahls gebietet. Das ist recht unüblich, doch kommt auch solches vor.« Er wandte sich an Welf. »Willigt Ihr ein, daß Frau Johanna als mein Weib mit mir nach Burgberg reist?«
Welf kaute höchst bedächtig an einem Bissen Brot und spülte ihn anschließend mit einem großen Schlucke Wein hinunter. »Fragt Frau Johanna!« sagte er nach einer langen Pause. »Wenn sie Euch will, so soll sie mit Euch gehen.«
Schnell schrak Johannas Blick zu Welf hinüber. Jeder gewahrte ihr Erstaunen. Welf sah sie gleichfalls an. Merkwürdig nackt war sein Gesicht. Und seine Kiefermuskeln spannten sich. Wie Mördergruben waren seine Augen.
Aribon durchfuhr es heiß: Stimmt es nun doch, dieses Gerücht, demnach die beiden Buhlen seien? Er hatte Ruodlieb danach befragt. Der hatte ihm erwidert, ihm sei kein Wort davon bekannt, er wisse nur, Johanna hasse Welf und Welf Johanna.
Das mußte er ja sagen! Andernorts hieß es nämlich so: Welf lag seit Monaten Johanna bei. Sie solle gar sein Kind schon tragen. Doch war sie schmal wie eine junge Birke und alles andre wohl Geschwätz.
Johanna setzte ihre Worte sehr gemessen, als sie entgegnete: »Ich danke Euch, Graf Aribon, für Eure Werbung. Ich bin auch sehr geschmeichelt. Doch bitte laßt mir Zeit! Ich war auf Eueren Besuch nicht vorbereitet. Was Ihr mir angetragen

habt, das werde ich mit jenem Ernst, der hier geboten ist, erwägen.«

Zwischen Welfs Brauen zuckte es. Hinauszuziehen sucht sie es, dröhnte es ihm im Schädel, sie will mich noch mit Ungewißheit quälen … Ein Aas ist sie – und immer schon gewesen!

Welf ließ sich neuen Wein eingießen, um dann den Kelch mit einem Zug zu leeren.

»Erwägt es wohl«, sprach Aribon indessen zu Johanna. Kühl schien es ihn von ihrer Seite anzuwehen. »Ich werde mich zur Ruhe jetzt begeben. Ich bin doch ziemlich müde.« Und so erhob er sich. Seine Begleiter taten es ihm nach. »Gehabt Euch wohl, Verehrungswürdigste, und Ihr, Herr Welf, genauso. Und Dank für das Willkommen!«

Welf geleitete die Gäste zu den Nachtlagern – nicht weil's die Höflichkeit gebot, nur um Johanna aus dem Weg zu gehen. Danach beschloß er, noch ein Bad zu nehmen, ein warmes, das ihn schläfrig machen sollte. Er mußte diese Nacht herumbringen!

Draußen zog Wetterleuchten auf. In weiter Ferne donnerte es rollend. Wind stob auf. Die Böen starben, ohne Regen übers Land zu jagen. Es wurde aber kühl.

Welf ließ sich von der Bademagd entkleiden, die er für eine Nacht wie ein Stück Vieh benutzt hatte. Doch heute fielen ihm die vollen Brüste gar nicht auf, die in dem Kittel auf und nieder wippten. Kaum hatte sie ihn eingeseift, da schickte er sie fort. Er tauchte tief ins Wasser ein und spürte große Müdigkeit. Sein Körper wollte schlafen, sein Geist jedoch war wach.

Sein Knappe wachte vor der Tür. Er saß im Schneidersitz auf

einem Faß und schaute hoch zum Mond und sang dabei ein Lied über Gevatter Tod.

Nach einer Weile stemmte Welf sich aus dem Wasser. Half auch nicht viel, dies Bad! Aus dem Zuber steigend, griff er nach dem Reibetuch, entschlossen, sich ins Bett zu legen und nicht mehr nachzudenken.

Da ging die Türe auf. Er glaubte erst, daß Baldur komme, um ihn zu fragen, ob er helfen könne. Es war jedoch Johanna, die sich langsam näherte.

Welf, das Tuch unter der rechten Achsel, stockte.

Johanna wollte wissen: »Hast du gemeint, was du gesagt hast? Läßt du mich wirklich gehen?«

»Ich wünschte gar, du wärst schon fort!«

Ihn umrundend, entwand sie ihm das Reibetuch und tupfte damit über seinen Nacken. Sie sprach kein Wort.

»Genug, Johanna!« herrschte Welf sie an. Das war ein übles Spiel.

»Genug wird's niemals sein. Hast du das nicht gesagt?«

Sie ließ das Tuch zu Boden fallen. Da war er wieder, dieser Duft … Von allen Männern auf der Welt roch einzig einer so. Ihre Hände tasteten sich über seinen Rücken langsam vor zu seiner Brust, um dann die Narben an der Seite und der Lende sanft zu kosen. Ihr Mund küßte sich zwischen seine Schulterblätter.

»Ich will ihn nicht, den Burgberger«, flüsterte Johanna, ohne aufzuhören, mit Mund und Zunge über seine Haut zu wandern, die noch feucht vom Bade war.

»Du willst ihn nicht?« Argwohn troff aus Welfens Stimme. Er stand ganz unbewegt.

»Ich wollte nur gefragt werden.« Sie gab sich ganz den Küssen

hin, die sie so sinnlich ins Welfs Rücken brannte. »Welf, nimm mich in dein Bett!«
Da drehte er sich zu ihr um. Er packte sie und hob ihr Kinn mit Zeige- und mit Mittelfinger an, um ihren Blick zu prüfen. Sie schwankte jetzt, als stünde sie im Sturm. Auf einmal merkte Welf, daß sie sich kaum noch auf den Beinen halten konnte. Ihr wollten schon die Knie einbrechen, als er sie unter beiden Achseln faßte und sie mit einem Ruck an seine Brust riß. Während seine Hände über ihre Rückennarben fuhren, stöhnte sie.
»Küß mich!« verlangte sie.
Welf küßte sie. Von einem Atemzug zum andern wuchs sein Begehren ins Übermächtige. Zum erstenmal, so schien es ihm, wollte sie ihm gehören. Ohne sie loszulassen, zog er ein Laken über seine Schultern. Danach hob er Johanna hoch und trug sie, ungeachtet aller Blicke, die ihm folgten, über den Hof und durch die Halle hinauf ins Schlafgemach.
So zart wie nie vorher kam sie ihm vor. Er wollte ganz behutsam mit ihr sein, doch wünschte sie ihn nicht behutsam. Schier wünschte sie, von ihm zerfleischt zu werden, mehr noch, an ihm zu sterben.
»Sei, wie du bist! In tiefster Seele will ich dich nicht anders!« keuchte Johanna heiser, und schon war er mit ihr in einem wilden, heißen Strudel.
Welf riß Johanna nicht hinunter in den Tod; entschlossen riß er sie zurück ins Leben.

Kühl und verhangen brach der Morgen an. Nachts hatte es geregnet. Jetzt fiel kein Tropfen mehr. Die Luft war frisch und feucht und klar. Über den Himmel zogen fahle Wolken.
Welf schlief. Sein Atem wehte ruhig und gleichmäßig. In sei-

nen Armen lag Johanna. Obwohl sie wach war, rührte sie sich nicht. Den Kopf an seiner linken Achsel, lauschte sie seinen Herzschlägen. Sie atmete den Duft, der ihm entstieg. Sie fühlte unter ihrer Hand die Seidenwärme seiner Haut. Erst als sie nicht mehr liegen konnte, entzog sie sich den Armen, die sie hielten.

Sie achtete darauf, Welf nicht zu wecken, und strich, versonnen lächelnd, über seinen glatten Bauch. Dann glitt sie aus dem Bett. Sie streifte sich ein Hemd aus weißem Leinen über und ging, die Türe offenlassend hinter sich, hinauf zum Turm, wo sanftes Taubengurren sie empfing.

Ihr war, als habe sie die Kraft Welfs in sich aufgenommen. Sie spürte, wie das Leben sie durchpulste. Obwohl sie sich die halbe Nacht mit Welf gewälzt hatte und ihr der Rücken durchaus brannte, waren die Striemen nicht mehr aufgeplatzt. Johanna stellte sich zwischen zwei Zinnen. Fröstelnd, weil sie barfuß war, verschränkte sie die Arme vor der Brust. Klare Gedanken wollte sie herbeizwingen, doch es mißlang. Sie war fast wie betrunken.

Sie lächelte – und merkte, daß Rauch vom Badehause aufstieg. Im Hof erschien auf einmal Bruder Gisbert. Er schaute zu ihr hoch. Und plötzlich fing er laut zu deklamieren an: »Und einer der sieben Engel, die die sieben Schalen hatten, kam und redete mit mir also: ›Komm, ich will dir das Gericht über die große Hure zeigen, die an vielen Wassern sitzt. Die Könige der Erde haben mit ihr Unzucht getrieben, und die Bewohner der Erde sind trunken geworden vom Wein ihrer Unzucht.‹ Und er entrückte mich im Geiste in die Wüste. Und ich sah ein Weib auf einem scharlachroten Tiere sitzen; und das Tier war ganz voll von lästerlichen Namen und hatte sieben Köpfe und zehn Hörner. Und das Weib war in Purpur und Scharlach gehüllt und überladen mit Schmuck aus Gold und Edelgestein und Perlen; es hielt einen goldenen Becher in seiner Hand, ganz voll von Abscheulichkeiten und von dem Unrat seiner Unzucht. Und auf seiner Stirn stand ein Name geschrieben, ein Geheimnis: ›Babylon, die Große, die Mutter aller Huren und der Greuel der Erde!‹ Und ich sah das Weib betrunken vom Blut der Heiligen und vom Blut der Zeugen Jesu. Und mein Staunen bei dem Anblick war groß. Und der Engel sprach zu mir. ›Warum bist du erstaunt? Ich will dir Aufschluß geben über das Geheimnis des Tieres, das es trägt, das die sieben Köpfe und die zehn Hörner hat …‹«

Welf erschien im Badelaken, dessen Enden ihm nachwehten, auf dem Turm. Beide Hände auf Johannas Schultern legend, sah er hinab zu Bruder Gisbert.

»Er beschwört die Offenbarung«, sagte Johanna tonlos. Ohne sich nach Welf umzuwenden, umfaßte sie mit ihrer rechten seine linke Hand.

»Gefallen, gefallen ist Babylon, die Große«, geiferte der Zisterzienser mit erhobenen Armen, als predige er einer Volksmenge, »und ist geworden zur Behausung der Dämonen, zum Schlupfwinkel für allerlei unreine Geister, zum Schlupfwinkel für allerlei unreine und abscheuliche Vögel …«

»Haltet Euer Schandmaul, Gisbert!« schrie Welf zu ihm hinunter. »Oder ich lasse Euch in Ketten legen!«

Mittlerweile hatte sich das gesamte Gesinde im Hof versammelt. Auch die Burgberger eilten, bis auf Aribon, herbei. Jemand brüllte: »Das Badehaus brennt!« Welf, der auf den Rauch aufmerksam geworden war, brüllte zurück: »So löscht doch! Löscht!«

Bruder Gisbert spie weiterhin Gift und Galle: »Ich sah die Toten, die Großen und die Kleinen, vor dem Throne stehen und Bücher aufschlagen. Und noch ein Buch wurde aufgeschlagen, das ist das Buch des Lebens; und die Toten wurden gerichtet nach dem, was in den Büchern geschrieben stand, nach ihren Werken …«
Zum Badehaus hinunterblickend, bellte Welf: »Was ist? An den Brunnen, Leute! Wasser in die Flammen! Aber schnell!«
»… Und das Meer gab die Toten heraus, die in ihm waren, auch der Tod und die Unterwelt gaben die Toten heraus, die in ihnen waren, und sie wurden gerichtet, jeder einzelne nach seinen Werken. Und der Tod und die Unterwelt wurden in den Feuerpfuhl geworfen. Das ist der zweite Tod, der Feuerpfuhl …«
»Baldur! Blasius!« rief Welf zu der Menge hinunter. »Greift ihn! Greift Bruder Gisbert! Sperrt ihn in seine Zelle, bis er wieder bei Verstand ist!«
Die Angerufenen faßten den Beichtiger, der Schaum vor dem Mund und Irrlichter in den Augen hatte und sich mit Händen und Füßen wehrte. Während sie ihn davonschleiften, polterte er zum Turme hoch: »Ihr wißt es noch nicht, ihr Verderbten, die ihr Auswurf seid auf dieser Erde, aber ihr brennt bereits! Gott wird euch ausspeien aus seinem Mund! Der Teufel hat die Hand schon nach euch ausgestreckt, um euch hinabzuschleudern in den Feuerpfuhl …«
Seine Stimme verklang. Johanna und Welf hörten das Quietschen der Brunnenwinde und Wasser, das gegen Holz klatschte. Da plötzlich stürzte eine lebendige Fackel aus dem Badehaus. Die Menge wich vor ihr zurück. Es war die schwarze Trud. Sie brannte lichterloh.

Mit fremder Stimme kreischte sie zum Turm hinauf: »Ihr seid ein größres Ungeheuer noch als Welf, Johanna! Die Hälfte Eurer Leute habt Ihr in den Tod geschickt! Die andre Hälfte habt Ihr dann verraten und verkauft!«

Warum schüttet denn keiner einen Kübel Wasser über sie? dachte Johanna, aber der Mund blieb ihr verschlossen.

»Sogar der Teufel, um Euretwillen nun mein Herr, hat nicht geschafft, Euch zu entleiben … Euch nicht und auch nicht Euren Buhlen, den ich hasse wie die Pest. So sterbe *ich*, denn wo Ihr seid, Johanna, Metze eines tollwütigen Ebers, da kann ich nimmer sein!«

So tanzte sie durchs Hofrund. Sie wand sich und sie jaulte, und schließlich blieb ihr nur noch Schreien. Als endlich einer sich das Herz nahm, um sie mit einem Wasserschwall zu übergießen, da brach sie, schwarz schon im Gesicht, zusammen und stand nicht wieder auf.

Kilian war als erster neben ihr und keuchte ihren Namen. Die anderen im Hof begaben sich dazu. Um die verkohlte Leiche scharte sich ein enger Kreis. Es fiel kein Wort. Einzig ein Hahnenschrei zerriß die Stille.

Welf sah zum Badehaus hinunter. Der Rauch war dünn geworden, das Feuer war gelöscht.

Johanna hatte sich noch nicht vom Fleck gerührt und auch mit keiner Wimper nur gezuckt. Jetzt schlang sie beide Arme um Welfs Leib und flüsterte: »Ich habe solche Angst!«

Johanna? Angst? Welf hob ihr Antlitz zu sich hoch und sah ihr in die Augen. Die eigene Beklommenheit beiseite drängend, fragte er: »Ein irr gewordner Mönch und eine noch verrücktre Magd vermögen dich zu ängstigen?« Und weil ihm selber graute, forschte er: »Was ist dir denn, Johanna?«

Da schluckte sie an etwas, das nicht zu schlucken war. »Mir ist, als könnt' ich's fühlen ... Da greift etwas nach uns ... Oh, mein Gott, Welf, so halte mich ... so halte mich doch fest!«
Er zog sie eng an sich, er barg ihr Haupt an seiner Brust, er drückte ihr sein Kinn ins Haar und strich ihr sanft über den wunden Rücken. »Ich bin bei dir, Johanna! Es wird dir nichts geschehen. Du zitterst ja! Ist dir denn kalt?«
Sie klammerte sich an ihm fest, als stünde sie in einer Welt, die schwankte.
»Dankward«, stöhnte sie und sah zu Welf empor. »Ich habe es gespürt ... Gerade war er da. Er will mich holen. Er erträgt es nicht mehr, draußen auf dem Acker, so allein ...«
Welf schluckte schwer. War sie denn einem neuen Wahnsinn in den Arm gefallen?
Johanna starrte in den Hof hinunter, wo Männer, Weiber und auch Kinder Truds Leichnam weiterhin umstanden. Ganz leise sagte sie: »Ich glaube, unsre Zeit läuft ab.«
Abermals nahm Welf sie bei den Schultern. Während sein Blick sich in den ihren bohrte, versicherte er ihr: »Wir haben alle Zeit der Welt! Die Zukunft – sie ist unser! Noch weiß ich nicht, wie es erreichen, doch ich verspreche dir: Ursula geht! Wir werden sie schon los! Dann mach' ich *dich* zu meinem Weib, und wir sind aller Sorgen ledig! Dies sei von uns beschlossen!«
Johanna nickte voller Zweifel. Mit geschloßnen Lidern sank sie an seine Brust zurück. Doch merkwürdig: Es war ihr kaum ein Trost, daß Welf sie sicher hielt. Da dräute eine Macht, die stärker war als sie, die stärker war als er, stärker sogar, als sie's zusammen waren.
Während Johanna Welf umfing und Welf sie eng mit seinem

Leibe schützte, schrie Baldur durch den Hof: »Der Burgberger, Graf Aribon! Er hat die Pocken! Die Pocken sind auf Richen!«

Mit den Pocken ist es so: Nach Tagen der Schwäche und des leichten Fiebers setzt hohes Fieber ein, das in Schüben kommt und geht und den Körper schüttelt und verzehrt. Der Bauch schmerzt, der Rücken auch, und der Atem riecht übel. Auf der Haut, vor allem im Gesicht, schwellen rote Flecken, gefüllt mit einer schwarzen Flüssigkeit. Nach zwei Tagen, manchmal auch erst nach dreien, entscheidet sich's: Die Pusteln platzen auf und trocknen aus, das Fieber sinkt – oder die Pusteln werden faulig; dann reißt das Fieber, stetig steigend, den Körper ausdörrend, den Siechenden in einen schweren Tod.
Die Seuche fiel ein Drittel derer an, die auf Burg Richen lebten, doch alle traf es nicht gleich arg. Aribon, gezeichnet von der Krankheit, gewiß von keinem mehr ein schöner Mann genannt, begann schon zu genesen, als in Johannas Antlitz erste Blasen schwollen, die sich schwarz verfärbten.
Da entkam der Zisterzienser seiner Zelle, um das Urteil der Posaunen zu verkündigen. Welf schlug ihn nieder. Zwei Stunden später geiferte der Mönch erneut: »Und der siebte Engel stieß in die Posaune. Und es ertönten im Himmel mächtige Stimmen und sprachen: ›Nun ist das Weltkönigreich unseres Herrn und Gesalbten aufgerichtet, und er wird herrschen von Ewigkeit zu Ewigkeit‹ … Und es entstanden Blitze und Stimmen und Donnerschläge und Erdbeben und gewaltiger Hagel …«
Es hagelte tatsächlich. Nach vier Tagen, unerträglich schwül, entluden sich gleich mehrere Gewitter, die die Ernte zur Hälf-

te fast zerstörten. Die Hagelkörner waren groß genug, um Enten zu erschlagen und auch Gänse.
Wer auf Burg Richen meinte, angesteckt zu sein, warf sich in der Kapelle auf die Knie und bat den Herrn um Beistand. Dreimal am Tag und einmal in der Nacht las Bruder Gisbert nun die Messe.
Welf blieb bei seiner Buhlin, die sich im eignen Schweiße wälzte, die manchmal schlief und manchmal deutlich sprach, und manchmal phantasierte. Wenn Juckreiz, der unbändig war, sie peinigte und Welf ihre Gelenke hielt, damit sie sich nicht das Gesicht zerkratzte, dann hallten ihre Schreie durch die ganze Burg. Dieses Kribbeln! Grausamer war's als Hunger oder Durst. Schließlich wurden ihre Hände festgebunden an den Bettpfosten.
Kilian war nach Heiligenthal geritten, um einen Tiegel Salbe zu besorgen. Diese bestand aus vielen Kräutern, vor allem aber Kampfer. Man schmierte sie auf ein Stück Leinen, in das man vorher Löcher für die Augen und für die Nase schnitt. Wurde Johanna eine solche Maske aufs Gesicht gelegt, empfand sie kurzfristig Erleichterung. Ihren brennenden Leib versuchte man mit kalten Wickeln abzukühlen. Doch selbst das Brunnenwasser war mehr lau als frisch, so heiß waren die letzten Tage im August.
Ursula erkrankte nicht, was Welf mit Ingrimm sah. Der Falschen drohte nun der Lebensatem zu entweichen. Manchmal war Welf von Sinnen. Ursula töten? Dies erwog er dann. Würde das Wissen, bald sein Weib zu sein, Johanna nicht beleben? Würde Ursulas Tod ihr nicht mit Fug und Recht beweisen, daß ihre Zeit mit ihm erst jetzt wahrhaft begann? Indes: Welf brachte es nicht über sich. Während der Schlacht,

im Zweikampf und im Zorn, der rasend war, einen Mann erschlagen, das war eine Sache – ein heimtückischer Mord, ein Gattenmord dazu, eine andere.

Wenn Johanna auftauchte aus dem Delirium, gebot sie Welf: »Versündige dich nicht noch mehr!« Sie wußte, was er dachte. Zuweilen kannte sie seine Gedanken, noch ehe er sie faßte. Immer wieder flehte sie ihn an, sie überall zu kratzen, ihr wenigstens mit einem rauhen Sackstoff den Körper abzuschrubben.

»Du hast wohl Angst um mein Gesicht!« entfuhr es ihr am zweiten Tag. »Du fürchtest jetzt um meine Schönheit, um meine makellose Haut! Sieh der Wahrheit doch ins Antlitz, Welf: Wenn ich am Leben bleibe, so entstellt. Nie wieder wirst du mich begehren.«

Sechs fingernagelgroße Blattern saßen ihr um Mund und Nase, zwei auf der Stirn, und alle waren prall; zwei Dutzend weitere verteilten sich auf Armen, Leib und Beinen.

Und Bruder Gisbert rief im Hof das Weltgericht herbei!

»Ob dir Narben bleiben oder nicht, das ist mir einerlei!« schrie Welf Johanna an. »Aber lebe! Du mußt leben!« Dann tauchte er ein Tuch ins laue Wasser, um ihr den Schweiß vom nackten Körper abzutupfen. Das Laken unter ihr war durchgeschwitzt.

Um ihre Notdurft zu verrichten – es plagten sie jetzt Durchfälle –, brauchte sie einen, der ihr auf den Topf verhalf. Allein konnte sie sich nicht mehr auf den Beinen halten. Auch das tat Welf für sie. Er wischte ihr sogar den Hintern ab.

Am dritten Tag, als er ihr eine frische Maske aufs Gesicht strich, keuchte sie: »Wenn ich sterbe, nehme ich dich mit.«

Die im Zimmer standen, Luitgard und eine Magd, die Magd

schon krank, ohne darum zu wissen, Luitgard mit Wig, dem tumben Kind im Arm, sahen einander an und ließen dann das Paar allein. Die Magd holte vom Brunnen einen neuen Eimer Wasser.

Da bekam Johanna ihre Hände frei, die ihr ans Bett gebunden waren. Sie faßte Welf am Arm und stieß erregt hervor: »Ohne dich ist mir der Himmel nicht der Himmel und die Hölle nicht die Hölle!«

Welf stiegen Tränen in die Augen. Er betete empor zum Herrn, und als ihm das nichts half, beschwor er Luzifer. Und unermüdlich kühlte er Johannas heißen Leib mit leidlich kaltem Wasser. Im Stundenwechsel schmierte er ihr frische Salbe auf die schwarz gefüllten Blasen.

Johanna dämmerte hinweg und wachte wieder auf. Im Traum fühlte sie Dankward an sich zerren. War sie bei Sinnen, zerrte Welf. Es riß sie schier in Stücke. Sie spürte, wie die Kraft, dies auszuhalten, sie verließ.

Es war des Nachts, wohl zu der zwölften Stunde. Welf schlief auf einer Decke neben ihrem Bett. Da schreckte sie ihn auf, indem sie sagte: »Das Fegefeuer, das sind wir, wir ganz allein, wir sind schon drin.« Dann war sie wieder still. Es sah so aus, als habe sie das Schlimmste überstanden. Der Schweiß rann ihr nicht mehr in Strömen, die Haut fühlte sich kühler an, sie atmete ganz ruhig, sie klagte auch nicht länger über Jucken.

Auf einmal richtete sie ihren Oberkörper auf. Ihr Blick war starr geworden. Langsam zog sie sich die Maske vom Gesicht. Die Pusteln waren eingefallen und glichen abgestorbenen Furunkeln.

Welf rappelte sich hoch und kniete vor ihr Bett. »Johanna«, sagte er erschaudernd.

Im Hofe unten krächzte Bruder Gisbert: »Denn die Hochzeit des Lammes ist gekommen, und seine Gemahlin hat sich bereitgemacht. Und es ward ihr gegeben, sich zu kleiden in glänzend weißes Linnen …«

»Es ist ja so hell«, flüsterte Johanna, und ihre Augen wurden weit, als schauten sie das Unsichtbare.

Welf, der nicht sah, was sie sah, blieb der Atem stehen.

»Es zieht mich weg … Es zieht mich in das Licht …« Ihr Lächeln war ein Leuchten in der Finsternis. »Dankward«, sagte sie verwundert. Das war das letzte Wort, das über ihre Lippen kam. Danach erlosch sie, einer Flamme gleich.

Während sie zurückfiel in den Kissenberg, erstarrte Welf zu einem Monument.

So strafte Gott ihn also für das Unheil, das er auf seinem Lebenswege hinterlassen hatte. Welf war, als sei er lebenslang durch eine Feuersbrunst gegangen. Was hatte er getan, allein um Johannas willen? Was, um sie zu besiegen, was, um sie zu gewinnen? Blieb ihm denn nichts als eine große Schuld? Sein Vater schien ihn plötzlich anzusehen und ihm zu sagen, welch Unrecht es gewesen war, sich gegen seinen Letzten Willen zu erheben … Aus leeren Augen klagte ihn auch Anselm an. Ganz dick stand Anselm in dem schwarzen Buch, nach dem am Jüngsten Tag gerichtet wurde, mit all den vielen, deren Namen er nicht kannte. Was lastete nicht alles auf des Welfen Seele!

»Johanna!« schrie er gellend auf. Er bäumte sich gleich einem Löwen, der auf den Tod verwundet ist. Er warf sich über seiner Buhlin Leib und fing an ihn zu schütteln. Und alles Weh der Welt toste durch seine Adern.

Die Stimme, die die Offenbarung laut verkündet hatte, ver-

stummte. Aller Lärm verstummte auf einmal, ja, es verstummten Mensch und Tier. Die Hühner hörten auf zu gackern, die Tauben hörten auf zu gurren, die Schweine hörten auf zu grunzen, die Hunde hörten auf zu hecheln, und wer geredet hatte, brach mitten im Satz ab.
Welfs Schluchzen hallte durch die ganze Burg, und wer es hörte, den ergriff ein Grauen.
Während die Seuche noch fünf weitre Leben auf Richner Grund hinwegraffte, hüllte Welf Johanna in das weiße Hemd, das sie am Turm getragen nach der Nacht, da sie sich ihm ergeben hatte. Er griff sie unter ihren Armen, er hob sie hoch und trug sie durch die Burg. Er schleppte sie durch Schlafgemach und Palas, er schleppte sie in das Gelaß, in das sie einst verbannt gewesen, er schleppte sie hinauf zum Turm und danach in die Kemenate, er schleppte sie auch in den Hof hinaus und in den Stall zu ihrem Schimmel.
Sie hing ihm leblos in den Armen, und ihre Beine schleiften zwischen seinen Stiefeln. Nicht einer wagte, ihm den Leichnam zu entreißen, und wer ihn mit dem toten Weib im weißen Hemde sah, bekreuzigte sich eilig.
Johanna wurde starr in Welfens Armen.
Am Abend legte er sie nieder und wusch ihr Füße, Hände und Gesicht. In ihrem stieren Blick nach Leben suchend, schwor er ihr immer wieder, daß sie sein Weib sein werde. Dann wurde ihre Haut wie Wachs, der Schorf der Pusteln wurde hart, und ihre Bernsteinaugen starrten ausgehöhlt ins Leere.
Welf küßte und liebkoste sie und spürte nicht, wie kalt sie war, wie steif ein jedes ihrer Glieder. Streifte ihn bloß ein Schimmer des Begreifens, so war das mehr, als er ertragen konnte. Dann fiel er oder floh in rabenschwarze Nacht. Daraus er-

wacht, sprach er gleich wieder mit Johanna. Er hob sie hoch, er preßte sie an seine Brust, er hielt sie fest und sich an ihr, und da sie nicht mehr steif war, vermeinte er, er habe sie errettet. Und abermals trug er hinauf zum Turm sie, um ihr zu zeigen, was jetzt ihr gehörte.

»Dafür ist alles nur geschehen«, sprach er zu ihr mit Tränen in der Stimme. »Wir haben nur noch dieses Land gesehen. Wir waren voller Habgier, wir waren lüstern nach der Macht. Und diese Schuld wirst du auf ewig mit mir teilen, egal, in welchen Teil der Hölle es uns verschlagen mag …«

Während die Pocken die Richenburg verließen, während die Überlebenden von ihren Lagern sich erhoben, während die Toten rasch begraben wurden, da kroch das Fieber auch in Welf.

Noch immer hatte er Johannas Leichnam nicht herausgegeben. Noch immer trug er sie umher. Er legte sie ins Bett und schlief an ihrer Seite. Er merkte nichts von dem Gestank, der ihr aus allen Poren strömte. Sie faulte schon, doch fiel es Welf nicht auf.

Dann, plötzlich, schien Erkennen in ihm aufzuflackern. Es überkam ihn wie ein Keulenschlag. Er packte die, von der er nicht die Dauer eines Herzschlags lassen konnte, und riß sie mit sich, beinah wie im Zorn.

Es war in dunkler, sternenloser Nacht. Die Burg und auch die Welt um sie herum lagen in tiefstem Schlaf. Welf stolperte den Wendelgang hinunter in die Halle und nahm die Fackel, einsam leuchtend, von der Wand. Mit einem Streich hieb er sie auf den Herrenstuhl. Das Kissen, von Johanna einst bestickt, fing augenblicklich Feuer. Brennen, keuchte es in Welf, brennen soll alles um mich her, so wie ich selber brenne!

Er stieß das Tor zum Hofe auf. Die Fackel in der einen Hand, Johannas Mitte mit dem andern Arm umfangend, lief er zuerst ins Badehaus, von dort zum Stall, von da zur Räucherkammer und legte eine Flammenspur. Die Nacht ward hell.
Die Hunde bellten Sturm, die Pferde wieherten ums Leben, ein alter Knecht hinkte herbei, die Burg fuhr aus dem Schlaf. Da zerrte Welf Johannas Leiche zurück ins Eheschlafgemach und riegelte sich mit ihr ein.
Für alle Zeit gedachte er, die Türe hinter sich zu schließen. Er hörte nicht den Lärm, der sich erhob. Er hörte nicht die Schreie, nicht das Rufen. Er merkte nichts von den verzweifelten Versuchen zu retten, was zu retten war.
Die Flammen in der Halle fraßen sich zu ihm hinauf; sie brachen durch die Bohlen und die Balken, und gleich darauf war alles nur noch Rauch. Das Bettgestell, selbst eine Feuerzungenhölle, stürzte hinunter in den Saal, der nur noch eine Lohe war.
Der Eimer Wasser, der das Hurenlager traf, er kam zu spät. Man fand Welf tot und schwer versengt über dem halb verwesten Leib Johannas liegend.

Zweihundert Jahre lang erzählte sich das Volk von den Besessenen von Richen. Ein Mönch vom Kloster Heiligenthal nahm die Geschichte, dort »Des Welfen Brand« genannt, in seine Chronik auf.
Es woben sich Legenden um die Liebenden. So hieß es einst, daß ihre Seelen gebunden seien an den Ort der Zwietracht und umgingen in dem Gemäuer, das längst verlassen war. Wenn Kinder kamen und dort spielten, befiel sie Angst, sobald es dunkelte; strich in der Abenddämmerung ein Windstoß

durch die Mauerritzen, entflohen sie laut schreiend diesem Ort.

Zu gleicher Zeit setzte die Mär sich in den Köpfen fest, daß aus dem Grab, das die einander ausweglos Verfallenen vereinte, ein Rosenduft entstieg, als man es öffnete, um Wig, das Kind, den letzten Richener, der nur das elfte Jahr erreichte, dem Wege allen Fleischs anheimzugeben.

Dann, mit der großen Pest, starb die Erinnerung an Welf und an Johanna. Was einst geschehen war in abgelebten Zeiten, verglomm in neuen Sommern, erfror in neuen Wintern, verwehte mit dem Wind.

Und nur noch Seiten einer längst vergilbten Chronik, verfaßt in miserablem Latein, bezeugen die Tragödie von Richen.

So steigt's aus der Vergessenheit von Hunderten von Jahren:
Das war des Welf und der Johanna Leben.
Das war des Welf und der Johanna Tod.